スティーヴン・ハンター／著
染田屋茂／訳

真夜中のデッド・リミット（上）

The Day Before Midnight

扶桑社ミステリー
1554

THE DAY BEFORE MIDNIGHT (Vol.1)
by Stephen Hunter

Published by arrangement with ICM Partners
through Tuttle-Mori Agency, Inc.

きみがワーテルローにいたなら、
きみがワーテルローにいたなら、
なにをしたかなんて関係ない
きみがワーテルローにいたなら。

——イギリスの小学生の詩
十九世紀

真夜中のデッド・リミット（上）

登場人物

ディック・プラー大佐――――デルタ・フォース指揮官
フランク・スケージー少佐――同副官
ジェイムズ・アクリー――――FBI特別捜査官。プラーの副官
ピーター・シオコール――――ミサイル基地建設方式研究グループの責任者
ミーガン・ワイルダー――――その妻
ネイサン・ウォールズ――――ベトナム戦争の英雄。トンネル・ネズミ
ジェフ・ウィザースプーン――デルタ・フォース隊員。ウォールズの相棒
チャ-ダン・フォン――――――元北ベトナムの女性戦士。トンネル・ネズミ
ティーガーデン――――――――デルタ・フォース隊員。フォンの相棒
ジャック・ハメル――――――溶接工
グレゴール・アルバトフ――――GRU(赤軍情報部)の情報部員
マグダ・ゴシゴーリアン――――同
クリモフ――――――――――――GRUのワシントン代理駐在官
アルカーディ・パーシン――――GRU第五局(作戦情報担当)局長
モリー・シュロイヤー――――上院情報特別委員会スタッフの秘書
ドニー・ハプグッド中尉――――核ミサイル・サイロの管制官
レオ・ペル少佐――――――――メリーランド州空軍A-10チーム指揮官
トマス・バーナード大尉――――メリーランド州軍ブラヴォー中隊指揮官
将軍――――――――――――――“アメリカ合衆国暫定陸軍”指揮官
アレックス(少佐)――――――“アメリカ合衆国暫定陸軍”の一員
ハーマン――――――――――――同

〇七〇〇時

その夜は雪が降っていた。午前三時をまわったころ、ベス・ハメルはいつものように小さな素足が堅い木の床をパタパタとたたく音で目が覚めた。

「ママ？」

上の娘の声だった。ビーン――なぜかエリザベスがこういう呼び名になった――は七歳の、用心深いきまじめな小学二年生で、自分の出席簿の番号や名前を度がすぎるほどきちょうめんに書き、シアーズのカタログからクリスマス・プレゼントのリストをつくるときも、まるで大学の入学願書の空欄を埋めているかのようだった。

ベスは、隣で寝ている夫のジャックを起こさないようにそっと寝返りをうち、暗闇（くらやみ）にいる子供のほうに顔を向けた。娘はすぐそばにおり、オーヴンから取りだしたばかりの焼きたてパンのような温かい新鮮な匂（にお）いがした。

「どうしたの？」

「ママ、雪よ」

「知ってるわ。テレビでも、雪になるって言ってたわ」

「世界中が真っ白よ。イエス様が世界を愛してくださってるのね。全部真っ白にしてくれたんだわ」

「きっとそうね」ベスは言った。

ジャックが鼻を鳴らし、眠りから覚めてもっそりと身体を起こすと、ぶっきらぼうなささやき声を出した。「静かに、お嬢さんがた」

彼はまた身を横たえ、すぐに動かなくなった。

「ママ、ベッドに入っていい？」

「もちろんよ」ベスがビーンの入る余地をつくるために急いで身体をずらし、毛布をもちあげると、娘はベッドに上がって母親にすり寄った。娘はすぐに眠りに落ちた。ベスは娘の心臓が鼓動し、薄い胸が上下するのを肌で感じた。子供の小さな鼻はつまっていて、息をするたびにぼんやりした耳ざわりな音を立てた。ベスはジャックがその音を気にするのではないかと心配したが、夫は背後で深い眠りについたままだった。

やがてベスもうとうとしはじめた。南国の浜辺の夢を見ていた。けれども、一、二時間すると、さっきよりすこし小刻みで、もっと軽い足音がベスを浅い眠りからよび起こした。プー――フィリスの愛称――が雪に気づいたのだ。

「ママ！」プーは興奮気味のいかにもうれしそうなひそひそ声で言うと、こわばった指で母親にさわった。「ママ、外が真っ白よ」

「静かに。わかってるわ」と、ベスが声を押し殺す。プーは五歳の幼稚園児で、まだブロンドの髪がビーンのように黒ずんできていない。ちょっと信じがたいほどの美少女で、きまじめな姉のビーンと対照的に活発な娘だった。いばり屋で短気な性格はビーンの悩みの種であり、ときには母親さえ手をやくことがあった。ジャックに似て、小言が通用しなかった。

「ママ、イエス様が私たちを愛してくれてるのよ」

「ええ、そうね」ベスはさっきとおなじ答えをした。イエスの愛と雪のつながりは、数週間前、十一月に初雪が降ったとき、プーが日曜学校で先生のあいまいな話を聞きかじってきて以来のことだった。ベスにはなぜそうなるのかよくわからなかった。

「ママ、寒いわ。こわい夢を見たの。ベッドに入っていい？」

ジャックはときどき、これまでずっとふたりの女と同時に寝てみたいと思っていたが、いまやおなじベッドで三人の女といっしょに目覚めるのもめずらしくなくなったと冗談を言うことがある。

「ええ、でも気をつけて」ベスはささやいた。「ビーンやパパを起こしてはだめよ」

だが、プーは返事を待っていなかった。それは彼女の流儀ではなかった。ベッドに這（は）いあがると、塹壕（ざんごう）をよじのぼる小さな突撃隊員よろしく、父親と母親のあいだの溝まですばやく突進し、ふたりのあいだにすべりこんだ。むきだしの床をずっと走ってきて冷えきった下の娘の爪先がベスの足に触れた。まもなくプーは母親の身体に溶けこみ、ふたりはひとつになって、呼吸のリズムがぴったり合った。ベスは毛布を顎まで引きあげ、ぬくもりと、そのにぶい不活発な力に包みこまれるのを感じた。

だが、眠りはもどってこなかった。ベスは安心しきった娘たちの寝息を聞きながら、静かに横たわっていた。ときどき、家のなかでかすかな物音がするのは、ドアのすき間から冷えきった風が流れこんできているのか。ベスはじっとまどろみの訪れを待ったが、それはいっこうにやってこなかった。しかたなく、彼女は時計を確かめた。六時近くになっていた。アラームは六時半に鳴るようにセットしてあった。ジャックはブーンズボローの新しい仕事場へ行くために、七時にはピックアップ・トラックで出かけなければならなかったし、娘たちに朝食を食べさせ、八時のバスに乗せる必要がある。結局、ベスはあきらめてベッドを出ることにした。

部屋を出ながら、彼女はスリッパをつっかけ、〈モンキー・ワード〉で買った当時はまだしも、いまはよれよれのポリエステルの赤いローブをはおった。数週後に来るクリスマスに、ジャックが新しいのを買ってくれればいいのだが、クリスマス・イブに彼がドラッグストアで買い物をするやり方を見ていると、まず期待はできない。ベスは振り返って、まくらに埋まっている三つの頭を眺めた。二十九歳の彼女より三つ年上で、スポーツ万能の筋肉質の夫はこんこんと眠っていた。まるで、季節が変わるまで夢も見ずに眠りつづける巣のなかの獣という感じだった。ふたりの娘はそれぞれ反対側のブラインドをおろした窓に顔を向けて眠っていた。ブラインドのすき間からもれはじめた弱い光のなかで、その顔はいかにも繊細で、詩的に見えた。レースのようにもろそうな鼻、キャンディを薄く切ったような唇、静かで安定した呼吸——すべてが小さくて、完璧（かんぺき）だった。とはいっても、ベスはときどき、娘たちがいまのように眠っているときのほうが、ステーション・ワゴンのバックシートで野良猫もどきにじゃれあっているときより、ずっと素直に愛してやれると思うことがある。ベスは彼ら——彼女のこの世のお荷物三つ——に微笑（ほほえ）みかけ、深い満足感がわきあがるのを感じた。これが彼女の家族だった。彼女のものだった。ベスはそっと浴室にはいり、クレストの歯磨きチューブを歯ブラシにしぼりだし、歯をみがいた。それから、朝食の用意をはじめるために階下におりた。

ベスは家のなかを歩きまわって、ブラインドをひとつひとつ上げていった。朝の光がちょうど梢（こずえ）のうえにかかったところだった。たしかに、雪が積もっていた。軽い雪の粉が、まだ人間の足跡に汚されずにすべてをおおい隠していた。きっとイエス様が愛してくださっているのだろう。世界が新たに造りだされたかのようだった。見わたすかぎり、何もかもが光り輝いている。雲は夜のうちにすっかり消えていた。流しごしに台所の窓から、木々にふりつもった雪の白いネットをすかして見ると、バーキッツヴィルの家並の屋根が傾斜した白い四角形となってずらりとつらなっていた。その向こうに山があった。

それは山と呼ぶのもためらわれるほどで、昔はともかく、いまは見るも貧弱なブルーリッジ山脈の大きめの丘といった程度だった。それでも、フロリダ育ちのベスにすれば、松の木におおわれ、町の背後に二千フィート少しの高さでそびえたつこの山こそ本物の山だった。三〇年代には石炭が掘られていたそうだが、町の老人たちがよく話題にする一九三四年のバーキッツヴィル大落盤事故を機に採掘作業は中止され、二十マイルほど離れたウィリアムズポートにボーグワーナー社が巨大な工場を建設し、町の男の大半がそこで働きはじめるまで、町は火が消えたも同然の状態だった。山の頂上には、電話会社のマイクロウェーヴ送信施設とかいうものの赤と白に塗りわけられたアンテナが立っているのが見えた。

その山はベスのお気に入りの場所で、春になると、娘たちを連れて車で公園まで行き、ふもとの小道に分けいって長い散歩をする。千フィートものぼると眺望が開け、小さなベンチにすわって谷を見わたし、ドールハウスのコレクションのように広がるバーキッツヴィルや、その向こうの起伏に富んだメリーランドの地形を眺めることができる。左の方角にあるぼんやりした黒い影はミドルタウンで、さらにその先の大きな街がフレデリックである。とても素敵な眺めだった。娘たちも感激していた。ジャックさえ、その眺望を気に入っていた。もっとも彼はそうたびたび行くわけではなかったが。

ベスは山から目をそらし、現実にもどった。〈ハニー・ナッツ・チェリオ〉の箱をとって振ってみると、あまりよくないニュースが伝わってきた。中身はせいぜい二杯分、ということは、三番目に下へおりてきた者はコーン・フレークで我慢しなければならないわけである。ベスは政治的な組み合わせを考えてみた。もしビーンが最後におりてくれば問題はない。ビーンも〈ハニー・ナッツ〉が好きだが、なければないで機嫌を悪くすることもなく、ほかのもので我慢する。だが、ジャックとプーは〈ハニー・ナッツ〉の熱狂的愛好者だった。もし万一ジャックかプーがおりてきて、ほかのふたりが大好物をたいらげてしまったのに気づいたら事だ。プーはジャックに生きうつし――頑固でわがままで、うぬぼれが強く、魅力的――だったから、ふたりの関係は、何かあれば家族のなかで大爆発が起きかねない危険をはらんだものだった。この朝がとりかえしようもないほどめちゃくちゃになる可能性もある。

二階からシャワーの音が聞こえた。ジャックが起きたのだ。今日は幸先(さいさき)がいい。ジャックを起こすという、ロシア兵に押しつけるのさえ気がひけるような仕事をしなくてすむからだ。

だが、すぐに彼女の心は沈んだ。

ビーンが入ってきた。

「まあ、どうして起きちゃったの？　まだ起きる時間じゃないわよ」

「ママ」ビーンが眠そうな目をこすりながら言った。髪はぼさぼさで、小さな身体を紫色のパジャマで包んでいた。「なにか音がしたの。こわかったわ」

「あらあら」ベスは娘の前にひざまずいた。「こわがることはなにもないのよ」その瞬間、大型拳銃（けんじゅう）をもった黒ずくめの男が台所に入ってきた。ベスは愕然（がくぜん）として、男を見上げた。家のあちこちで、敏捷（びんしょう）に動きまわる別の足音が聞こえた。

「ママ、こわいわ」ビーンが言った。

さらに大きな黒い拳銃をもった男がふたり、台所に駆けこんできた。その姿がひどく大きく見え、ベスの無力感を強調した。世界が拳銃をもった男たちに占領されてしまったような気がした。

「お願いだ、ミセズ・ハメル」最初に姿をみせた、日にやけた肌に輝くばかりの白い歯と無表情な目の男が言った。「音を立てるな。手をやかせないでくれ」

ベスはパニックに襲われ、悲鳴をあげかけた。すると、手が伸びてきて、荒っぽく彼女の口を押さえこんだ。

グレゴール・アルバトフは〝タータ〟という名前を呼んで、頭のなかから洞窟と山の恐ろしい夢を振りはらい、目を覚ました。彼は自分が本来いるべき場所――ヴァージニア州アレクサンドリアの高層アパートメントにあるモリー・シュロイヤーの寝室にいるのに気づいた。クロック・ラジオの時計は七時近くをさしており、グレゴールはすでに遅れていた。だいたい遅れなかったためしがない。

グレゴールは夢のせいでまだふるえていた。近ごろ、おなじ夢を見ることがだんだん多くなった。そのなかで、彼は誰かと格闘していた。それは得体の知れない冷たくて黒いもので、のどに巻きついた鉄の指と顔にかかる熱い息が記憶に残っている。グレゴールは身体から力が抜けているのを感じた。頭をすっきりさせようと大きく息をつき、頭上の白い天井を見つめながらこめかみにさわった。彼は天井の空白のなかに自分を溶けこませようとした。

彼のとなりで、モリー・シュロイヤーが湿った音をたてた。グレゴールは頭をめぐらして、ベッドにどでっと横たわった彼女の姿を見た。どちらかといえば、美人とはいえない女だった。それでも彼女は大変な努力をして、ほどほどに魅力的な女に変身をとげていた。伸縮性のある服飾具に身をつつむことで、その心には欠落している規律正しさを身体にそなえさせたのだ。ムームーもその効果を発揮するもののひとつだった。上掛けの下からモリーの重苦しい呼吸の音がした。モリーの寝息の音を聞いているると、グレゴールの頭にはいつも雪のマントをかぶった山脈が揺れているイメージが浮かぶのだが、これほど頻繁に洞窟の夢を見るのもそのせいかもしれない。この娘は見かけこそ巨大だが、中身はほんのちっぽけなものだった。彼女が繊細で傷つきやすく、いたましいほど神経過敏で、ありあまる肉の裏側に孤独にさいなまれる不幸な魂を隠しているのを、グレゴールは知っていた。

それがグレゴールの特殊技能だった。彼は独特のつつましいやり方で、伝説的人物となっていた。表向きはワシントンのソ連大使館商務官第二補佐で、西側の新聞記者たちと酒を飲み、ワシントン・レッドスキンズを応援し、メンバーが足りないときはブリッジもこなすし、マクドナルドのビッグ・マックとバーガー・キングのワッパーの違いも知っているこの街の古株だったが、実際にはＧＲＵ――高慢ちきで憎まれっこの官僚組織ＫＧＢと区別されるためにこう呼ばれている赤軍情報部――の非合法工作員だった。彼の秘密の任務は情報源であるエージェントの管理であり、その仕事をこなすには、保安ならびに軍事関係の政府機関で秘書や事務員をしている孤独な女性を口説き、誘惑し、堕落させることがどうしても必要だった。たとえばモリーは、上院情報特別委員会のスタッフの秘書である。もっともグレゴールにはほかに数人の女性がおり、どれも例外なくどこかに欠陥があり、自己嫌悪が強く、自尊心にとぼしい女性で、みんなグレゴールのとりこになっていた。しかし、グレゴールの才能は、それにおそらく彼のもっとも際立った素質は、女たち全員を愛せることだろう。彼は女たちを心から愛していた。

大使館でささやかれている噂とはちがい——彼もあえて誤りをただそうとはしなかったが——彼はとくにずばぬけたセックス能力の持ち主ではなかった。テクニックの面からいえば、むしろお粗末なもので、とにかく猪突猛進、行きどまりが来るまでひたすら突き進むだけだった。体力的にもとくべつ恵まれていなかった。ただし、彼には人を説得する天賦の才があり、聞き上手の辛抱強さをもち、それにほんの少しロマンチックな性向があった。彼は親切で、思いやりがあり、少し軽薄で、根気がよかった。誕生日や記念日、大切な日にふさわしいレストランをよく記憶していた。いつもちょっとした贈り物をもちあるいていた。花をよく贈った。娘たちをゆっくりと手なずけて、友情から親密さへ、さらに妥協へと導いていく。それは多くの経験から生みだされ、入念にかたちづくられたすぐれた方式だった。

だが、今朝グレゴールは悪夢と頭痛とともに目覚め、しかも寝過ごしてしまった。モリーは、彼が用心のために夜明け前に起きて、アパートメントを出ていくのを望んでいた。彼もおなじ意見だった。ＦＢＩの罠にかかり、身元が発覚して国外追放になり、このＧＲＵの情報部員が二度と見たいとは思わないこの世でただひとつの場所、ロシアに送り返される結果を招く愚かな過ちはどこにでもころがっているのだ。

グレゴールは浴室に入って、手早くシャワーを浴びた。非常に力の強い大きな手をもつがっちりした四十三歳のこの男の身体は驚くほど毛深く、彼の行くところ必ず抜け毛が落ちていた。モリーは、彼なら自分の知っているどんな男より早く、バスタブをつまらせて国家的危機に変えてしまうことができると言っていた。

おまえはまるでクジラだ、と彼は自分に言い聞かせた。まさにそのとおりだった。ゆうに二十五ポンドは太りすぎだ。運動が必要だし、食べ物や飲み物にも気をつけなければならない。さもないと、そのうちベッドのうえでぽっくりということにもなりかねない。だが、それがどうだというのだ？

身体をふきおえると、オーデコロンを振りかけ（彼はつねによい香りをさせるよう努めていた）、歯をみがき、頭にわずかに残っている濡れた髪をすきあげ、よれよれのブルーのスーツを着た。スーツは、どちらが先に来るにせよ、今世紀の終わりかこの世の終わりまでには、もう一度プレスが必要になるだろう。黒い靴の紐をむすびながら、これもみがけばずっと見栄えがよくなるだろうなと思った。彼はその靴を七年はいていた。どこかに小さな穴が開いているようだが、はきごこちは申し分なかった。

モリーが泥のなかをころげまわるアフリカの大きな狩猟獣のように鼻を鳴らした。化粧っけなしだと、ちょっと見られたものではなかった。暗闇で、吠え声をあげて突進するバッファローのような彼女にまたがっているときは気にならなかったが、いま情け容赦ない朝の光で見るモリーは、完璧にはほどとおいグレゴールの人生の完璧な象徴だった。

ふさぎの虫がグレゴールの心にしのびこんできた。

今日は面白くない一日になりそうだった。まず始めに代理駐在官、若き天才クリモフだ。今朝会いにくるよういわれていたが、彼は最近なんとなく不機嫌な様子だった。そのあと、グレゴールのもっとも重要な情報源である謎の人物ポーク・チョップとメリーランド州のショッピング・センターで接触する、緊張をしいられ、消耗するのは目に見えている面倒で気のすすまない仕事がひかえている。さらにそのつぎが最悪で、今夜、彼は通信当直にあたっていた。つまり、モスクワから緊急の極秘指令が送られてきた場合にそなえて、暗号解読機のおもりをしながら、昔から大使館内で〝ワイン・セラー〟と呼ばれている地下室の簡易ベッドでひと晩すごさなければならない。もっとも実際には、彼が解読する前にメリーランド州フォート・ミードにある国家安全保障局のアメリカ人にその内容が伝わっているはずだから、電話をかけて、何の用件かきいてみたほうが話は早いかもしれない。ひと月に一回まわってくる当直は、グレゴールの生活のなかで最悪のものといってよかった。これのせいで、きちんと十二時間の睡眠をとったうえに午後に短い昼寝をすることでなんとかもっている彼の肉体のメカニズムは大幅に狂わされてしまう。

さらに、まだ誰も口にこそしないが、態度ではっきり示している別の問題がグレゴールを悩ませていた。じつは、いま彼は大使館のなかでむずかしい立場にいた。近ごろ、情報の収集が日を追って貧弱になる一方だった。かつて九人の女たちを抱えて分刻みのスケジュールに追われ、肉体の狂宴に明け暮れていたときにくらべ、明らかに活動がにぶっていた。彼はつぎつぎと接触相手を失っていた。彼より若い男たちが割り込んできて、彼を小馬鹿にした。もっとも、超大物の下で働いているポーク・チョップだけは彼らも一目おいているようだ。グレゴールはポーク・チョップの唯一の接触相手だった。

クリモフ——おそるべきクリモフは二十八歳だった。二十八歳とは！　抜け目ない血走った目と、ビーバーのように疲れをしらず働きつづけるエネルギーの持ち主。根っからの教条主義者。体制を愛し、疑いをもたない男。彼は日の出の勢いの超重要人物を伯父にもっていた。グレゴールはクリモフを恐れながらも、憎んでいた。同時に、自分が無防備で、攻撃の対象になっているのを感じていた。それは、彼がそのセクションでただひとり、四十歳を越えていたからだ。しかも、ほかの者たちとはくらべものにならぬほど長く、生きのびていたためだった。

おれの時代ももうすぐ終わりだ、と彼は思った。

モリーの左のまぶたが開き、つづいて右が開いた。

「まだいたの、グレゴール？　あら、すごい遅刻よ」

「すまない」グレゴールは言った。

モリーは笑いだしたが、すぐにすねた態度になった。

「タータって誰なの？」と、彼女は詰問した。「寝言をいってたわ。新しいガールフレンドなのね、グレゴール？」

「とんでもない。誤解だよ」グレゴールは言った。「王子の名前さ。タータシキン王子だよ。子供のころ読んだ昔話の英雄さ。世界を救った偉大な騎士なんだ。そいつが夢のなかに出てきたんだ。それだけのことだよ」

「あなたって、ほんとに腹をたてるのがむずかしい人ね」モリーは顔をくしゃくしゃにして子供っぽい表情をつくり、赤ん坊のような甘えた口調で言った。「モリーちゃんはグレッギーちゃんがだいちゅきよ」

彼女はキスを受けるために口を突きだした。グレゴールはやさしくそれに応じた。

「おれもおなじさ。愛してるよ、おまえ」彼はそう言って、部屋を出た。

ジャック・ハメルは多感な年ごろに映画の『サイコ』を見た。そのせいで——ベスにはまだよく理解できなかったが——自分がシャワーを浴びているときは決して入ってきてはいけないと彼女に命じていた。

「おまえだって」と、彼は言った。「映画を見ればわかるさ。そいつは女の子がシャワーを浴びているときにしのびこむんだ。見えるのはカーテンに映ったそいつの影だけで、そのあと――」

「聞きたくないわ」ベスは耳を押さえた。

だから、浴室のドアが開いて、ほとばしる湯と湯気、半透明のビニール・カーテンを通して黒い人影が見えたとき、当然、ジャックは記憶に焼きついた映画の場面を思い浮かべて飛びあがった。すぐに、ベスがまたしても自分の言いつけを忘れたのにちがいないと思って、怒りを爆発させた。

「おい、ベス、いったい何度言ったら――」

だが、突然シャワー・カーテンのビニールが裂け、吊り金具がはじけとぶ大きな音がした。ジャックは口をぽかんと開けた。湯気のなかに、ベスとは似ても似つかぬ、悪夢から飛びだしてきたような人間の姿が見えた。

その男は黒いブーツに黒い野戦服、黒いマスクという姿でそこに立っていた。銃をもっていたが、それも黒く塗られていた。銃についてはは多少知識のあるジャックには、それが寸づまりの銃身に半ヤードもあるサイレンサーをつけたウージー・サブマシンガンであるのがわかった。

ジャックはシャワー室に自分の小便が流れだすのを感じた。シャワーの湯はまだ彼の身体に降りそそいでいた。男が銃を振って合図した。

「子供たちを」これが現実とはまだ信じられないまま、ジャックは片手を弱々しく上げて、懇願するように言った。

「ああ、たのむ」と、ジャックはまた嘆願した。「子供たちは傷つけないでくれ。お願いだ、どうか子供たちにはけがをさせないでくれ」

もうひとり、マスクこそしていないが、やはり銃をもった男がドアから飛びこんできた。浅黒く日焼けした顔に、歯磨きのコマーシャルに出てくるような白い歯を輝かせ、指揮官らしい雰囲気を漂わせていた。もっているのは、やはりサイレンサー付きの黒いオートマチックだ。

「さあ、来るんだ、ミスター・ハメル。一日中そこに立ってるわけにはいかんぞ」男はシャワー室に上半身をのりだし、あいているほうの手で湯を止めた。

「無駄づかいはいやなんだ」彼は親しげといってもいいくらいの気軽な口調で言った。「さあ、出てきてくれ。身体をふいて、服を着ろ。きみにしてもらいたい仕事がある。ハーマン、ぐずぐずしてるようなら、少し小づいてやれ」

男は手首の裏側にはめた高級な黒い潜水用腕時計を確かめた。

「スケジュールは守らなければならない」

ジャックは、ウージーをもった男が見守るなか、ひざをがくがくさせながら、ふるえる指で急いで服を身に着けた。ボタンがなかなかはまらなかったし、リーダーと思われる男がマスクをしていなかったのが気になってしかたなかった。顔を見られたら、一家全員をみな殺しにしなければならないのではないか？

それに、男は忘れようにも忘れられない顔をしていた。プロ・フットボールのラインバッカーを思わせるでこぼこの顔で、鼻はねじ曲がったタカのくちばしのように真ん中ではっきり折れた跡があった。目にはほとんど表情がなく、ブロンドの髪を麦の刈り株のように極端に短く刈りつめていた。頬骨（ほおぼね）が横に突きだし、肌はなめし革のように日焼けしていた。ジャックは昔フットボールをやっていたときのコーチを思い出した。そのコーチはタフでいけすかない男だった。

「急げ」ウージーの男が言った。

「わかった、わかったよ」ジャックはワーク・ブーツをはきながらぶつぶつと答えた。

一階におりると、娘ふたりが身をこわばらせて椅子（いす）にすわり、〈ハニー・ナッツ・チェリオ〉を食べていた。いつもとちがって、ひどく神妙だった。妻のベスはレンジの横に立っていた。黒装束の男は全部で五人おり、四人は映画で見たおぼえのある外国製の武器をひとそろい携帯し、リーダーは拳銃をもっていた。

ジャックは頰をひっぱたかれたようなショックを受けた。目のまえの光景がどうにも信じられなかった。まるでニュースに出ていた男たちがテレビから抜けだしてきて、部屋を占領してしまったかのようだった。彼はその場に立ったまま、なんとかこの出来事の意味を考えようとした。

「わかっただろう、ミスター・ハメル。けが人などどこにもいない。いつもどおりの朝食だ。なんの問題もない」

「なにがほしいの？」ベスが舌をもつらせながら言った。顔から血の気が失せ、動作は機械のようにぎこちなかった。ジャックの目にも、彼女がふるえているのがわかった。恐怖で冷えきったかのように、両腕できつく身体を包みこんでいた。目はうつろだった。ジャックは彼女に触れたい、男たちを追いだしたいとうずうずする思いだった。

「うちにはたいした金はない」彼は痰のからんだしゃがれ声でそう言ったが、男たちの狙いが金ではないのはわかりきっている。そうはいっても、彼らがなにを望んでいるのか手がかりひとつなかった。彼になにができると――？

「こっちへ来てくれ」と、リーダーが言った。

ふたりは居間へ入った。

「じつに単純なことなのだ、ミスター・ハメル。われわれにはやらなければならない仕事がある。正確にいえば、やらなければならない仕事が生じるかもしれない。われわれにはそれができない。きみならできる。だから、われわれといっしょに来てほしい」

彼の言葉にはどこか聞きなれないところがあった。アクセントというより、一語一語を正確に発音しようと努力している感じだ。奇妙な、つながりのない発音に聞こえた。

「念のためにきいておくだけだが――もしおれがことわったら？」

「来たほうがいい、ミスター・ハメル。われわれはここに何人か残していく。来るのが最上の選択だよ、ミスター・ハメル。不愉快な事態になるのは避けようじゃないか」

「よしてくれ」ジャックは言った。「家族にけがをさせないでくれ。お願いだ、なんでもする。だから、たのむ――」

「ミスター・ハメル、いわれたとおりにすれば、きみの奥さんも子供たちもいっさい傷つかずにすむ。わかるね？」

「わかった」

「さよならをいってきたほうがいいな。すべて順調にいけば、昼までには帰ってこられる。そうでなければ、一日かそこらかかるだろうが。それでも、きみの子供たちや奥さんにはなんら問題はない」

「わかったよ。わかった」ジャックはおびえた声にならないよう願いながら、そう言った。「やるとも。むろん、やるよ」

「よろしい。では、出発しよう」

「こんなことを聞くのは馬鹿げてるかもしれんが、どこへ行くんだね？」

「将軍に会いにいくのだ、ミスター・ハメル」

〇八〇〇時

ハプグッドには自分でも押さえきれない喜劇志向があった。たとえば、小学校三年のときの記念写真では、みんながしゃちこばった顔つきでじっとしているなかで、彼の顔だけがぼけていた。なにか思い出し笑いでもしたらしく、顔が動いてしみのようになっていた。

「ドニー」母親が言った。「ドニー、まったく、おまえをどうあつかったらいいんだろうね?」

そのうちに、ドニーにはたいして手をかける必要がないのがわかってきた。彼はハイスクールから大学まで、つねに笑いながら乗りきり、なおかつ飛びぬけて優秀な成績をおさめた。おなじく笑いながら結婚して、その生活もまもなく笑いながら終わろうとしていた。仕事のほうでも、あいかわらずユーモアへの衝動が破壊的にはたらいていた。なぜなら彼は、笑うにあたいすることがほとんどないゆえに、ほとんど笑わない者たちに混じって暮らしをたてていたからだ。それでも、彼はおとなしくしていられなかった。子供っぽいなぐり書きで、買ったワイシャツに入っていた厚紙に大きなクレヨンの文字を書きつけ、発射管制室の重い金属の耐爆扉のうえにテープではりつけた。これで、スイッチが何十列もならび、あざやかな赤のゴシック体で〈単独行動禁止ゾーン〉という戦略空軍司令部の指令――ひとりで核兵器システムに近づくのは禁じられていた――があちこちに表示され、緑と赤のステータス・ライトや大きな二十四時間時計、目がくらむほど細かいワイヤーと、ケーブルの網目、中西部で上位四十位に入る小規模ラジオ局に匹敵する通信制御盤をふくむソリッドステート・ユニットが入り組んで配置された部屋の前に、オレンジ色のいたずら書きがはためくことになった。

〝ようこそ〟。厚紙にはそう書かれていた。〝マーヴ・グリフィン・ショウへ〟（一九六〇年から八〇年代にかけて人気のあったトークショー番組）

それに、まさにその日、発射可動用キーホール、つまり敵の侵入を受けたとき、世界を火の海に変え、滅亡への道に走らせるための有名な金属の小スロットのうえに、ハプグッドはボールペンで〈マーヴ登場……〉と書きつけた索引用カードをはりつけた。

このショウの主役マーヴは、ハプグッドの管轄区域の真ん中に巣をつくったミサイル（バード）の頭のなかに群れなす多弾頭独立目標再突入体だった。要するに、MIRV（マーヴ）、すなわち三百五十キロトンの核弾頭W87を収容したMk‐21再突入体が十個、黒いチタンの筒の先端におさまっているわけである。その筒は、偉大なるハプグッド以外誰も身につけたいとは思わないであろうユーモアのセンスが発揮されて、〝平和(ピース)の守護者(キーパー)〟と名づけられていた。

一般的には実験用ミサイル（ＭＸ）という名のほうが親しみがあるだろう。だがそれは、いまや決して実験用ではなく、ハプグッドのいる場所から百フィートと離れていない超強化発射格納台(サイロ)のなかに、細長い謎めいた姿でひっそりと立っていた。投射重量——搭載可能な弾頭の重量——を飛躍的に増大させた固形燃料使用で、発射はガス圧でサイロから打ちだしたのちに点火するコールド・ランチ方式、全長七十一フィート、直径九十二インチ、発射重量十九万三千ポンドの四段式大陸間弾道ミサイル。三本の固体推進剤使用のブースター・ロケットで打ちあげられ、四段目のポスト・ブースト飛行体は自前の自燃性液体推進剤で飛ぶことになる。誘導は慣性誘導方式で、投射重量は七千二百ポンド。目標はソ連にあるすべての〝超強化(スーパーハード)〟ミサイル管制センターや第四世代のＩＣＢＭサイロ、それに〝最強化指揮用地下壕〟だった。つまりは、首狩り人、クレムリン破壊者、指導者殺し、暗殺者という呼び方こそふさわしい。

「〈ミサイル航空団〉から来た人間がそいつを見たら」ハプグッドの同僚のロマーノが、発射制御盤に新たにはりつけられたおふざけの表示をゆびさしながら言った。

「おまえはお払い箱だぞ。ここはお笑いご法度(はっと)の場所なんだ」

「〈ミサイル航空団〉は」と、ハプグッドはくすくす笑いながら答えた。「二千マイルも彼方（かなた）にあるんだ。遠く離れた素敵なワイオミングにな。おれの記憶が正しければ、あそこは鹿と羚羊（れいよう）に統治されてる土地だ。それに対しておれたちは、全宇宙でも究極の孤立地帯メリーランド州バーキッツヴィルでひとり身の寂しさをかこっているというわけさ。それに」相手のむっつりした顔からなんとか笑みを引きだそうと、ロマーノに目をすえたまま、もったいぶった口調で続けた。「もしおれが、三十五メガトンの核の審判をソ連に落っことして、あの世で史上最大の大量殺人チームの片割れとして神に会うことになるなら、せめてやるときだけは顔に微笑みを、心に歌をもっていたいからな。あんたは空軍暮らしがしみついてるんだ。明るくいこうぜ」

ハプグッド中尉より二歳年上で十歳分は賢明なロマーノ大尉は、濃縮レモンジュースをひと瓶（びん）のんだときのようなしかめ面をした。それでも、ロマーノはこの若者に寛大だった。目にあまる行き過ぎはあるものの、ハプグッドはロマーノがこれまで会ったなかで、もっとも頭が切れ、よく気のつく最高のミサイル管制官だった。やるべきことは心得ているし、まるで自分が発明したものであるかのように制御盤にも通暁（つうぎょう）していた。

それに、ハプグッドのいったことはおおむね正しい。彼と彼の友人と上官だけで、ミシシッピー川以東にある唯一の戦略ミサイル・サイロを維持しているのは事実だった。ここはもともと、五〇年代末には敵に対抗できると考えられていた液体燃料のタイタンI型ロケットのサイロだったが、その完成をみないうちに空軍の熱がさめ、一九六二年に関心が西部諸州を根拠地にした固体燃料のミニットマンにうつってしまったあとは、休閑施設として放置されていた。それがいま、メリーランド州中部の小さな政府所有地にあるこの施設がまだつかえる状態にあり、しかもワシントンのペンタゴンとフォート・リッチーの予備国家軍事指揮センターのほぼ中間にあたる人里離れた場所にあるという理由で、さらにタイタン用の発射場が――ミニットマンの場合も原則的にそうだが――ミサイルと管制室がおなじ地下壕のなかにぴったりくっついてつくられているために、急遽整備され、可動状態にされたのだった。

「リック、おれはいま天の声を聞いた」ハプグッドが不意に大声を出した。「神は改装を望んでおられる！　どうだい、リック！　発射管制室をロッジポール松で改装しろとさ！」

思わず、ロマーノは口もとをほころばせた。

「やれやれ、ドニー、おまえをどうあつかったらいいんだろうな？」

「どうしてもそうせざるをえなくなったときに、おれがちゃんとキーをまわせるよう祈ってくれよ」ハプグッドは首にかけたチェーンの先についているキーにさわり、それを白いジャンプ・スーツの胸ポケットに押しこんだ。

「わかりゃしないぜ」と、ハプグッドが続けた。「そういう気分にならないかもしれないぞ。そうだろう?」

ロマーノはまた同僚の若者に笑いかけた。指令が発せられれば、ドニーはためらいなくキーをまわし、ミサイルを飛びたたせるはずだ。

その日も穴のなかでの典型的な一日だった。これまでミサイル発射場の地下百フィートにある強固な司令カプセルで二日おきにすごした数えきれない日々と同様、なにごともなく終わるだろう。ここにいるあいだ彼らは、もし第三次世界大戦が起きれば自分たちがその戦いをになう存在であるのをつねに意識していた。またその一方で、自分たちがここにいることで、戦争の勃発が抑止されているという確信をもっていた。

彼らのドラマの舞台である小室は、地中深くに埋められたひと続きのカプセルで、閉所恐怖症を助長するように、天井はカプセルの線にそって湾曲していた。縦四十一フィート、幅二十六フィートの室内は、瞑想室を連想させた。鋼鉄の床は丸屋根にある四つの油圧ジャッキで吊りあげられてカプセルの底から浮いたかたちになっており、これによって核の至近弾の衝撃を減殺することができた。当直管制官は十二フィートの間隔をおいてたがいに直角をつくる角度で、シート・ベルトが付き、すわり心地満点で、身体にぴったり合った最新式の椅子に腰かけている。それぞれの正面に制御卓があり、そこには各種のスイッチ類やミサイルの各機能をチェックするための、ひとつひとつにラベルがついた赤と緑のライトが十列ならんだパネルがある。ライトが全部緑なら、発射可能状態にあることを意味する。さながら、大きなマンションのヒューズ・ボックスか、テレビ局の調整室を思わせた。そこにはさらにコンピューターのキーボードがあり、それに〈許可動作リンク〉の毎日変更される十二桁のコード番号を打ちこんで安全装置を解除すると、秒読みと発射が可能になる。コンソールの下には、やはり数列のスイッチが付いた無線電話があって、さまざまな回線を通じて基地全体の各部署と即時に連絡がとれるようになっている。ふたつのユニットのあいだには、大きな時計がぶらさがっていた。

それにむろん、それぞれのコンソールには〈発射可動用〉と記され、蝶番でとめられた赤い金属の垂れぶた付きのキーホールがあった。いよいよ運命の日がやってきて、発射サイレンが悲しげに鳴りひびき、数個所ある指揮機関のひとつから正確な緊急動作通信（EAM）が暗号化されて衛星に発信され（「EAMが本物であるのを願おうじゃないか」ハプグッドはミュージカル・コメディの狙撃兵を気どって目を細めながら、そんなジョークをいったことがある）、〈許可動作リンク〉の十二桁のコード番号が正しく安全装置に打ちこまれたときは、垂れぶたを上げ、キーを穴に差しこんで右に四分の一回転なめらかにまわさなければならない。もうひとりの相棒も二秒以内におなじ動作をするよう義務づけられている。ひとりだけで第三次世界大戦を起こすことはできない。それには責任を分かちあう仲間が必要で、戦略空軍司令部の〈単独行動禁止ゾーン〉の表示のほんとうの意味はそこにある。その一分後——ピースキーパーがお守り役のコンピューターの最終点検を受けたあと——発射可動回路に瞬間的にエネルギーが送りこまれ、サイロの扉が吹きとんでミサイルが飛びたち、地獄の十人の王のような十個の弾頭が散開の準備を始めることになる。

壁の別の部分には、数種のテレタイプ、衛星通信ターミナル、長短波両用の無線機など、通信関係の機器が置かれている。壁に何段か取り付けられた棚には、サイロの運営手続きに関する何百項目もの服務規定や規則を記した金属カバー付きのノートが入っている。さらに、必要が生じた場合、当直管制官の片方が仮眠をとれるよう、寝棚もつくられていた。もうひとつ、このカプセルには、西部に何百とある似たようなミサイル発射場にはない特殊な部分がひとつあった。それはハプグッドのコンソールの左手の壁に穴を開けてつくった小さな黒いガラス窓だった。一フィート四方ほどの大きさで、一見コンピューターのモニターに見える。ガラスには赤いステンシル文字で〈キー保管庫〉と書かれてあった。

この司令カプセルに入るにはエレベーターを使うのだが、直結しているわけではない。山の地形の関係で、カプセルとエレベーターのあいだには長い連絡通路がある。通路はカプセルを通過してそのまま伸び、技術者たちがミサイル本体に近づくためにある、電子制御の巨大な安全扉に達する。全体が鉄骨で補強されたぶあついコンクリートでつくられており、投下された核爆弾の爆発によって生じる電磁波の侵入をふせぐために特殊ポリマーでコーティングされている。爆発の衝撃自体にも、二十五メガトンの弾頭を運んでくるソ連のSS‐18の直撃を受けないかぎり耐えられる構造になっている。カプセルは基地のほかの部分と銀行の金庫室にあるような大型の耐爆扉で仕切られていて、通常その扉はしっかりと閉じてあった。

「ジュリーが、おまえたち夫婦を家に招きたいといってるんだがな」

「そいつはあまりいい考えとはいえんな」と、ハプグッドが言った。「どうやらおれたち夫婦は秒読み段階に入ってるらしいんだ。女房はやたらに母親と電話で話しあってるよ。あいつはトレイラー暮らしが大好きってわけでもないのさ。それに、こいつを見てくれよ」

ハプグッドはしぶい顔をして、侮蔑（ぶべつ）の対象をもちあげてみせた。それは、ところどころに油のしみが浮きでた紙のランチ・バッグだった。

「まったく、あいつが電子レンジで温めるだけのベーコン&レタス&トマトとかルーベン（ライ麦パンにコンビーフ、チーズなどをのせたもの）とかホット・ターキーのサンドイッチをつくってくれてたころがなつかしいね。いまじゃ、これさ。こいつがおれの結婚生活の悲しい現実というわけだ」

彼はバッグのなかから、プラスチックの箱に入ったしなびたサンドイッチをとりだした。

「ピーナッツ・バターだぜ」ハブグッドは声高らかに言った。

基地の内線電話が鳴りだした。

「よせよ、今度はなんだっていうんだ？」と、ロマーノが言った。ふたりの二十四時間勤務が終わるまで、あと十時間残っていた。午後六時までは息を抜くことができない。

ロマーノは受話器をとった。

「アルファ警備班、こちらオスカー・ワン・ナイナーだ」と、彼は言った。

「オスカー・ワン・ナイナー、ただの保安警報です。ゲートのすぐまえに故障車らしいものがとまっています。ハイウェイをおりたヴァンのようで、なかに子供が何人か乗っている気配です。戦略空軍司令部か国家軍事指揮センターに報告したほうがいいでしょうか？」

ロマーノはすばやく自分のコンソールにある〈外部区域警備〉の指示器を見て、ライトがついていないのを確認してから、〈内部区域警備〉のほうに目をやって、異常のないのを確かめた。これらのライトは、基地の周縁部にいる侵入者を発見するための低レベル〈ドップラー地上レーダー〉のネットワークにつながっている。ときおり、小動物が区域内を駆け抜けていき、警備チームが捜索に出るようなこともあった。だが、いまは何ごともないようだ。

「アルファ警備班、そっちの保安状況はどうだ？　こちらは〈外部〉〈内部〉とも指示器にはなにも出ていないぞ」

「確かに、オスカー・ワン・ナイナー。こちらも両方出ていません」

「第一保安待機チームと予備チームには知らせたのか？」

「第一チームはいま装備中です。予備チームも起こしました。ですが、やはり指揮センターへ通報をしたいと――」

「おい、ちょっと待てよ、アルファ警備班。ただのヴァンじゃないか。しばらく注意して様子を観察しろ。保安待機チームを散歩させてな。五分後に報告しろ」

「わかりました」警備部隊の最先任下士官は言った。

「やつが撃たなかっただけでもおどろきだな」と、ハプグッドが言った。

基地の外縁防御地帯を警備する空軍戦闘警備部隊の隊員は、伝統的にミサイル管制官から好感をもたれていない。ミサイル管制官たちは彼らを、なんの技術ももたないただの警官としてしか見なかった。それに、カプセル要員の靴が磨かれていなかったり、折り目のない制服を着ていたりすると、真先にミサイル司令部に苦情を提出するのが彼らだったからだ。

「まったく」警備隊嫌いで有名なハプグッドが言った。「やつら、自分が軍隊かなにかにいるとでも思ってるにちがいない。あれで空軍の軍人のつもりなのさ。よしてほしいな」

彼は経営学修士（MBA）の学位をとるための計画の一部になっている宿題にもどった。それは、オハイオ州デイトンにある架空のバイク製造会社を襲った経営危機に関するケース・スタディだった。現在の全資産が五百万ドル、経常的支出四百五十万ドルで、今後五年間の売り上げが一・九五パーセントの低下を見込まれるとき、スミス最高経営責任者（CEO）はどんな行動をとればよいか？　バイクを買えよ、とハプグッドは思った。

「もう電話がこなければいいんだがな」十分ほどたって、ロマーノが言った。

父親はスペア・タイヤと格闘していた。彼は、基地のゲート前の雪をかぶった道路にとめた車の横にしゃがみこんでいた。ヴァンのなかから、しびれを切らした子供たちの耳ざわりな声が聞こえてくる。

「くそっ、おとなしくしてろ」彼はどなった。「そう簡単にはいかないんだ」

空軍戦闘警備部隊のオマリー一等軍曹は警備員詰め所からその様子を眺めていた。彼の耳にもヴァンのなかにいる子供たちの声がとどいてくる。

「気にさわる野郎だな」オマリーはいっしょにいるふたりの隊員に言った。三人とも、ゲートハウスのうえにかかげられた看板――サウス・マウンテン・マイクロウェーヴ送信施設／アメリカ電信電話会社／私有地／関係者以外立ち入り禁止――にあわせて、民間の警備保障会社の制服を着ていた。

「ちょっと調べてみましょうか？」

オマリーはためらった。もう一度、警報区分盤を見て、外部も内部も異常がないのを確認した。眼下にある山すその稜線(りょうせん)にざっと目を走らせてもみたが、見えたのは白い雪と黒い切り株だけだった。彼はまばたきして、唾(つば)をのみこんだ。あたりを見まわす。第一保安待機チームの三人はどこにいるんだ？　くそっ、やつらときたらぐずもいいところだ！

結局、彼はこう言った。「やめておこう。おれたちはできるだけ目立たないようにしていなければならない。おれが手を貸してくるよ。あんなのに午前中いっぱいここにいられちゃかなわんからな」

オマリーはヤッケをはおると道路に出て、飛行士用サングラスをかけてもまぶしい日差しに目を細くした。彼は固く凍りついた道路を横切った。

「ここでとまられてはこまります」と、彼は言った。「私有地ですからね。この道を後もどりするのさえ許されていないのです」

父親は顔を上げた。白い歯がいやに目立つ日やけした顔だった。軍曹には、その男が運動選手のように思えた。たぶん、ボクサーなのだろう。鼻が折れまがっていた。

八時をすこしまわったばかりで、目も覚めるようなすがすがしい朝だった。空には一点の雲もなく、真っ青に晴れあがっていた。冷たい風がオマリーの肌をくすぐっていった。鼻水が凍りはじめるのを感じた。

「申しわけない」と、父親は言った。「この先にマクドナルドがあると勘違いしてね。曲がり角をまちがえたらしいんだが、そのうえパンクときた。このタイヤをはめたら、すぐに退散するよ」

「もしお望みなら」と、オマリーが言った。「私が修理工場に電話して、レッカー車を呼びますよ」

「ひとりでできると思う。道具箱にラグレンチさえあればね」男は、でこぼこになった古い道具箱に手をのばした。その後ろで、子供たちが泣きだすのが聞こえた。

若い軍曹はもともと疑いぶかい性格だったが——職務上、それが要求されていた——男がサイレンサー付きのヘッケラー&コッホ九ミリP-9をもちあげた瞬間、腰に吊るしたスミス&ウェッソン三八口径に手をのばすことも、警告の叫びを発することも思いつかなかった。ただ、男の銃がいまこの場面であまりに場違いであることに、男の手にそんな銃があることの不条理に茫然（ぼうぜん）としていた。もっとも、彼には何をする余裕もなかった。

少佐は片ひざをつき、両手で二等辺三角形をつくって狙いをさだめ、七フィートほどの距離にいたオマリーの胸の真ん中に百十五グレイン・シルヴァーチップを二発うちこんだ。弾丸（たま）は春のチューリップのように開いて、若者の胸のなかをめちゃくちゃにころげまわり、一瞬のうちに若者の身体を地面にうちたおした。

少佐がヴァンからあとずさると、ヴァン後部の両開きのドアが勢いよく開いた。なかから、ふたりの男が警備員詰め所に向かって、二脚架にのせたM・60の長い連射を浴びせた。七・六二ミリ弾の衝撃で詰め所がこきざみに揺れ、窓ガラスがくだけちった。詰め所にいたふたりの空軍戦闘警備隊員は、ガラスの破片と木くずがふりそそぐなかでほぼ即死の状態だった。

少佐はヴァンのステップにとびのった。銃の床尾でステップをたたくと、運転手がアクセルをふかす。車はほこりを蹴（け）たててすべりだし、一気に九十度車首を転じると、ゲートを突き破った。少佐の前方に、施設の敷地内に立つ、どこといって特徴のない三棟の波形ブリキの建物が見えた。そのひとつの建物の屋根から、五十フィートほどの高さの赤と白に塗りわけられた無線アンテナが伸びていた。

計画どおりにいけば、最初の銃撃から三十秒で地上の通信センターを奪取できるはずだった。

ロマーノはアルファ警備班を呼びだそうとした。だが、返事はなかった。

「あいつら、なにをやってるんだろう？」ロマーノは言った。

「あの警官どもだぜ。わかりゃしないさ」

「ドニー、首からキーをはずしておけ」

「なんだって？」

「いわれたとおりにしろ」ロマーノは通信センターのダイヤルをまわした。こちらも応答がなかった。彼はテレタイプのところへ行った。ふたりの当直が始まってから、一本も通信が入っていなかった。

「くそっ」と、ロマーノは言った。「もしかして何か——」

「なあ、リック、落ち着けよ。やつらが電話に出ないからって、どうだってんだ？ 核戦争がおっぱじまったとでもいうのか？ あんただって、おれたちが許可しなければ誰もここへ降りてこられないのを知ってるじゃないか。エレベーターをコントロールしてるのは、おれたちなんだからな」

襲撃に対して守備隊が実際に行なった唯一の反撃は、第一保安待機チームの隊員のウィンチェスター十二番径ポンプアクション式ショットガン一梃(ちょう)によるものだった。その隊員は通信センターの建物に身を隠し、基地のなかに突っ込んでくるヴァンにぶらさがった少佐を狙って一発放ったが、あわてていたせいで狙いがそれ、散弾はヴァンのドアにあたってむなしくはねかえった。やがてヴァンは通信センターに達し、壁を押し破って、もうもうと立ちのぼるほこりのなかに姿を消した。

空軍戦闘警備隊員はショットガンのポンプを押しなおして、標的が混乱のなかから姿を現わすのを待った。そのときふと、誰かに見られているような奇妙な感じがして、ゲート左手の金網フェンスのほうに目を向けた。何かがこそこそ逃げていくような気がして、ショットガンではとどかないことがわかっていながら、銃をそちらへ向けた瞬間、フェンスの下で五つの爆弾が炸裂(さくれつ)した。フェンスが衝撃で地面からもちあがり、ねじ曲がった。それはフランス製のプラスチック爆薬で、アメリカ陸軍のM‐1延期発火装置によって十五秒遅れて起爆したものだった。

若い隊員は爆発の衝撃で後方にふきとばされ、地面にたたきつけられた。感覚がもどったときにはすでに、自動小銃をもち、白い雪上迷彩服に身をつつんだ一団が驚くほどの速さで丘を駆けあがり、フェンスの穴から侵入しはじめていた。警備隊員は、侵入部隊の数の多さと動きの的確さに目をみはった。やつらはどこからわいて出たのだ、どうしてこんなそばまで来られたんだ、と彼は思った。同時に、自分の命が風前のともしびであるのに気づいた。守備隊は当然蹴ちらされ、通信センターの連中が戦略空軍司令部に緊急発信を行なわないかぎり、基地全体が占領されてしまうだろう。

逃げようと思ったが、無理だった。フェンスの爆破で飛んできたなにかの破片がひざに突きささっていた。胸にも刺さっているのに気づいた。まわりの雪に血が飛びちり、彼のコンバット・ブーツのまわりに血だまりができていた。ショットガンが手からすべり落ちた。敵をひとりでも殺してやりたかったと、彼は思った。

基地には三つの難関があった。ひとつは兵舎で、そこにはつねに一定数の空軍戦闘警備隊員が駐屯していた。奇襲部隊の一班は総早駆けからさらに速度を上げ、兵舎へ突撃した。五十フィートほど前進すると、四人の男はうつ伏せになり、班の主武器であるヘッケラー&コッホHK‐21の掃射をはじめた。銃手は兵舎に向けて三百発の曳光弾の弾帯が空になるまで撃ちつづけた。銃手が弾帯を取りかえ、装塡係ともうひとりが牽制の銃撃を行なうあいだに、四人目の男が四秒遅れで爆発する延期発火装置のついた三ポンドのプラスチック爆薬をもって前に飛びだした。男は装置を作動させ、兵舎の窓にほうりこんだ。爆薬の威力は絶大で、四つの壁のうち三つが瞬時にふきとび、屋根がこなごなに砕けた。兵舎攻撃班の男たちは建物の瓦礫のなかを歩きまわり、動く動かないに関係なく、手あたりしだいに銃弾を浴びせた。

ふたつめの難関は、地下のカプセルに通じるエレベーターのある発射管制施設そのものだった。通常は三名で管理しているのだが、今日は二名しかいなかった。その二名もフェンス爆破の数秒後にドアを蹴りあけた、充分に訓練された襲撃者によるウージーの長い連射を浴びて殺された。

三番目の難関、通信センターには、ウージーをもった少佐に率いられたヴァンのチームが襲いかかった。いたるところでもうもうと煙があがるなか、少佐は目にとまった人影に連射を浴びせながら、たちこめる靄を突き破るように突進した。人影はつぎつぎと倒れていった。

そのあと少佐は、強化ケーブルでつながれたテレタイプと暗号作成用コンピューターがあるところまで引きかえした。

「これだ」彼は命じた。

工業用のワイヤー・カッターをもった男が進みでた。

「赤いやつを切れ」と、少佐が言った。カッターをもった男はよく訓練されていた。彼は床にひざまずくと、一本だけ残して、守備隊と外界をつなぐケーブルをたくみに切断しはじめた。

少佐は瓦礫をかきわけ、メイン・ルームのとなりにある警備士官の部屋へ行った。部屋の主はすでにマシンピストルの連射で死んでいた。少佐の最初の獲物となったその士官の死体は自室の戸口に横たわっていた。リノリウムの床にぬらぬらとした光沢のある血だまりができていた。

少佐は死体をまたぐと、急ぎ足で壁金庫のまえへ行った。そこにはもう爆破係の男がうずくまっていた。

「むずかしそうか？」

「チタニウムじゃありませんね。もうちょっといい材料を使ってると思いましたが」

「ふきとばせるか？」

「お安いご用です。用意はほとんどできてます」と言うなり、爆破係は金庫のすき間にプラスチックの格子を突きいれた。彫刻家のような手つきで、爆発で生じる圧力が逆方向に作用して金庫のふたをねじ曲げるようにセットする。つぎに、タイム・ペンシルと呼ばれる小さな装置をそこにさしこむ。

「味方は近くにいませんね？」と、男は言った。

少佐は戸口に行って、部下たちに表に出るよう指示した。

「いいぞ」少佐は怒鳴った。

爆破係はペンシルの先端のバルブをひねって、なかの酸のしずくの容器を開放すると、装備や武器ががたがたと身体にあたるのもかまわず、全速力で建物の外へ飛びだした。タイム・ペンシルの内部で酸が抑制部品を浸食しはじめた。ワイヤーが曲がると、バネがはじけて撃鉄が信管のふたに打ちおろされ、爆薬が炸裂した。爆発の衝撃で金属が引き裂け、金庫の扉が壁からはぎとられる。

少佐が煙のなかを走って真先に金庫に達した。目当てのものが見つかるまで、書類をくまなく調べた。外から、残敵掃討を行なうときれときれの銃声が響いてきた。

少佐は通信手を呼びよせ、通信手が背負っている装置からマイクをとった。「アレックスからランドローへ」と、少佐は言った。「アレックスからランドロードへ。聞こえるか?」

「こちらランドロード、聞こえます」

「将軍を呼んでくれ」

「ここにいらっしゃいます」

「私はここにいるよ、アレックス」別の声が無線にのって流れてきた。

「あれを入手しました。これから下に向かいます」

「よくやった」機嫌のいい声だった。「発射管制室のエレベーターで会おう」

少佐でさえ、いまさらながらに感心せざるをえなかった。煙のたちこめる戦場の真ん中にあっても、将軍は堂々として、落ち着きはらっていた。もっとも、それは将軍の天賦の才といえるものだった。知性の力と深い洞察力のうえに、自信と美と卓越した知識が混ざりあった雰囲気を発散させていた。人を魅きつけるすべを心得ており、一度彼に魅きつけられれば、それは絶対的な服従となる。

「報告は、少佐？」と、将軍がたずねた。

「占領手続きは完了しました、将軍。基地はわれわれの支配下にあります」

将軍はうなずいて、口もとをほころばせた。表情が明るくなり、目もとがやわらいだ。つやのある髪はほとんど白に近い灰色で、整髪にはたっぷり金がかかっていた。仕立てのいいジャンプ・スーツのうえにバーバリーのトレンチ・コートをはおっている。どちらかといえば、軍の将校というより企業の取締役副社長という感じだった。

「死傷者は？」

「ゼロです。奇襲が功を奏しました」

「よろしい。誰も傷つかないですんだわけだな。きみの作戦がよかったのだ。外部との通信は断ったな？」

「はい」

「敵の死傷者は？」

「十六名です。全定数兵力でした」

「仕様書では最低二十四名となっていた。きみは、単独のミサイル発射施設には全定数がそろっていると推定していた」

「そのとおりです」

「彼らは、ここに基地があるのが筒抜けだとは考えなかったようだな。もっとも、人数がそろっていたところで、たいした問題ではなかった。そうだな、アレックス？　上出来だぞ」

「賭けでした」と、アレックスは言った。「運に恵まれたのだと思います。レーダーにもひっかからずに、敵の寝込みを襲えました」

「エレベーターのコード番号は？」

「入手しました」

少佐は、発射管制カプセルに通じる両開きのチタニウム製耐爆扉のわきの壁に設置されているコンピューター・ターミナルのところへ行った。それはタイプライターのうえにテレビのブラウン管をつけたような構造で、銀行のＡＴＭによく似ていた。少佐は身をかがめて、警備士官室の金庫から手に入れた今日の〈許可動作リンク〉の十二桁の数字を打ちこんだ。

機械が〈進入ＯＫ〉と返答した。

エレベーターのドアが開く。

「最終攻撃チーム前へ」少佐が命じた。

「そろそろ、下の坊やたちと話しあいをする時間だな」笑みを浮かべたまま、将軍が言った。

「指揮センターを呼びだすぞ」と言うと、ロマーノはテレタイプにてばやくメッセージを打ちこみ、送信ボタンを押した。

何も起こらなかった。

「いかん」と、ロマーノが言った。「拳銃を抜いておけ」

彼らはそれぞれスミス&ウェッソン三八口径を携帯していたが、それは護身のためではなく――厳重な適性検査が行なわれていたので、ほとんどありえないことではあったが――精神に異常をきたして襲いかかってきた相棒の管制官を殺すためのものだった。

「おれのには弾丸が入ってないんだ」と、ハプグッドが言った。「いままで一度も――なあ、よせよ。ここに入ってくることは――」

電話が鳴った。

「なんだ」ロマーノはとびあがった。すぐに、受話器を手にとった。「ハロー、こちらオスカー・ワン・ナイナー・ナイナー」

「オスカー・ワン・ナイナー、大変です！　信じられないでしょうが、こっちは停電なんです。緊急用発電機をまわしてますが、早く直らないと動きがとれなくなります」

「あの車はどうした?」

「第一保安待機チームがタイヤを交換してやりました。車はいなくなりました。異常はまったくありません。待機チームも基地内にもどっています」

「そいつはばんばんざいじゃないか。おまえはオマリーか?」

「いいえ、グリーンバーグです。認識コード、シエラ・フォー、デルタ・ナイナー、ホテル・シックス――」

「もういい、アルファ警備班、本物だと認めるよ」

「ご承知かとは思いますが、停電時の管理運用規定では、あなたがたは耐爆扉を開いておくことになっています。もし電力が回復しなくて、発電機がいかれた場合、そこに閉じこめられたくはないでしょうからね」

「そのとおりだ、アルファ警備班。開けておくよ。あんまりおどかさんでくれ」と、ロマーノが大声を出した。

「すみません。でも、やむをえないのです」

ロマーノが扉のシリンダーをまわすと、空気の抜ける音がして、巨大な扉が開いた。彼は通路に身をのりだして、大きく息をついた。

「やれやれ」ハプグッドが言った。「あんた、ほんとうに冷汗をかいてるぜ」

「いいか、小僧、おれは――」

だが、不意に響いた女性の声がロマーノの言葉を途中でかきけした。女性の名はべティ――コンピューターの合成音声だった。

「警告します」声はやさしくささやいた。「進入が行なわれました」

その瞬間、通路の突き当たりにあるエレベーターのドアが勢いよく開いた。レーザー照射器付きのウージーをもった攻撃隊員が赤い光線をロマーノの胸に合わせて一連射を浴びせた。ハプグッドの見ているまえで、同僚の制服がぱちぱちとはじけた。ロマーノの目はうつろになり、頭を一方にかしげて、前のめりに倒れた。

ハプグッドは、自分もまもなく死ぬことになるのに気づいた。通路を敏速に近づいてくるブーツの足音と、それをせきたてる士官の怒鳴り声が聞こえた。

「もうひとりいる。急げ、もうひとりをやれ」

ハプグッドの心のなかをパニックが狂ったように走りまわった。手足の力が抜け、意志がくじけそうになるのを感じた。もう耐爆扉を閉じる余裕はない。

やつらはミサイルに襲いかかろうとしている。

そう思った瞬間、ハプグッドは手順のことを思い出した。彼は振り向き、奥の壁に向かって駆けだした。ロマーノの忠告を聞いたのが功を奏した。〝キーをはずしておけ、ドニー〟。ほんの小さなことだった。強みといえばそれしかなかったが、それで充分だった。

ハプグッドが壁に駆けよるあいだに、少佐がカプセル内に突進してきて、十フィートの射程でシルヴァーチップを三発若い士官の肺に撃ちこんだ。だが、銃弾の衝撃は壁までの残り数フィート、ハプグッドを前に押しだしただけだった。彼の目のまえには、壁にしつらえられた明かりのない黒い窓が——基地警備の最後の妙案、〈キー保管庫〉があった。

キーを首からはずして手にもっていたおかげで、ハプグッドは窓のガラスを突き破ってそれをなかに放りこんだ。

「やめろ！」少佐はさらに二発撃ちながら叫んだ。レーザー照射器付きのウージーをもった男もクリップの残りを全部撃ちつくした。銃弾がハプグッドに集中し、彼の身体は壁に真っ赤な輝きをひきずりながらすべり落ちた。だが、彼はすでにキーを保管庫に投げこんでおり、その直後に半トンの重量があるチタニウムの防壁が下りてきて、キーを手のとどかないところに封じこんでいた。

将軍は時間を無駄にしなかった。

「やむをえない」と、彼は明るい口調で言った。「不測の事態を想定した計画はたててある。ほしいものはいつか手に入る。すこしのあいだ、おあずけというだけだ」

将軍は血だまりのなかに倒れているふたりのミサイル管制官を見おろした。若いほうはまだ少年のようにしか見えなかったが、数十発の弾丸を受けていた。ジャンプ・

スーツの背中は銃弾があけた穴と焼け焦げた生地がでこぼこになっていた。将軍の顔には、驚きや憐れみの色はまったく表われなかった。視線は死体をあっさり通過して、別のものにうつった。

「死体を運びだせ」と、少佐が言った。「それに、血もふきとっておけ」

将軍が振り向いた。

「占領段階に入れ、アレックス」と、将軍は言った。「まもなくお客がやってくるはずだ。やらなければならないことがたくさんある」

「わかっています」

アレックスは手早く命令を発した。「ハメルを乗せたトラックをここへ呼べ。それが着いたら、爆破チームを送って道路を破壊しろ。野戦電話のワイヤーを引け。キャンバスを広げろ。塹壕掘りを始めさせろ」

将軍は壁際におかれたテレタイプの機械のほうを向いた。五つの機械にはそれぞれに戦略空軍司令部、緊急ロケット通信システム、UHF衛星通信、空中司令部機、緊急用低周波通信システムと表示され、ひっそりと静まりかえっている。六番目の〈国家軍事指揮センター〉と記された機械が突然、狂ったように動きはじめた。

将軍はアレックスの腕に触れた。

「見ろ、アレックス」と、将軍は言った。「やつらは知っているのだ。キー保管庫が作動すると自動的に指揮センターに信号が送られるようにセットされているにちがいない」

彼は腕にはめた金ばりのロレックスに目をやった。

「約三分だ。悪くない。画期的とはいえないが、悪くない」

彼はメッセージをローラーから引きぬいた。

最優先

ワシントンDC国家軍事指揮センター発／J3　NMCC

サウス・マウンテン・ミサイル作戦管制官宛(あて)

AIG　6843

極秘

FJO／001／02183Z／八八年十二月十七日

すみやかに当本部に連絡せよ。繰り返す。すみやかに当本部に連絡せよ。

機械がまたうなりだした。おなじメッセージだった。

「ペンタゴンじゃ、いまごろ大変な騒ぎだろう」将軍がふくみ笑いのような音をたてながら言った。「あいつらの顔が見たいものだな」

アレックスはうなずいて、カプセルを駆けだしていった。

将軍にはやるべきことがふたつあった。

まず最初に、彼は二台のテレタイプにはさまれた短波用の無線機のところへ行った。それはコリンズ32S－3型で、緊急時の予備通信手段としてカプセルにおかれている旧式の機械だった。将軍はスイッチを入れ、周波数のチャンネルに顔を寄せて二一・二メガヘルツに合わせてから、さらにチューナーのダイヤルをまわして特殊な周波数に微調整した。それが終わると、放出ダイヤルを連続波にセットし、きっかり五秒間そのままにして、調整した周波数の電波が送りだされる耳ざわりな雑音を聞いてからスイッチを切った。

これでよし、と彼は思った。大変よろしい。計画どおりだ。では、つぎに……

将軍はコンソールのひとつから作動中のテレタイプのところまで椅子を引きずってきた。赤い送信ボタンを押すと、すぐにメッセージの受信が止まった。

彼はキーボードに身をのりだした。

よどみのない指の動きで、自分のメッセージをタイプする。考える手間はいらなかった。一語一語すべて暗記しており、記憶からそのまま打ちだされたようなメッセージだった。

記憶よ語れ、そう心でつぶやきながら、将軍は送信ボタンを押した。過去の教訓が、現在を未来につなぐのだ。

〇九〇〇時

「低能め」興奮したクリモフががなりたてた。「まぬけ。役たたず。おまえのために、われわれがどれだけ金をつかってるかわかってるのか？　どうだ、見当がつくか？」

グレゴール・アルバトフは言った。「いいえ、同志」

反抗しても無駄だった。クリモフはほかの者のまえで、アルバトフを見せしめにしていた。このような衆人環視の場でクリモフに歯向かえば、彼に恥をかかせることになりかねず、ただの災難ではすまない危険がある。ロシアへの召還ということだってありうるのだ！　クリモフは非情だった。暴君だった。精神異常とさえいえるかもしれない。だが、なによりも悪いのは、クリモフが若いことだった。

「つまり、こういうことだ、同志。私は、おまえがでぶの友人といっしょにベッドにもぐりこんでいるあいだ、夜おそくまでかかって予算を検討した。おまえの暮らしを維持していくために、われわれは年に三万ドルつかっている。アパートメントの賃貸料、食費、被服手当て、車のリース代もろもろでな。それなのに、おまえは自分の義務さえ怠っているばかりか、われわれにどんな見返りをくれている？　たわごと！　がらくた！　うわさ、ゴシップ、風聞のたぐいだ！　老いぼれたな、アルバトフ、たいした情報収集人だよ。私だって、おまえがその昔は英雄だったのは知っている。それがいまはこのざまだ。例の上院議員が第二次戦略兵器制限交渉についてほんとうのところはどう考えているのか。ピースキーパーにどこまで固執しているのか。今度CIA長官が予算増額を要求したとき、情報委員会はどういう態度に出るか。私はそういったことを全部〈ニューヨーク・タイムズ〉で読んでいる。おまえの報告よりはるかにくわしい記事でな。三万ドルあれば、〈ニューヨーク・タイムズ〉をごまんと購読できるんだぞ、同志アルバトフ」

アルバトフは犯した罪を悔やむようにうつむくと、視線をみすぼらしい自分の黒い靴にすえたまま、泣きそうな声で弁明した。

「場合によっては、同志クリモフ、エージェントをなだめすかして高いレベルの成果を引きだすのに、相当の時間がかかるものなのです。大変な忍耐力と繊細な取り扱いが要求されます。私は刻苦して働いており——」

だが、話しながら悩みの種のほうをそっと盗み見すると、クリモフの目から興味の色が失せているのに気づいた。話を聞いてもいないようだった。クリモフは話術の達人であり、説教家であり、自分の人生と出世しか頭にない若者だった。人類に対する関心は彼の鼻の頭で停止し、それ以上先には行かないらしい。

陰険な目をした、短気で、移り気な男クリモフ。政治的関心や忠誠心がどこにあろうと、ワシントンではたらく者なら例外なく恐怖と憎悪をいだいて不思議のない人物だった。彼はとても若く、とても頭が切れ、とてもいいコネクションをもっていた。アルバトフをこれほど怯えさせるのは、その三つの最後の部分だった。クリモフはGRUの第五局（作戦情報担当）の局長で、つぎの第一長官補佐の最有力候補と目される、偉大なるアルカーディ・パーシンの妹の息子である。つまり、この不愉快なちびのクリモフは、パーシンの甥なのだ！

アルカーディ伯父の親切なとりなしによって、若いクリモフは猛スピードで出世の階段を駆けあがった。二十八歳で代理駐在官とは、昔ならとても考えられないことである。哀れなアルバトフは、どうがんばっても代理駐在官などにはなりようがなかった。彼には親戚もいなかったし、高い地位にある後援者もいなかった。

「きみは」と、クリモフが言った。「同志パーシンが将来、組織の作戦上の全責任をとることになったとき、このようなばかげた状態を許しておくと思うかね？」

むろん、哀れなアルバトフには、パーシンがなにを許し、なにを許さないかなどわかるはずがなかった。そんなことがわかるものか！

「きみは、自分が特殊な情報源を取り扱っているので、批判からも安全で、自己改造の必要もないと考えているんじゃないのかね?」

今日のクリモフはとくに大胆になっているようで、アルバトフを今日まで生きのびてこさせたなににもまして大切な命づな、スパイ〝ポーク・チョップ〟のことまで話題にした。ポーク・チョップもとりあげられてしまうのだろうか?

「私は――私は――」アルバトフは涙声になった。

「きみの情報源は、別の人間でも容易に取り扱える」クリモフが吠えるように言った。「きみはただの技術者にすぎない。電球を交換するように、簡単にすげかえができるのだよ、同志」

アルバトフは自分が崖っぷちに立たされているのに気づいた。それを回避する道はひとつしかない。

「ですが、同志」と、彼は哀れっぽい声で言った。「私がたしかに怠惰であったのは認めます。状況をあまく見ていたこともあるでしょう。アメリカ人どもに毒されてもいました。最重要情報源と接触していることで、鼻高々になっていたのです。罪の告白をさせてください。一度だけ、いままでの罪ほろぼしをするチャンスをあたえてください。充分な時間さえあたえてくだされば、矯正がまったく必要ないことを証明してみせます。もしそうできなかったら、私はよろこんで祖国に帰ります。自分にふさわしい、もっとつらい仕事にもつく覚悟です」

やつのブーツをなめろ、とアルバトフは自分に言いきかせる。ブーツをなめるんだ。やつはそれが好きなのだ。

「おいおい!」若いクリモフはあざわらうように鼻を鳴らした。「時代は変わっているのだぞ。かのグレゴール・イワノヴィッチ・アルバトフ様の首に弾丸を撃ちこむようなまねをするわけがないだろう! われわれが求めているのは、本人もいってるように、改心してもう一度祖国に身を捧げてくれることなんだからな」

「やります」と、安堵の思いもあらわに、アルバトフはかすれ声で答えた。すぐに、憐れみを乞うことでふたたび生き残れたのを意識し、やましさをおぼえてうつむいた。クリモフの配下にある大使館内の〝組織〟の若い士官たちが、侮蔑の色を隠そうともせずその姿を見つめていた。アルバトフは、自分のしまりのない身体に彼らの冷酷な視線が突きささるのを感じた。だが、まったく気にならなかった。やれと言うなら、うれし泣きをしてみせたっていい。とりあえずは執行猶予があたえられたのだ。

会議はアルバトフの粗さがしから別の議題にうつった。アルバトフは生まれかわったかのように、熱心に耳をかたむけているふうだった。真剣にメモをとり、いつもの横柄で不精な老アルバトフは影もなかった。もっとも彼が小さな手帳に書きつけていたのは、〝あのちび野郎は火あぶりにすべきだ〟という言葉だった。それを何度も何度もくりかえし書いた。

会議が終わって外へ出ようとすると、うしろから誰かがすごい勢いで追いかけてきた。

「タータ！　タータ、待ってよ！」

振り返ると、彼のただひとりのほんとうの友だち、マグダ・ゴシゴーリアンのでっぷりした身体がのしかかるように迫ってくるのが見えた。

「タータ、あなた、ちょっと大風呂敷をひろげすぎたんじゃないの？」

マグダも旧世代に属する人間だった。彼女は砲兵隊の将軍を伯父にもっていたので、すくなくともいまのところはクリモフの餌食（えじき）にならずにすんでいた。しわだらけの不器量な女で、化粧は厚すぎ、酒はのみすぎ、西欧風のダンスが大好きときている。監視がないと判断したときは、ジョージタウンのディスコへさえ行っていた。クリモフがダニエル・イソヴィッチをクラクフに追放し、老パーシャ・ヴリエトナコフをエチオピアにとばしてしまったいま、友と呼べる人間は彼女しか残っていなかった。

「生き残るためにどれだけおれがみじめな思いをしてるか、きみにはわからないのさ」と、アルバトフは言った。「あの若い連中には胸が悪くなる。やつらはまだなにもわかっちゃいないんだ。おれはあいつのブーツをなめるのをやめるつもりはない。食ったっていいと思ってるくらいさ。一日でも長く西側にいられるなら、あれにバターをぬって、食ってみせるよ」

「あなたは情けないコミュニストね、タータ」

「いや、おれは優秀なコミュニストさ。情けないスパイってことは認めるがね」

「また、でぶのアメリカ娘をつかまえたの、タータ?」

タータは彼女がつけたアルバトフのあだ名だった。モリー・シュロイヤーに語ったように、それは十四世紀の民話の英雄、高潔なる心をもったタータシキン王子に由来していた。しまった身体に生気をみなぎらせたタータシキン王子はウラル山脈の洞窟に入っていき、そこで〝永遠の夜の魔女〟と戦うなど、つぎつぎと冒険をくりひろげていく。魔女との戦いは、夕方には負けかけるが、朝になると力が回復し、もり返すというパターンでなかなか勝負がつかない。毎夜毎夜彼が魔女と戦っているからこそ、朝がやってくるというわけだ。それはすばらしい物語で、読むたびにアルバトフは涙をさそわれた。もっとも、マグダが彼をタータと呼ぶのは皮肉な意味をこめてのことであるのは気づいていた。

「ああ」アルバトフはため息をついた。「ときどき赤ちゃん言葉でしゃべるのは気にいらないが、なかなかいける女とうまくいってる。ところで、きみはここでなにをやってるんだ? 昨日の晩は暗号室の当直じゃなかったのか? どうして家に帰って、ベッドに入らないんだね?」

「ええ、ゆうべはワイン・セラーにいたわよ、タータ。でも朝早く会議があるっていうから、ここにいればクリモフ青年に点数をかせげるんじゃないかと思ったのよ。党から新しいあばずれが来てて、どうやら私のアパートメントを見張ってるみたいなの」

「あのブロンドかい？　あんな女は火あぶりにしちまいたいね。おれは若いやつが大嫌いだ。とくに、若くてみてくれのいい人間はな」

「私も大嫌いよ。ゴルバチョフのおそるべき子供たちってわけね。私たちの労働の成果を浪費するけちなネズミよ。でもね、タータ、気をつけるって約束してね。もしあなたが本国に送りかえされたら、誰が〝永遠の夜の魔女〟と戦うの？　それより、あなたがいなくなったら、誰と話せばいいの？　壁と話せっていうの？」

だが、アルバトフは聞いていなかった。自分のことしか頭になかった。

「なあ、マグダ。おれはゆうべきみの夢を見たよ。きみがおれの名前を呼ぶのが聞こえた。それではっと目を覚ましたんだ」

「いやらしい夢なの、タータ？　堕落した西側の悪影響を受けたみだらな夢ならいいんだけど」

「そうじゃない。まえに話したことがあるやつだよ。悪夢だ。こわいんだよ。洞窟やなんかが出てくる、とてもいやな夢だ。おれがあのいまいましい王子になったみたいなのさ。のどに指がまきつき、誰かの熱い息がかかったのを覚えてる。絶体絶命なんだ。きっと〝永遠の夜の魔女〟だよ」

マグダは笑った。

「ばかね、グレゴール。そんなのおとぎばなしじゃないの。まわりに目を向けなさい。わびしい現実と、おなかをすかせてあなたの足跡をかぎまわってるのろまなクリモフを見るのよ。あんなものがおとぎばなしに出てくる？」

「いや」アルバトフは認めた。「たしかにそうだ。おとぎばなしを信じる年齢には二度ともどれないんだからな。おれが信じてるのは愛だけだ。きみはまだ、おれを愛してるかい？」

「これからもずっと愛するわ、タータ。なによりもね。わかってるはずよ」

「神に感謝するよ」アルバトフは言った。「愛してくれる人間がいることをね」

そこはBレベル、つまりホワイト・ハウスの地下二階にある情勢分析室と呼ばれる部屋だった。飾り気はほとんどなく、縦横それぞれ十五フィートと十二フィートほどの大きさ、壁は地味で無個性なグリーン、数脚のすわり心地のいい椅子をならべた大きな会議用テーブルが中央に置かれているだけの会議室である。アメリカの大きなモテル・チェーンなら、どこも設備しているような部屋だった。壁には地図さえはられていない。

アメリカ合衆国大統領はスウェットスーツ姿で、目を細く開いて異常なまでに神経を集中し、海軍中佐が手にもった書類を読みあげるのを聞いていた。

「〝われわれは誰かに指図されてここへ来たわけではない〟」中佐は読んだ。「〝来たのはわれわれ自身の意志であり、それが創造主の命ずるところか、あるいは悪魔の命ずるところかは諸君の選択にまかせよう。私が来たのは圧政に苦しむ人々の悲痛な叫びが聞こえたからであり、私をここへおもむくようにうながした理由はそれ以外にない。さらにいえば、諸君はこの問題を清算する覚悟を決めるべきである。おそらくは、諸君が覚悟するまえに清算が行なわれることになるだろうが。覚悟が早くできれば、それだけ結果はよくなるはずである〟」

「わかった。で、それはいつ届いたんだね?」とたずねて、大統領はテーブルの周囲を見まわした。そこには統合参謀本部議長のほかに、勲章が輝く手入れのいい軍服をつけた堂々とした男たち——各軍のトップが顔をそろえていた。それぞれに大佐クラスの補佐官が背後の壁際にひかえている。国務長官と国防長官もすでに席についており、その朝演説をするためにフェニックスに行っている中央情報局(CIA)長官の代理として、副長官が出席していた。FBI長官も来ていた。むろん、国家安全保障担当補佐官の顔もあった。部屋には十五人以上の人間がいるのに、かすかな呼吸音やときおり紙がかさかさすれる音以外、静まりかえっていた。

「大統領」中佐が応じた。「われわれはこれを午前八時二十三分に、サウス・マウンテン基地より国家軍事指揮センターのテレタイプ・リンクで受信しました。キー保管庫が作動した瞬間に発射管制室よりクリア・チャンネルで自動的に発信される信号を受けてから三分十四秒後のことです」

「つまり、サイロにいる管制官のひとりがキーを保管庫に投入したのです。ここで重要なのは、大統領、われわれの管制官は占領作戦の最終段階でのみキー保管庫を使用するよう指示を受けている点です」と、海軍作戦部長が言った。

「単純にいいかえればこういうことだな。誰がメッセージを送ってきたにせよ、その人物はサイロのなかにいる」

「そのとおりです」

大統領はもう一度奇妙なメッセージを眺めてから、誰に言うともなく口を開いた。

「狂人がサイロにいる。それがいまの状況なんだな?」

部屋にいる軍人も国家安全保障担当の官僚も押し黙ったままだった。

「署名は〝アメリカ合衆国暫定陸軍指揮官〟となっています」空軍参謀総長が言った。

「当然、CIAの精神科医の調査対象になっているのだろうな?」大統領が言った。

「やっています」と、答えが返ってきた。

大統領は首を振ると、振り向いて言った。「誰か、どうすればミサイル・サイロを乗っ取れるか説明してくれる者はいないのかね？　とくに、このミサイル・サイロについて」

激しい怒りのせいで、大統領の顔は古い一セント銅貨の色に変わり、目はさらに古い十セント硬貨の色を帯びた。だが、その怒りも質問に答える将校のきびきびした声を弱めることはなかった。

「ご承知でしょうが、サイロの主要防御手段は、動く目標の接近をすべて捕捉する低レベルのドップラー・レーダーです。しかし、ここ一年ほどのあいだに、ステルス――つまり、現在われわれの新型爆撃機の機体に使用しているレーダー電波吸収材をつかうことで、レーダーを不能にすることが技術的に可能になっています。いいかえれば、ステルス材で身をつつんで、きわめて注意深く地上を進めば、基地に急襲をかけられる距離まで接近することができるのです。われわれは、それが実行されたと読んでいます」

「だが、なぜ地下におりられたのだ？　管制官たちは決して――」

「サウス・マウンテンは単独でミサイル発射を行なう能力をもっていますので、エレベーターへの進入も〈許可動作リンク〉のメカニズムに連動しています。ですから、いわゆる緊急事態が発生した場合、戦略空軍司令部が毎日変更しているコード番号を入力すれば、地下におりられるのです。つまり、とんでもない偶然が重なって、当直管制官がふたりとも腹をこわしたり、心臓発作を起こして動けなくなった場合を想定したものです。ですが、カプセル内にいる者たちはそのことを知りません。すくなくとも、知らないことになっています」

「だが、基地を攻撃した人間はそれを知っていたのだな?」

「そのようです」

「その人物がたいへんな量の知識をもっているのは認めざるをえないようだな。それで、ほかにはなにもないのかね? 交渉の申し出も、人質も、テレビ取材や金の要求も? テロ事件でふつう出てくるものはなにもないのか?」

「ありません。われわれは相手の部隊の規模さえ把握しておりません。こちらの手にあるのは、膨大な情報量と固い決意の存在を示す占領作戦から見て、彼らが驚くほど高度で洗練された技術をもっていること、それにテレタイプで送られてきたこの文書だけです。これ以後、連絡はとだえています。われわれがいかなるメッセージを送っても返答してきません」

大統領は基地から送られてきたメッセージにもう一度目をやった。彼は声を出して、なかの一行を読みあげた。「〝諸君はこの問題を清算する覚悟を決めるべきである。おそらくは、諸君が覚悟するまえに清算が行なわれることになるだろうが〟」

大統領はすこし間をおいてから、目をあげてみんなの顔を見まわした。

「では、現実を直視しようじゃないか。彼はミサイルを発射するつもりなんだ。要求もせず、こちらに準備する余裕もあたえず、何もさせない。この人物はキーを手にしたらすぐにもミサイルを飛ばす気でいる。われわれに残された時間はどれくらいだね？」

「キー保管庫はチタニウムに強化合金をくわえた素材でつくられています。破るのはきわめて困難で、相手がどんな手段をつかおうとも、ミサイル発射システムの作動をすくなくとも十八時間遅延させられるよう設計されています。彼らが適切な道具をつかえば、あのブロックを突破するのは、そうですね、午前零時というところでしょう」

「どんな種類の道具だね？　のこぎりか、ドリルか？　まさか、金庫破りのたぐいがつかうものじゃないだろうね？」

「いいえ、ちがいます。金庫破りではありません。あれに穴を開けるためには強力なプラズマ・トーチをつかわなければなりません。そのためには、技術をもった人間が必要です。それも熟練者を」

「そんな人間はどこで調達できるんだね」

「どこでも調達できます。溶接工であればいいのですから」

「大統領」誰かが口をはさんだ。「もし彼らが侵入時点までその事実を、キー保管庫の存在を知らなければ、溶接工をつれてきていない可能性もあります」

大統領はすぐには答えなかった。

やがて、こう言った。「いや、だめだな。彼らは溶接工をつれてきている。それは賭けてもいい」

ジャック・ハメルは身震いして、こごえた唇からしゅっと息をはきだした。

「えらく冷えるな」と、ジャックは真正面にいる男に言った。

「ここは寒いが」と、男は答えた。「あっちはえらく暑いぜ」

ふたりはジャックのヴァンの荷台にすわっていた。ジャックには、自分と自分の道具をのせたヴァンが町を横切ったところまでは経路をたどれたが、そのあとはでこぼこの山道をのぼっていく感じしかわからなくなった。まもなくとても冷えてきた。やがてヴァンはしばらく停止し、そのあいだになにか奇妙な騒ぎが起きているような音が聞こえた。独立記念日によく聞くたぐいの、なにかが破裂し、はじけ、ぴしっと打ちあたる音だった。ときおり、その騒ぎを圧倒する轟音（ごうおん）がひびき、ジャックの鼓膜をゆるがした。どうやらサウス・マウンテンの中腹にいるらしい、と彼は見当をつけた。この連中は電話会社を乗っ取ろうとしているのだろうか？

前にいる男は奇妙な銃をもっていた。第三次世界大戦さえ起こせそうな大きさだった。黒くぬられ、複雑なメカニズムになっている。ジャックはその銃から目が離せなくなった。一度も見たおぼえのない種類のものだった。

「なあ、あんた、その銃はどんな種類のものなんだね?」

男はにやりとした。まぶしいほど白い歯がのぞいてみえた。

「口を閉じないと、おまえが死ぬことになる銃さ」

ジャックは皮肉な笑みを浮かべた。たいしたジョークだ。

二、三分たつと、車が動きだした。タイヤが砕石を踏むのを感じた。それからまた停止し、待ち時間になった。

ジャックは好奇心で身体がむずむずした。同時に、退屈もしていた。ジャックの人生に問題があるとすれば、彼がかつて非常に優秀な運動選手であったことだった。ハイスクールのときには〈バーキッツヴィル・デモンズ〉のクォーターバックをつとめ、最上級生の年はチームを九勝二敗という成績に導いた。さらに、バスケットボールのチームではシュートのうまいフォワードとして、一ゲーム平均十三点の成績を残した。そのうえ、野球では守備のかたい打率三割二分一厘の三塁手として活躍した。だが、最上級生の年がある意味で彼の人生のクライマックスとなり、その後は下降の一途をたどった。彼は、ハイスクールではスターになれるが、それ以上のレベルでプレーするだけの才能はないという選手のひとりで、メリーランド大学の二年でクォーターバックのポジションから――彼の腕は大学のゲームでは通用しなかった――ディフェンスにまわされたとき、チームをやめ、ついでに大学もやめてしまった。

気がついてみると、彼は三十二歳になり、大学をやめたときにつかまった娘を妻にし、手のかかるふたりの子供をかかえていた。仕事は安定した収入とほどほどの暮らしを保証してくれるものの、栄光とか名誉といったものとはまったく縁がなかった。

ジャックはほかの人間とはいくぶんちがう存在であることに慣れていた。ただのちっぽけな人間のひとりとして、縁の下で国をささえる無名の技術者として生きることにはすこしも喜びをみいだせなかった。

だからこそ、いま目のまえで起きていることに――恐怖心や子供たちの身を案ずる気持ちはむろんあっても――なぜか身体の一部がむずむずするのを感じた。この男たちが誰であれ、彼らは自分のことを調べてきたのだ。彼らは住所も、そこへ忍び込む方法も、自分がいつシャワーを浴びるか、どうすればいいなりにさせられるかをも心得ていた。

ジャックの運動選手としての虚栄心がうずいた。自分はふたたび注目される存在になった。重要人物になったのだ。

ヴァンのドアが開いた。

「さあ、行こう、ミスター・ハメル」と、少佐が言った。

「大統領、もうひとつ頭にいれておいていただきたいことがあります。サウス・マウンテン以外でも問題が生じる可能性があるのです」

「よしてくれ」と言って、大統領は歯をくいしばった。

「われわれは午前八時十九分に、基地から低周波の電波が五秒間送信されたのをモニターしました。二八・九二メガヘルツで流した連続信号と見られるもので、まえもってその周波数にあわせておけば、半径二百マイル以内にいる者なら誰でも受信できます。おそらく、基地内にいる人間が信号を発したものと思われます。ということは、この作戦には別の要素が存在していると考えたほうがよさそうです」

大統領は首をふった。

やがて彼はこう言った。「当然、きみたちはあらゆる予防措置をとってくれると思う。それに、保安関係機関は彼らの身元の割りだしに最大限の努力をはらってくれていると思うが？」

「大統領」と、ＦＢＩ長官が言った。「私は国防総省から警戒信号を受けると同時に、もっとも優秀な特別機動隊を任務につけました。いまこの瞬間にも、部下たちは国防総省におもむき、共同捜査を――」

「わかった、もういい」と、大統領は言った。

つづいて身をのりだし、「将軍、私はきみに、できるかぎり放射性降下物のすくない低核出力の弾頭を搭載した短距離ミサイルの照準をあの山の頂上にあわせておくよう命じる。もし基地にいる者がソヴィエト連邦に対して、先制核攻撃を行なうつもりであるのがはっきりしたら、基地全体を消滅させてもらいたい。一方で、軍以外の国防関係諸機関は、基地周辺の住民の疎開をはじめてくれ。かなりの死傷者が出るだろうが、迅速に行動すればそれも限定できるはずだ。さらに、そのあいだに――」

「閣下」と、海軍作戦部長が口をはさんだ。「それが可能であればいいのですが」

ジャックはヴァンから、まばゆいひえびえした光のなかに踏みだした。あたりには鼻をつく刺激臭がただよっていた。なんどか嗅いだことのあるものだが、なんだったかなかなか思い出せなかった。やがてジャックは、硝煙であるのに気づいた。

彼は自分が電話会社の長距離電話用のマイクロウェーヴ送信施設の敷地にいるのに気づいた。

ひと目で、たったいまここで戦闘が終わったのがわかった。いかにもその場にふさわしい白い雪上迷彩服に身をつつんだ若者たちが、自動小銃や装備が入った木箱をもって歩きまわっていた。穴を掘っている者もいれば、鉄条網を伸ばしたり武器を組み立てたりしている者もいる。ジャックが即座に感じとったものがもうひとつあった。

わきたつような荒々しい興奮である。この連中がなにをしようとしているかは知らないが、いまのところはうまくいっているらしい。彼らは誇りに満ちていた。まるで、二十一対ゼロでリードしているハーフタイムのロッカー・ルームだった。

「こっちへ来てくれ、ミスター・ハメル。おまえたち三人はハメルの道具をもってこい。伍長、彼のヴァンを見えないところにとめて、防水シートをかぶせておけ」

「いったいなにが起きてるんだね?」と、ジャックが質問した。

「質問はなしだ、ミスター・ハメル。いまは時間がたいせつな要素になっているんでね。こっちだ」

まもなくジャックは不思議なものに気づいた。敷地の片側に若い兵士の集団がいて、ところかまわず大きなキャンバスのシートをひろげていた。ほかの者はまだ地面に柱を立てる穴を二十フィートほどの間隔で掘っており、そのまわりにおびただしいロープがおいてある。まるで、サーカスが町にやってきたようだった。テントかなにかを立てるつもりらしい。そのとき、ジャックは死体があるのに気づいた。

その数は十をくだらないように見えたが、石のように動かず、倒れたままのぼろ人形のような姿勢で積みかさねられていたので、はっきりわからなかった。一瞬ジャックの目がそこに釘づけになったが、それを気取られるのはいやだった。視線をうつすと、敷地のなかにある建物が目に入った。ひとつは爆発で完全に破壊され、もうひとつも銃撃でぼろぼろになっていた。

「あんたたちは誰なんだ?」

「こっちへ来てくれ」

兵士たちは、これも銃撃でひどいダメージを受けた小さな建物にジャックを導いた。なかに入ると、ステンシルで表示が刷りこまれた高性能エレベーターのドアを見て、ジャックは愕然とした。〈シャフト進入路——許可なしに立ち入り禁止——保安検査通過者のみ〉

「こっちだ」少佐が言った。

空気がもれるようなぼんやりした音がしてドアが開くと、ジャックは少佐や自分の道具を運ぶ兵隊たちといっしょにエレベーターに乗った。すぐに、エレベーターが地中に沈んでいくのを感じた。

空軍参謀総長は山の基地にいる身元不明の人物について思いをめぐらしながら、しばし口をつぐんでいた。なんといういけすかない野郎だ! そいつが誰にしろ、こちらのいちばんの弱点を心得ている。

私生活での参謀総長は昔ながらの武人の王のように華々しい人物だったが、この部屋ではいかにもプロフェッショナルらしい、やや甲高(かんだか)くて細いがしっかりした声で話した。

「問題の基地のピースキーパーは、文字どおり山のなかにあるのです。山を深く掘りさげて基地を建設する方式ですが、それは空軍研究開発局の認可のもとに、ジョンズ・ホプキンズ大学応用物理学研究所から選抜されたピーター・シオコールのMX基地建設方式研究グループによって考えだされたものです。ミサイルは地下百フィートにあり、固い岩に取りかこまれています。本体は特殊な衝撃分離システムによって宙吊りの状態にされ、核攻撃とそれに誘発された地震から守られています。それは世界一強固な基地といっても過言ではなく、途方もなく強力な爆弾——それほど破壊力のあるものはわれわれの武器庫にはありません——がなければ、山の地中深くにあるサイロを破壊するのは不可能です。五〇年代にはB‐36核爆弾がありましたが、その後はそれほど大型の爆弾を製造していません。今日では、ミサイルの命中精度が格段にあがり、一基のミサイルに十個の弾頭を搭載することが可能になったからです。もっとも、そんな大型の爆弾は簡単に廃棄できませんからいまだに保存してありますが、使用可能にするまで最低七十二時間は必要です。それが過酷な現実なのです、大統領」

大統領は言った。「彼らが発射を行なった場合、途中で阻止できる見込みはどれくらいあるんだ？」

「残念ながら、それについても悪い報告しかできません、大統領」と、空軍の将軍が言った。「ご記憶かと思いますが、ＳＡＬＴＩ調印後、われわれは技術的に克服しがたい点があまりに多すぎるという理由で、弾道弾迎撃兵器の開発を断念しました。簡単にいえば、ピースキーパーのブースター・ロケットが切り離されてしまえば、それを追尾し、破壊するミサイルは存在しないのです。ＳＤＩ（戦略防衛構想）が実現すれば――」

「将軍、サイロには何メガトンの核があるのだね？」

「最後に確認された時点では、十個のＭｋ・21再突入体を搭載したミサイル一基です。各弾頭はきわめて強固な標的を破壊する能力のある三百五十キロトンのＷ87です。総計三・五メガトンということになります」

「標的とは？」

「ソヴィエト連邦全土にわたります。モスクワ郊外三十マイルにあるソ連の国防指揮センターである防空軍総司令部や、ペトロパヴロフスク、ウラジオストック、ディクソン・オストロフ、カリングラード、マトーチン・シャール、アルハンゲリスクなどに停泊する潜水艦に指令を送る主要長距離送信施設、地上衛星管制センター、クリミア半島のイェフパトーリアにあるミサイル管制センター、中央部に点在する各種の大陸間弾道弾発射基地、ミンスクとノヴォグロードの早期警戒レーダーなどです」

「それでは、かれらの中枢全部じゃないか。予想されるソヴィエトの反応は？」

「ミサイルが飛びたてば、警報と同時にまちがいなく反撃してくるでしょう」

「サイロ内で自爆させられないのか？」

「無理です」

「発射指令を無力化するシステムは？」

「発射管制カプセルのなかからしかできません。彼らがキーを手にいれてしまえば、発射を阻止する手段はまったくないというのが現実なのです」

「なぜだね？ミニットマンのときはキーが四つあった。ふたつに分離した発射管制センターのふたりの管制官がそれぞれワンセットのキーをもち、ほかの三つの管制センターのどれかひとつがキーをまわさなければ、発射できないことになっていた」

「そのとおりです。ですが、それでは発射管制センターが攻撃を受けやすいと判断したのです。SS‐24のように強固なサイロを破壊する能力をもつ新型のミサイルが開発された現在では、とくにそうです。司令カプセルが破壊されてしまえば、そこからどれだけ離れていようと、ほかのサイロからは発射不能になるのです。発射管制センターを十個所攻撃すれば、百基のミサイルを無力化できるわけです。これではSS‐24の恰好の餌食となってしまう。そこで、われわれはサウス・マウンテンを単独発射の可能な基地として建設しました。ワシントンや戦略空軍司令部、シャイアン・マウンテンの北米航空宇宙防衛軍司令部、機上発射管制センター、緊急ロケット通信システムの連絡が絶たれ、わがほうの司令ならびに管制システムがすべて破壊されても、サイロにいる者たちの手で発射できるのです。これはピーター・シオコールのアイデアです。キー保管庫を考えだしたのも、このジョンズ・ホプキンズ大学の男です」

「そう、シオコールだったな」と、大統領は言った。彼は一度その男と昼食をともにしたことがあった。印象的な若者で、とても頭が切れたが、核戦争の結末にはほとんど関心を抱いていなかった。大統領はその食い違いに、かすかに不安を覚えたものだった。だが、彼の思いはすぐに別の問題へとうつっていった。

「では、通常の爆弾を使わなければならないわけだな。ナパームで絨毯爆撃するとか」

「そうもいきません」と、海軍の将軍は言った。「この施設へ進入できるか否かは、エレベーター・シャフトにおりられるかどうかにかかっています。エレベーター・シャフトへの出入りは、それに隣接して設置された中央コンピューター、ヒューレット・パッカードLC5400によって制御されています。コンピューターはチタニウムでおおわれており、小火器に対してはかなり耐久性があると思われますが、それ以上の砲弾では——手榴弾以上と申しておきましょう——回路にダメージをあたえてしまいます。一度回路が損傷されれば、ドアは開かなくなります。あのドアを突き破ることはできません。絶対に無理です。十一トンの重量がありますからね。ですから、高性能爆薬ないしはナパームをあの施設に直接使用すれば、目標を封印し、手のとどかない状態にしてしまうことになるのです」

「神経ガスは？」と、大統領が言った。「山を神経ガスづけにすればいい。一網打尽だ。多少一般市民の犠牲者は出るだろうが、そのときは――」

「大統領、ピーター・シオコールはその点でも、閣下の一歩先を行っています。彼は、神経ガスをつかって侵入をこころみる者がいることを予想し、コンピューターにフィルター・システムを組み込んだのです。かすかでも悪臭がすれば、コンピューターは山を封鎖します。むろん、敵の部隊がわれわれの推測どおりのプロフェッショナルなら、化学戦の訓練も受けているでしょう。ガス・マスクをつければすむことなのです」

いまいましいピーター・シオコールめ、と大統領は思った。

彼は腕時計に目を落とした。なるほど、それが現実なのだ。そこまでようやくたどりついた。では、これからなにをすればいいのだ？

「大統領、解決方法はごく単純だと思います」いままで黙っていた誰かの声が言った。

「すこし時間がかかるよ、ミスター・ハメル。たっぷり百フィートはおりることになるんでね」

エレベーター・ケージが下へ下へと動いていくあいだ、ジャックはひざが下にひっぱられるのを感じた。いやな気分だ。果てしなく海中にもぐっていく潜水艦に乗っている感じだった。こんなに深くもぐると、二度と浮かびあがれないような気がする。そこが自分の墓になるのかもしれない。

ようやく下降が終わり、エレベーターのドアが開いた。

ドアの向こうに、見慣れないかたちの裸電球に照らされた通路が奥へつづいているのが見えた。同時に、彼を待ちかまえていた男の姿も目に飛びこんできた。五十代後半のこざっぱりした男で、薄い色の金髪をきちんと刈りそろえ、なめらかな肌の造作のととのった顔には人を魅きつけるものがあった。

「ようこそ、ミスター・ハメル」と、男は言った。「わが小十字軍への参加を歓迎する」

ジャックはぼんやりと男を見つめかえした。テレビ・ニュースのアンカーマンか州知事、あるいはトーク・ショウのホストのまえに立っているような気がした。男には、相手に息をのませるなにかがそなわっていた。サインをせがまなければいけないような気にさえなった。

「さあ、こっちだ、ミスター・ハメル。来てくれ。ゆっくりしてるひまはない。きみにとってはまったく初めてのことであるのはわかるが、われわれはきみを頼りにしているんだ」

その言葉は不思議にジャックの自意識をくすぐった。これほどの大物が自分を頼りにしている。

「じゃあ、なんでおれを雇わなかった？　女房や子供は関係ないじゃないか」

「秘密保持のためだよ、ミスター・ハメル」

一行は通路を進み、一見ハッチのドアのようにみえるものに突きあたった。頭を低くしてそれをくぐりながら、ジャックはまた潜水艦のことを連想した。ふたつの椅子がたがいに直角に置かれ、何十ものスイッチ類と対面していた。壁に〈単独行動禁止ゾーン〉と表示してある。やれやれ、こんな気味の悪い場所にひとりでいたいと思うやつがいるだろうか？　この小さな部屋のなかで、ジャックが見つけた唯一の人間くさい要素は、コントロール・パネルにある、上方に傾いた赤いふた付きの奇妙なキーホールのうえにテープでとめられ、〝マーヴ登場……〟とぞんざいな手書き文字で書かれている索引用カードだけだった。ジャックは、おなじキーホールがふたつあり、その片方にだけキーがさしこまれているのに気づいた。

「で、これは何なんだい？」ジャックがたずねた。

「コンピューター室の一種だ」と、白髪の男が言った。ジャックはそれを真に受けなかった。コンピューターだと？　たしかにコンピューターだ。だが、それ以上のなにかがある。

男はジャックを壁際につれていった。目のまえにこわれた窓があった。ガラスの破片が床にちらばっている。だが、窓のうしろは鈍い光をはなつ金属におおわれていてなにも見えなかった。

「さわってみてくれ、ミスター・ハメル」

ジャックは指を金属にあてた。

「わかるかね？」

「スチールじゃない。鉄でもない。なにか、とても固い合金の一種だな」ジャックは金属を指ではじいてみた。にぶい感触がした。熱はもっていないし、きしみ音もしない。ただひっそりと押し黙っている。それでも、感触は不思議なほど軽く、プラスチックと錯覚してしまいそうだった。

「チタニウムだ」ジャックは思いついた。

「すばらしい。きみは自分の仕事をよく心得ている。たしかに、これはチタニウムとカーボンの合金だ。とても強靭（きょうじん）で、とても固い。おそらく世界にふたつとない金属のブロックといえるだろう」

「それで？」

「それで、このブロックは第二のチタニウムのブロックのうえにのっている。第二のブロックが落ちると、うえから何千ポンドもの岩が落下してきてここを封じこめるしかけになっている。それをもちあげるのは不可能だ。われわれは、できるかぎり早くチタニウムのまんなかに穴を開けられる溶接工が必要なのだ。そして、きみは溶接工だ」

「おいおい」と、ジャックは言った。「チタニウムはいちばん難物の素材なんだぜ。これをつかって、ミサイルの円錐頭がつくられるんだ」

「チタニウムの溶解点は華氏三千二百六十三度。そのうえに、六千五百度をこさなければ溶けないカーボンが入っている。きみが取り組むのは、穴を開けられないようにつくられた素材だ。手に負えないかな?」

「馬鹿言うな」ジャックは言った。「おれの手に負えないものはない。おれは金属を切る、それが仕事だ。ああ、できるさ。携帯用のプラズマ・トーチがあるから、熱は充分だ。温度は問題じゃない。やろうと思えば、なんだって溶かすことができる。世界全体をどろどろにできるんだ。問題は、どこまで深く溶かさなけりゃならないかってことさ。まるい穴を開けて、すこしずつそれを小さくして切りひらいていく。円錐形の穴を開けて、中心までたどりつく。トンネルを掘ろうっていうんだろう? で、トンネルの先にはなにがあるんだね? 光でも見えるのか?」

「小さな仕切りだ。仕切りのなかには、キーがある。われわれの未来の扉を開くキーだ」

ジャックは男を見つめて、頭のなかでパズルの断片を寄せあつめようとした。なにがどうなっているのかさっぱりわからなかった。

「これほどの騒ぎをして、キーひとつ手に入れようとしてるのかい？　よほどだいじなキーなんだろうな」

「とてもたいせつなキーなのだ、ミスター・ハメル。さあ、作業を始めようじゃないか」

ジャックはキーについて思いをめぐらした。車のキー、家のキー、トランクのキー、金庫のキー。

そのとき、混乱した頭のなかに突然ひらめいたものがあった。

「キーだって？　なるほど、すこし読めてきたぞ。あんたがたが欲しがっているキーがなにかわかったよ。ミサイルを飛ばして、戦争を始めるためのキーだ」

男はだまってジャックを見つめた。

「第三次世界大戦を始めようっていうのか？」ジャックはたずねた。

「そうではない。終わらせようとしているのだ。戦争はかなりまえから始まっているのだよ。さあ、ミスター・ハメル。よかったら、トーチに火をつけてくれ」

若い兵士が携帯用リンド・モデル一〇〇プラズマ・アーク切断制御装置を出してきた。チューブが巻いてあり、その先端にトーチがついていた。もうひとりの兵士が、アルゴン・ガスのボンベをころがして近づいてきた。

「もし、おれが――」

「ミスター・ハメル、こういうふうに考えてくれ。私は、ゆりかごで眠っている何百万ものロシアの赤ん坊を殺すこともいとわないつもりなのだよ。ふたりのアメリカの子供――ビーンとプーだったな――をその数に加えるよう命じるのをためらうと思うかね? 百万の赤ん坊を殺してしまえば、あとはじつに簡単なことなのだ、ミスター・ハメル」

「トーチをくれ」ジャック・ハメルはそう言って、のどをごくりといわせた。

大統領は陸軍参謀総長の目をのぞきこんだ。四五口径コルト・オートマチック拳銃の弾丸に顔を彫りつけたような無愛想な男だった。胸には、その弾丸を受けても大丈夫なほどの勲章が下がっている。「これ以上単純なことはありません」と、将軍は言った。「これは歩兵が――銃剣がやる仕事です。われわれは兵隊を穴に送りこんで、彼らがキーを掘りだすまえに皆殺しにするのです。つまり、午前零時までに。あるいは、ミサイルが飛ぶまえに」

「具体的に言ってくれ」

「デルタ・フォースはすでに展開の準備を始めております、大統領」陸軍の将軍はかすかに冷たい笑みを浮かべて言った。「われわれの手にある小規模部隊としては最高の兵士たちです。コンピューターにあたったところによれば、メリーランド州の州軍歩兵中隊が、基地から二時間足らずの場所で訓練を行なっているとのことです。連邦管轄下におく必要がありますが、それで二百人の兵力が加わることになります。メリーランド州知事も異議はとなえないでしょう。また、フォート・マイヤーから第三歩兵師団第一大隊の一部をトラック輸送で送りこむことも可能です。あなたの儀典用の優秀な部隊で、うまくいけば午後一時までには配備可能です。さらに、ワシントン州のフォート・ユースティスを基地とするレンジャー大隊を、天候がゆるせば午後のなかばまでにあの地域に空中から降下させることもできます。フォート・ディックスから臨時編成のヘリコプター攻撃部隊を飛ばすことも可能ですし、メリーランド州空軍のワート・ホッグ隊を上空掩護につかえます。デルタ・フォース、第三歩兵師団、レンジャーとなれば、わが国がつくりだした最高の職業軍人が顔をそろえることになるのです」

「それに機甲部隊だな、将軍。はたして、それだけで彼らを倒せるだろうか？」

「基地へ通じている道は一本だけです。最新の情報によると、敵はその道を破壊したとのことです」

しばらく、部屋のなかが静まりかえった。

「われわれはライフルと弾丸しかなかった時代に戻るのです」と、陸軍参謀総長が言った。

「許された時間内にできるかね？」大統領が陸軍の戦略家にたずねた。

「わかりません、大統領。計算上の答えは出すことができます。時間内に兵員を送るのは可能です。山にのぼらせることもできます」

「長いたいへんな一日になりそうだな」と、誰かが言った。

「ですが、それはきわめて困難な攻撃になります。まず第一に、基地が断崖絶壁でかこまれているために、エレベーター・シャフトへ達するには非常にせまい正面から攻撃をかけなければなりません。さらに発射管制施設のエレベーターへ行けたとしても」と、将軍が説明した。「シャフトを懸垂下降し、彼らがミサイルを発射させようとしている発射管制室までの血路を切りひらかねばなりません」

「大統領」と、大統領顧問のひとりが言った。「核緊急事態第四段階を宣言すべきです。そうすれば、当該地域を完全に連邦政府の支配下におき、すべての関係当局を政府の指揮のもとに動かすことができます。フレデリック郡を戦争地域に指定するのです。さらに、防衛準備態勢をデフコン４に引きあげるべきだとも思います」

「それはできない」と、大統領が言った。「ソヴィエトに、われわれがミサイル発射を準備していると思わせたくないからな。むろん、すべてのミサイル・サイロと衛星通信受信施設の警備は強化してもらいたい」

「それはすでにやってあります」空軍参謀総長が言った。

「よろしい。では、核緊急事態第四段階を宣言したまえ。うるさいマスコミに嗅ぎつけられないよう、うまい話をでっちあげるのだ。いまから、この件は陸軍の管轄下に入る。空軍をないがしろにするわけではないが、船頭が多すぎて足の踏みあいをされては困るからな。あの地域へ通じるすべての道路を封鎖しろ。それが必要なら、戦争になってもかまわん。とにかくあの連中をあそこからひっぱりだせ。さもなければ、皆殺しにしろ」

「わかりました」将軍は言った。「ところで指揮官のことなのですが――」

「すぐにも指揮官を送ってくれ、将軍。とにかく最高の軍人がほしい。ルイジアナの上等兵でもかまわない」

「いいえ、大統領」将軍は言った。「その男は退役しておりますが、正真正銘の大佐です。もっとも、じつに厄介な男ではありますが」

ゴーグルを目に引きおろすと、世界が暗くなった。ジャック・ハメルは片手にトーチをもち、もう一方の手を後ろにのばして装置の操作盤のスイッチを入れた。電流がながれ、トーチの先端の電極が赤くなり、つづいてオレンジ色に変わった。ジャックはノズルの温度が高くなり、炎が出はじめるのを見守った。やがてそれが白に近い色に変わると、窒素のゆっくりと安定した流れを送りこむ。はじけるような音がして、ガスが点火した。窒素はノズルの中心でイオン化——つまり帯電した。ジャックがリンド制御装置の温度調整つまみをいっぱいにひねると、炎は五万度近いプラズマ温度領域に達した。

その炎はまるで白い殺し屋の舌だった。核爆発の中心部に匹敵する高温を、トーチの根もとの部分でコントロールすることができる。まわりにいた者たちは、炎の力にたじろいで本能的に身をひいた。ジャックが圧力をさらに高くすると、炎は針のように細くなってノズルから二インチほど突きだした。

「こいつで錐のように穴を開けるんだ」ジャックは将軍に説明した。「そうすれば、溶けた金属は重力の働きで流れおちる」

将軍は黙ってジャックを見つめた。

「時間はかなりかかるよ」ジャックは言った。「はっきりは言えないが、たぶん十時間か十二時間くらいだろう」

将軍はジャックのほうに身をかがめた。

「きみも、これになにが懸かっているかわかってるはずだ。きみの子供たちだよ。いいね？」

ジャックは答えなかった。相手が言葉どおりのことを実行できるのはわかっていた。ロシア人に向かってミサイルを発射できるなら、ジャックの子供たちを殺すのはわけない。

だが、心の一部分ではこう言っていた。いずれにしても、ミサイルが発射されれば子供たちは死ぬことになるだろう。

だが、それは今夜の問題だ。今日一日はこのいまいましいブロックを破ることに専念しなければならない。今夜そのときが来たら、問題に直面しよう。まずは今日の仕事をかたづけるのが先決だ。

「わかった」ジャックは言った。

彼はプラズマ・トーチをもったまま身をかがめ、あいている手で金属のブロックの光沢のあるなめらかな表面をなでた。この奥のどこかにキーがある。

彼はトーチを金属に近づけた。明るい炎の針が攻撃を開始し、金属が溶けはじめた。五万度のイオン化したプラズマ・ガスをあてられたブロックの表面はまずひとつの泡のようになり、やがてくぼみができ、しだいにへこんでいって、最後には小さなトンネルに似たものができた。ジャックはさらに深く掘りすすんだ。炎が穴を掘りひらくにしたがい、溶けた金属が切り口から流れはじめ、涙のように表面をこぼれ落ちた。

「その大佐は」と、陸軍参謀総長は言った。「士官交換計画の一環として、マレーシアでイギリスのSAS（陸軍特殊部隊）の一員として訓練を受けました。彼は最初から特殊部隊ひとすじで、ベトナムでもはなばなしい戦功をあげています。七年間そこで過ごし、その間、多くの時間を公式上わが国の軍隊はいないはずの場所で任務についていました。三十八日間にわたって、猛烈な包囲攻撃を受けつづけ、それを耐えぬいたこともあります」

「おい、よせよ、ジム」と、海軍作戦部長が言った。

「それ以上に重要なのは」将軍はつづけた。「彼がデルタを創設したことです。誰も関心がなかった当時、デルタ・フォースをつくるために陸軍やペンタゴンと戦いました。デルタを訓練したのも彼で、デルタを知りぬいており、デルタを空気のように呼吸しながら生きてきました。彼こそ、デルタなのです」

「ただし」海軍作戦部長が言った。「ディック・プラーは一九七七年にデルタを率いてイランに侵入した。イーグル・クロウと呼ばれた作戦だったが、彼はイーグル・ワンの段階でパニックに襲われた。部隊集結地にヘリコプターが一機到着しなかったという理由で、任務を放棄した」

「第一集結地デザート・ワンで」陸軍参謀総長が言った。「彼は一九四四年以来アメリカの軍人が遭遇したもっとも困難な決断を行なわなければなりませんでした。アイゼンハワーが――」

「彼はへまをした。おじけづいたのだ。そして、不名誉のうちに退役したんだ、ジム。ディック・プラーは失敗した。全生涯をある一瞬のために捧げてきた男だったのに、いよいよその瞬間が来たとき、彼はしくじった」

「私がいいたいのは、決断のときが来たとき、誰ひとり彼に手をさしのべなかったという点だ。われわれの誰ひとりとして。アメリカ合衆国の大統領でさえ。全身全霊を、三十年の人生の最良の部分を祖国のために捧げてきた哀れな大佐をよってたかって吊るし首にした」

「彼はギリシャ悲劇を絵に描いたような男だ」海軍作戦部長が言った。「せっかくの機会を――」

「大統領、もし私に、あの山にのぼって、真夜中までにサイロに侵入できる人物をひとりあげろとおっしゃるなら、迷わずディック・プラーを指名します。ディック・プラーは私の奉職中に出会ったもっとも勇敢で、もっとも頭の切れる将校であります。現存の軍人の誰にもまして、戦闘を熟知した人物です。兵站(へいたん)も人殺しも、割りあてられたものは確実にこなしてきました。彼は偉大なる兵士です。最高の男です」

「ディック・プラーを臆病者（おくびょうもの）だという人間には出会ったことがないが」空軍参謀総長が言った。「彼が強情で、わがままで、手に負えない人物であり、ときには精神異常とさえ見られることがあるのを否定する者にも出会ったことがない」

「ジム、昔の子分を救いたい一心で言ってるんじゃないんだろうな？」海軍作戦部長が言った。

「もういい！」大統領が言った。「よしたまえ、もうたくさんだ」

彼は陸軍参謀総長の顔を見つめた。

「では、そのプラーという男を呼びだせ。その男と連絡をとれ。どんな事態になろうとかまわないから、任務を成功させろと言ってやるんだ。なんとしても成功させろと」

「もし成功というものがあるなら」と、陸軍参謀総長は言った。「ディック・プラーがそれをもたらすでしょう」

一一〇〇時

予告なしの任務ではあったが、デルタ・フォースは陸軍参謀総長が約束した三時間よりも早い、二時間半以内に到着する予定だった。奇跡的な兵站としかいいようがなく、しかもそのプランの大部分は部隊——特殊部隊作戦分遣隊〈デルタ〉の百二十名の兵士——がフォート・ブラッグから飛びたった第二十三空軍第一特殊作戦航空団の二機のC-130の機上でたてられたものだった。最初の計画では、〝対抗部隊〟が——基地の占領者たちはこう名づけられた——接近する航空部隊に対する監視所を設けていた場合にそなえて、〝HALO〟、つまり高高度から降下し、低空でパラシュートを開く作戦がとられることになっていた。しかし、ディック・プラーが現場に到着して十一分後、最初の決断として、その作戦に〝ノー〟を出した。

彼は、山から雪におおわれたすそ野の草原を半マイルほど横切ったところにあるミスティ・マウント・ガールスカウト・キャンプのくずれかけた事務所に立っていた。

「こんなひどい地形のなかに兵をちらばらせたくない」彼は目を怒らせ、鋭い口調で言った。「足を折るやつも出るだろうし、武器も泥だらけになる。農場の娘と恋におちるなんてことにはなってほしくない。そんなことをする必要はない。私は戦術航空部隊が来るまで動くつもりはないし、四時間もあれば到着するはずだ。デルタはヘイガーズタウンに戦闘態勢のまま着陸させればいい。飛行場の周辺の安全を州警察に確保させろ。こちらへ向かっているトラック部隊のルートの安全確保もおなじだ。彼らが到着したら、できるだけすみやかにこの周辺の警備態勢を固めろ。山にいる人物は無線連絡を行なっているから、デルタを途中で待ち伏せする部隊がいないともかぎらない。到着と同時に、彼らの周囲を固め、戦闘態勢をとらせろ。つまらんことで時間を無駄にしたくない。迅速に彼らをここに集め、集まりしだい攻撃計画を作成しろと言っておけ。最初の状況報告は一二〇〇時、この土地の様子を完璧に頭にたたきこませろ」

プラーはそう命じて、若者から目をそらした。若者はジェイムズ・アクリーという名の穏やかな表情をした二十八歳のＦＢＩ捜査官で、特殊技能をもっているわけではなかったが、銀行の使いこみ事件を捜査中にヘイガーズタウンのオフィスから捜査局特別緊急通信でここへ来るよう命じられ、真先に駆けつけてきたために、プラーの副官の役割をあてがわれることになった。プラーがアクリーを選んだのは、彼が知性よりその人物の意気ごみを信じており、アクリーは多少うろたえていたものの、意気ごみだけは充分感じさせたからだった。さらに、プラーは議論をふっかけてくるような小利口な連中にそばをうろうろされるのを嫌っていた。彼は言われたとおりのことを実行する無口な人間を好んでおり、なにをすればいいか指示して人を動かすのが好きだった。

　アクリーはシチュエーション・ルームに直結している緊急用テレタイプにその命令を打ちこんだ。それを通じて、各部隊に命令が伝わることになっていた。

「例の偵察写真はまだとどかないか？」と、プラーがたずねた。

「まだです」アクリーは、いまにもくずれそうな古い壁の片隅に驚くべき早さで設置されたさまざまな通信機器のほうを見ながら答えた。数人の技師たちがそのうえにかがみこんでいたが、なぜかプラーは彼らの存在を無視しており、外の世界とはすべてアクリーを介して接触していた。

「とどいたら、すぐに報告します」アクリーが落ち着かなげに言った。じつは、プラーがすこしこわかったのだ。もっとも、プラーをまったくこわがらない者などいなかったが。彼を呼ぶのに、〝サー〟がいいのか、〝大佐〟がいいのか、ほかに適切な呼び名があるのかさえ見当がつかなかった。

　プラーはまた双眼鏡を目にあてた。上方に向けると、汚れひとつない真っ白な山の輪郭がかすんで見えた。赤いアンテナがキャンディ・バーのように突きだしている。

動くものはなにもなかった。

荒地をぬって一本の道がのぼっていた。山腹のなかばあたりでそれが唐突に断ちきられている。対抗部隊が爆破した部分だった。見事なやり方だ。すくなくとも今日一日は、機甲部隊の攻撃を心配しなくてすむ。

彼は腕時計を確認した――一一二四時。あと十二時間とすこしだ。それなのに、デルタはまだ地上におりていないし、メリーランド州軍は集結の最中、第三歩兵師団はのろのろと道路をこちらへ近づいている。唯一の朗報といえば、レンジャー大隊がすでに飛びたち、国を横断して一六〇〇時には到着する予定であることだけだった。

十二時間か、とプラーはまた考えた。しかめ面をしていたが、それはいまに始まったことではない。ディック・プラーはつねに顔をしかめていた。生まれつきの顔だった。なにを考えているかは秘めたままだったが、緊張した表情、血の気のひいた肌の色、ぴんとはった筋肉、ひきむすんだ口が胸のうちを物語っていた。

やがて、プラーはたずねた。「地元の連中からなにか連絡は?」

「州警察はまだ町じゅうのドアをたたいてまわっています」アクリーが言った。

プラーが指した最初の一手はバーキッツヴィルの町に州警察の警官を送り、急いで地元の年寄りを調べさせることだった。山にくわしいのは誰だ? あそこにはなにがある? のぼり方は? 山のなかはどうなっているか? プラーは地図を信用しなかった。ベトナムで身につけた習性で、粗悪な地図のためにあやうく命を落としかけた経験をしたからだ。それは、彼の経歴のなかで数少ない失敗のひとつだった。

リチャード・W・プラーはきびしい顔つきですらりとした身体つきの五十八歳の男で、青みがかった鉄灰色の髪を頭頂の肌がすけて見えるほど短く刈りつめていた。人に有無をいわせぬ黒い目をして、しぐさや歩き方は、もし解決の助けにならないのなら、その人間は問題の一部にすぎないという彼の姿勢を如実に物語っていた。ある人物が――彼の崇拝者ではなかった――かつてディック・プラーをこう評したことがある。「やつが向かってきたら、弾倉が空になるまで撃ちつづけなければならない。もっともつぎの瞬間には、やつの影があんたののどを切り裂いているだろうがな」彼は人に好かれる男ではなく、彼が好意をもつ人間も数すくなかった。妻とふたりの娘、行動をともにしてきた部下――おもにタフな古参曹長タイプで、困難な局面でも冷静に殺しができる男たち――が何人か、それに彼が士官交換の任務で服務したことのあるSASはじめ、世界各地のエリート部隊の連中数人というところだった。

その一方で、彼は誠実さという天分に恵まれていた。無頓着(むとんちゃく)にずばずばと真実を語るその才能は、うまく立ちまわるには大勢にしたがわなければならない陸軍では、政治的な利益をほとんど生みださなかった。あらゆる場面で表われる彼の粗野な態度はあらゆる種類の人々の不興を買っていたが、なかでも誰彼問わず相手の目をまっすぐ見つめ、おまえはくそのかたまりだと言うのが大好きなところが憎しみの対象となっていた。端的にいえば、彼はまさしく戦争のために生まれてきた人間で、平和とは無縁なのである。戦争が始まれば、その働きは絶大だった。

一九六三年から七〇年までは国内勤務についていたが、その間二度にわたって一〇一空挺旅団とともにベトナムへおもむいた。とはいっても、その主たる任務は特殊部隊Aチームを率いて地図にものっていない土地に踏みいり、カンボジアの北ベトナム軍補給ルートを絶ったり、現地民の部隊――ヌン族や山地民――を、彼らが憎んでいる北ベトナム人と戦わせるための訓練を行なうことだった。一度、非武装地帯のすぐそばにあるAチームの大型駐留地で長期間北ベトナムの一個師団に攻囲され、二十四名の部下と彼が訓練していた三百人の現地民とともに三十八日間もちこたえたことがある。空挺部隊がようやく包囲を突破して救出に来たとき、彼の手には七人のアメリカ人と百十人のヌン族が残っているだけだった。

彼はまた南ベトナム全土に派遣され、一部には北へも侵入していたと噂される、謎につつまれ、いまだに非公開情報に分類されている南ベトナム援助米軍司令部の特別監視班にも所属したことがあった。プラーはそこでマイク・フォース大隊を指揮して、数多くのはなばなしい戦功をあげた。マイク・フォースは敏速な行動を旨とする部隊で、ヘリコプターをつかって窮地に陥ったAチームの救出にあたり、敵に最短時間で最大限のダメージをあたえていた。彼はきわめて攻撃的な士官で、めめしいところはかけらもなかった。三度、負傷したことがあり、そのうち一度はほとんどの者がショック死してしまうほど強力なチャイニーズ五一口径の銃弾を受けた。だが、どうということはなかった。職業軍人であれば撃たれるのは当然で、それだけの話だった。けれども、プラーは世界をまたにかけるマイク・フォースという、独自の展望をもって祖国に帰ってきた。アメリカ合衆国も身軽で、かつ破壊力をもつ特別電撃部隊をもつべきだというのが彼の意見だった。よく訓練され、電撃作戦が可能で、優秀な武器をもち、いかなる重大事件にもただちに対応できるコマンド集団を夢見ていた。そして、またしても彼は夢を実現した。しかし、自分の計画をかちとるために軍の政治力学の曲がりくねった迷路を進むうちに、彼の人柄は狂信者の醜い姿に変わっていった。彼はペンタゴンの奥の廊下で、笑いを失くしてしまった。どこかで開かれたなにかの会議の席で、未来さえ失った。結局、彼は勝利し、デルタ・フォースという戦利品を得た。デルタ・フォース——それは彼が定義し、訓練し、指揮した部隊だった。いうなれば、彼がこの世に生みおとした部隊だった。そして、世間の目から見れば、彼のつまずきの原因となった部隊だった。

ベルが鳴った。

「偵察写真が入っています」コンピューターの伝送プラテンから写真がはきだされて

くると、アクリーが叫んだ。

プラーはむっつりとうなずいただけで、アクリーが写真を手わたそうとするまで振り返らなかった。

プラーは写真を見おろした。カラーだったが、これまで見たどの写真とも似ていなかった。全体が灰色がかった白いかすみのように見えた。霧のなかに、小さな赤い光が点々とちらばっている。

プラーは数をかぞえた。

「三十八、三十九、四十……」

やがて、彼は口を閉じた。

「六十だ。地上に六十人の人間がいる。これがやつらだよ。宇宙から撮った、何百マイルも離れた空のどこかに漂っているアイテック社提供の赤外線カメラから撮った対抗部隊のポートレートだ。この数はどんな意味をもってるかね、アクリー?」

アクリーはぎくりとした。彼には軍隊経験がなかった。あてずっぽうで言ってみた。

「相手は歩兵小隊ということでしょうか?」

「ちがう」と、プラーは言った。「あてずっぽうだな、そうだろう?」

「ええ、そうです」アクリーが言った。

「よろしい。こんど、私のまえであてずっぽうをいったら、きみの経歴はそこで終わりだ。きみは首になる。わかるな？」

「はい」

「知らなければそういえばいい。だが、下位の士官があてずっぽうで事を進めれば、取り返しのつかないことになりかねない。わかるな？」

アクリーはごくりとのどを鳴らした。プラーににらまれると、胸骨を手押し車で圧迫されているような気分になった。

「わかりました」と、アクリーは言った。

すぐに、職務違反のことはプラーの念頭から消えた。

「歩兵小隊は三十二名、中隊は百二十八名前後で構成される。ちがう、この数が意味するものはふたつある。まず第一に、これほど大規模であるからには、明らかに防守作戦であることを意味する。奇襲をかけて、すぐに撤退する作戦ではない。この連中は、われわれがあの山から彼らを追い落とす覚悟ができるまで、あそこにとどまるつもりでいるらしい。ふたつめは、これほどの人数であれば、自家用車で乗りつけるようなことはできないという点だ。幌馬車隊を仕立てて近づいたにちがいない。となれば、この近くに部隊集結地があるはずだ。おそらく貸し農場だろう。その農場を探しあてれば、やつらの正体がわかるかもしれない」

「わかりました」

「すぐ調査をはじめろ。シチュエーション・ルームからフーヴァー・ビルにいるきみの同僚たちに連絡させ、ここ一年すこしのあいだの貸し農場の契約を徹底的に洗わせるんだ。州警察にも協力を求めてな」

「わかりました」

若い捜査官が通信室へ急ぐあいだ、プラーは写真をこまかく観察した。たしかに、みごとな手際だ。対抗部隊を指揮しているのが誰にせよ、何度か特殊作戦を計画し、実行したことのある人物にちがいない。

敵の指揮官はすくなくとも半数の部下を防御にあて、残りを発射管制施設の近くでなにかの作業にあたらせていた。兵員とその活動ぶりを見て、プラーは即座に、相手はよく鍛えられたエリート部隊であると結論した。イスラエル人だろうか？　イスラエルの空挺部隊は世界でも最高の特殊作戦部隊である。あるいは南アフリカ人か？　あのいやらしい国にもすご腕の兵隊が何人かいるにちがいない。イギリスのＳＡＳという可能性はないだろうか？　まえに何度かアメリカの将軍たちに言ったことがあるが、ＳＡＳの一連隊をくれれば、彼は西側のどこの国でも乗っ取れる自信があった。もっともカリフォルニア州だけは例外で、それはプラーがそこを欲しいと思わなかったからだ。

それとも、彼らはこの国の人間なのだろうか？

その考えはこれまで誰の口にものぼらなかったし、この段階になっても直視しようとする者はいなかった。だが、アメリカ人なら容易にできるという事実は誰にも否定できない。特殊部隊の腕ききの一部が、なにか事が起きるのを待つのに耐えられなくなったのかもしれない。二百万の赤ん坊が黒焦げになるのもいとわず、共産社会を一掃する手助けをしたいと考えたのか。「アメリカ合衆国暫定陸軍か！」

プラーは写真をもう一度見なおした。

おまえは誰なのだ、ろくでなしめ？　おまえの正体がわかったとき、おれはおまえを倒す手段を見つけてやる。

「大佐！」

アクリーだった。

「デルタがヘイガーズタウンに到着しました。いまこちらに向かっています」

プラーは腕時計を確認した。占領から三時間半が経過していた。ようやくデルタが地上におりて、部隊集結地に移動しはじめた。空中攻撃用のヘリも一時間以内に着くはずだ。A‐10チームはボルティモアの州境にあるマーティン飛行場から飛びたつ予定だが、それにはひとつ厄介な問題があった。ジェット機に新しい武器——二十ミリ機関砲——を取り付けなければならなかった。通常の装備は三十ミリのキャノン砲なのだが、劣化ウラニウムに包まれた大きな三十ミリ弾の運動エネルギーでは、発射管制施設のエレベーター・シャフトのうえにあるコンピューターはひとたまりもない。砲弾がコンピューターに穴を開ければ、サイロは永遠に閉ざされることになる。プラーは自分の手でコントロールできないものをすべて憎んでおり、この件は彼の手に負えなかった。だが、戦術空軍がやってくるまではパーティを始められない。戦術空軍なしでは部下を運ぶことすらできないからである。

彼らもまもなくやってくるだろう。

だが、プラーはもっと情報が入るまで動くつもりはなかった。忍耐が——と、彼は思った——忍耐こそが解答だ。すでにワシントンはなんらかの結果が欲しいとさわぎたてていた。それがあるから、こんどの任務はいままでで一番困難な戦いとなる。それでも、彼は待つつもりだった。この件にはかならず別の見方があるはずで、いずれそれが明らかになるだろう。

プラーはお気に入りのタバコ〈マルボロ〉に火をつけた。煙が肺の奥深くを刺激するのを感じて咳きこんだ。

「大佐」通信関係の専門家のひとりがいつになく興奮した様子で呼びかけた。「見てください」

ほかの者も部屋に駆けこんできた。州警の警官がひとり、つづいて軍の通信チームの兵士がひとり。

「あれです、プラー大佐。見てください」

プラーは双眼鏡を目にあて、いつのまにか黒いかすみが山頂をぼやけさせているのを眺めた。

「あれはなんだ?」誰かが叫んだ。ほかの者たちは大急ぎで双眼鏡を目にあてた。

プラーは山腹をおおっている黒い汚れに焦点をあわせた。目測では、広さは五百フィート四方というところで、わずかに波打っており、一面真っ黒だった。

最初はさっぱりわからなかった。

やがて、ぴんときた。

「防水シートだ」と、プラーは言った。「覆いをかけている。あそこでしていることを、われわれに見られたくないんだ」

なんというやつらだ、と彼は思った。

いっせいにあがった声にかき消されて、彼はあやうくアクリーの言葉を聞きのがすところだった。アクリーは、いまサウス・マウンテンをつくったピーター・シオコールという男を探している最中だと言っていた。

プー・ハメルは誰でも好きになる年ごろで、拳銃をもって寝室にいる男たちさえ好きになった。彼女はハーマンが好きだった。ハーマンもおなじくらい彼女が好きらしかった。ハーマンは大柄な金髪の男で、ブーツからシャツまで黒ずくめの服装をしていた。もっている銃まで黒かった。柄のわりにはやさしい目をしており、よく訓練されたサーカスの熊のようなもったいぶった身振りが得意だった。彼の身体のひとつひとつの細胞から発散されているのは、相手を楽しませたいというおそろしいまでの欲求だけだった。プーのピンクの部屋が気に入り、とくにプーの父親が吊った棚にならんでいる玩具が好きだった。彼はそれをひとつずつ棚からおろして、驚くほどの集中力で観察した。〝ケアベアーズ〟や〝ぽんぽん人形〟や、〝かわいい子馬〟のコレクション（プーはそれを十個以上もっていた）が気に入った。〝レインボウ・ブライト〟や〝ドンドン子犬〟や〝ピーナッツ・バター〟も気に入った。彼は全部、大好きになった。

「これはとってもかわいいね」彼は言った。プーのお気に入りのひとつ、明るいピンクのポリエステルのたてがみをはやしたユニコーンのことだった。

台所で泣きつづける母親やむっつりと押しだまったビーンを見たときのプーの興奮はもうおさまっていた。彼女にすれば、新しい友だち、とくにハーマンのような男と友だちになるのはたいへんな冒険なのだった。

「あなたも帰っちゃうの？」プーは鼻にしわをよせ、しかめ面をしてたずねた。

「もちろんだよ」ハーマンは言った。「もうすぐね。いかなくちゃならないんだ。仕事があるんだよ」

「あなたはいい人だわ」プーは言った。「私、あなたが好きよ」

「ぼくもきみが好きだよ、すてきなお嬢さん」彼は笑みを浮かべて答えた。

プーは彼の歯がとくに気に入っていた。いままでそれほど真っ白な歯を、それほどやさしい微笑みを見たことがなかった。

「外で遊びたいわ」彼女は言った。

「ああ、それはだめだよ、プー」ハーマンは言った。「もうちょっと、ハーマンといっしょに家のなかにいなければならないんだ。ぼくらは仲よしになれる。親友に、相棒になるんだ。いいね？　しばらくすれば、きみも外へ出て、いっぱい遊べるようになる。きっと楽しいだろうな。みんな、外で遊ぶのは大好きだからね。それに、ハーマンがきみにプレゼントをもってきてあげるよ。新しい〝かわいい子馬〟だ、どうだい？　ピンクのがいいな。きみのもってるのとおなじやつで、ピンクのユニコーンをもってくるよ。それでどうだい？」

「お水はのんでもいいの？」プーがたずねた。

「もちろんだよ」ハーマンが答えた。「のんでから、お話をしてあげよう」

ピーター・シオコールはとりとめなくしゃべりつづけていた。

彼自身、自分の言葉がいつのまにかつながりのない従属節や不明確な思考、救いようもなくこみいった隠喩（いんゆ）のやぶのなかに消えていき、方向を見失い、結局は支離滅裂になってしまうのを感じていた。

「つまり、だからこそ、つまり、断頭理論とはそれが、おわかりのように、指揮用の地下壕を局部攻撃することでそうなるわけだが、むろんそんなことになるのは誰も望んでいないことだから、とにかく……」

まえに置いたメモ・カードもまったく役に立たなかった。そこには、ほとんど判読できない自分のなぐり書きで、〝断頭理論――解説〟とあるだけだった。

学生たちの顔は退屈しきっていた。ひとりの女子学生はガムを噛（か）みながら明かりをみつめていた。若者のひとりはむっとした表情で宙を凝視している。〈ボルティモア・サン〉の特集記事を読みふけっている者もいた。

それは、ボルティモアのジョンズ・ホプキンズ大学構内にあるシェイファー・ホールの巨大な教室一〇一号で毎度おなじみの風景だった。ピーター・シオコールはここで週に三時間、だんだん出席者が減っていく学生を相手に〈戦略理論〉概論の講義を行なっていた。どうせほとんどが医学博士号をめざしている学生なのだ。こんな悪ガキの気持ちをどうやってつかめというのだ？

面白がらせればいいのさ、と新しい同僚講師のひとりが忠告してくれたことがある。だけどこれは面白いのだよ、とシオコールは答えたものだった。ミーガンとのあいだに問題が生じて以来、集中力を失うことが多くなっていた。

彼はなんとか気持ちを集中しようとつとめた。

「断頭とは、むろん首切りから来ている言葉で、すなわちある種の抹殺行為によって社会全体を麻痺(まひ)させることができるという考え方であり、フランス革命のように、つまり、ギロチンをもちいて……」

「あの、シオコール博士?」

ほう! 質問だ! シオコールは教室で質問が出ると幸せな気分になった。たとえ一、二分でも、苦しい立場を逃れることができるからである。だがこれまで、質問が出たことはまずなかった。

「なんだね?」彼は熱のこもった口調で言った。質問者の顔は見分けられなかった。

「あの」なかなか魅力的な娘だった。「期末試験のまえに、中間試験の答案を返していただけるのでしょうか?」

シオコールはため息をついた。自宅のベッドわきのテーブルに積んである、判読不能のきたないボールペン書きの文字がのたくっているぼろぼろの青い小冊子の束が目に浮かんだ。二、三読んだが、すぐに興味を失ってしまった。じつに退屈な読み物だった。

「それなら、もうすこしで見おわるところだ」彼は嘘をついた。「もちろん、期末試験のまえに返す。だけど、もし核戦争が起きたら、期末試験もできなくなるがね」

何人か笑い声をあげたが、多くはなかった。シオコールは大きく身をのりだし、脱線を修復しようとした。こんなはずではなかった。ミーガンに対しては、自分の力をひけらかすのが得意だったのに。

「ひけらかしがとてもお上手なのは認めざるをえないわ」彼の別れた妻ミーガン・ワイルダーはそう言ったことがある。「あなたの二番目に偉大な才能ね。ひとつ目は、世界に終末をもたらす方法を考えることよ」

大学で教えることは、破局を経験した彼に多くのものをあたえてくれるはずだった。新たなスタート、過去の重圧からの解放、新しい街、新しい機会、彼がしこんだ愛弟子を。だが、ほどなく学生たちがそれほど興味ぶかい存在ではないのがわかり、彼らのほうもシオコールに興味をもたなくなった。彼らはただすわっているだけだった。しばらくすると、彼らの顔がぼやけて見分けがつかなくなった。手ごたえがまったくなかった。そのうえ、講義をするのはたいへんな労力を要した。夜、疲れはてて家に帰ると、考える力も思い出す力も失われていた。

ただ電話を見つめて、ミーガンにかけるべきかどうか思案し、その一方で彼女のほうからかけてくるのを祈ることしかできなかった。

記憶はまだちょっとしたことで傷がつくほどなまなましかった。つい二週間前、彼はミーガンに会った。それはみじめではあったが、ある意味では英雄的な和解の試みだった。何カ月も音信不通だったのに、ミーガンはあっさり姿を現わした。夜のあいだは、壮観かつ貪欲なる肉体と欲望の饗宴がくりひろげられた。だが、朝になると過去の傷がよみがえってきた。彼の罪の意識、彼女の罪の意識、さまざまなだましあい、裏切り、彼のナルシシズム、彼女の虚栄心、そして彼の爆弾――あなたのいやったらしい爆弾、と彼女は呼んでいた――それらすべてが醜悪なピラミッドをかたちづくった。

「とにかく」シオコールは散漫な気分のまま、講義を続けた。「つまり、断頭の要素としては、その――よし、ざっくばらんにいこうじゃないか」彼はまわりくどい話に飽き飽きした。ずばり真実を語りたいという衝動に駆られた。

「ノートしときたまえ。断頭とは、数千人を殺して、数百万ないしは数千万の命を救うことだ。ソヴィエト社会では中央集権的構造と権威主義が幅をきかせているから、数少ないトップの人間を殺せば国全体を解体できるという考え方だ。つまり、現実には大陸間狙撃ライフルの役割をはたすミサイルをつくればいいことになる。『ジャッカルの日』の主人公をつくりだすわけだ。問題はただ、彼らもまたわれわれに対しておなじことができるという点なのだ」

学生たちはだまって彼を見つめていた。殺人さえ、彼らの心を揺りうごかさないのだ。

シオコールはまたため息をついた。

権威も地に落ちたというべきなのだろう。偉大なるピーター・シオコール——ハーヴァード大学を第二位優等で卒業、ローズ奨学生、MITから核工学で修士号、イェール大学から国際関係論で博士号取得、国防総省のゴールデン・ボーイ、戦略関係者共同体の環のなかに迎えられた名誉ある一般市民、〈フォーリン・アフェアーズ〉に掲載された有名な論文、『では、なぜミサイルの優越を問題にしてはいけないのか？＝ＭＡＤ（相互確証破壊）再考』の著者——が、いまおぼれかけていた。

シオコールは長身のほっそりした男で、今年四十一歳だったが、三十五歳ぐらいにしか見えなかった。ブロンドの髪が薄くなって額が広がりはじめており、それが知的な印象をあたえていた。学問の世界ではどちらかといえばハンサムなほうではあったが、とらえどころのない性格の持ち主で、どことなく不安を感じさせる曖昧模糊とした部分を敬遠する人々も多かった。専門分野から一歩外に出ると、彼自身正直に認めているように、まったくの無能力者でしかなかった。

不快感をカムフラージュするための彼なりの懸命な努力だったのだろう、彼は自分の頭のなかにある〝教授らしい服装〟、つまり二十年前の教授たちが着ていた服の記憶を忠実になぞっていた。ひどく目がつまっているせいで、赤紫色の〝天の川〟の地図みたいに見えるツィードのジャケット、ブルックス・ブラザーズの青のオックスフォード織りのシャツ——ブルックス・ブラザーズ以外ではお目にかかれない、荒れ狂う海を思わせる濃い青だった——にストライプのレップタイを締め、〈ブリッチーズ・オブ・ジョージタウン〉で買ったタックのついたカーキ色のズボン、はきふるして黒ずんだローファー、〈バス・ウィージャンズ〉をはいていた。

さっきの女子学生がまた手を上げた。

「あの、シオコール博士？　こんどは論文形式になるのか、選択問題なのかぐらい教えていただけませんか？　だって、試験は来週なんですもの」

その娘はほんのすこしミーガンに似ていた。日にやけた肌にととのった顔立ち、ほっそりした身体つき、熱意のこもった態度。シオコールはしばらく惚けたように彼女を見つめていたが、あわてて質問について考えをまとめようとした。これ以上、彼らの論文を読まされるのは死ぬほどの苦しみである。といっても、自分のめちゃくちゃなノートをもう一度ひっくりかえして問題をつくる気力も残っていない。たぶん全員にBをつけて、電話を見つめていることになるだろう。

「それじゃあ、投票で決めるってのはどうだね？」やっとのことで、彼はそう言った。

だが、彼の声は突然襲いかかったすさまじい轟音のなかにのみこまれた。学生たちの視線が教授から窓へ移動し、五〇年代の怪獣映画の一シーンが目の前で展開されるのを茫然として見つめた。巨大な昆虫が駐車場を攻撃するために姿を現わしていた。近づくにつれ、昆虫は陸軍のUH‐1Bヒューイ・ヘリコプターの姿をとりはじめた。広いプレキシガラスの目、ふくれあがった胴、つかめば折れそうなほど細い尾をもつ、くすんだオリーブ色の大きな生き物。それが空からおりてきて、たくみに林のあいだをぬって近づくあいだ、その吠え声のせいで教室の机や椅子ががたがたと揺れつづけた。ヘリコプターは、ほこりや雪、女子学生のスカートをまきあげながら、強引に駐車場に着陸した。

教室のなかがざわめき、おしゃべりの声が高まるなか、迷彩服に身をつつんだふたりの将校がヘリコプターから飛びおり、そばにいた学生をつかまえてなにかたずね、こちらの建物に近づいてくるのが見えた。シオコールの顔がこわばった。彼らが来たのは自分に会うためで、それはよほどたいへんな事態が起きたことを意味する。彼は顔から血の気がひいていくのを感じた。

ふたりの将校がシェイファー・ホールに来るのに三十秒しかかからなかった。

数秒後、教室のドアが開いて、やせた中年の将校がまったくまわりの目を意識する様子もなく、教壇に歩みよった。

「シオコール博士」と、将校はにこりともせずに言った。「お話があります」

ふたりの目があった。男は緊張し、同時に興奮しているように見えた。シオコールはこの手の職業軍人をたくさん知っていた。想像力に欠けるところがあり、たいがいが体制の遵奉者(じゅんぽうしゃ)ではあるが、悪い人間ではなかった。けれども、目のまえの男にはそれだけではない部分があるように感じられた。一八一五年にワーテルローの戦場に出陣する若い竜騎兵の士官を連想させた。シオコールはこれに似た感じを何人かの爆撃機パイロットにもったことがあった。そちらはおおむね、週に三度は水爆を落としに行きたくてうずうずするような、もっと荒っぽい連中ではあったが。

「よろしい」シオコールは学生に向かって言った。「きみたちは退室しなさい」

学生たちはぺちゃくちゃとしゃべりあいながら、急いで教室を出ていった。

士官はドクター・ピーター・シオコール著の『核戦争の終末――ハルマゲドン展望』の本をかかげてみせた。

「この本で、あなたはみずからジョン・ブラウン・シナリオと名づけた問題を語っていらっしゃる。準軍事的組織によるサイロ占領を想定して」

「そうだ」シオコールは言った。「きわめて高い地位にいる軍人に、こんな馬鹿げた話はいままで聞いたことがないと言われたよ。そんなことは一八五九年にハーパーズ・フェリーで起きて以来なかったことだし、現在も起こるはずがないと」

「どうやら、それが起きたようです」

「くそっ」いつもなら使うことのないののしり言葉がシオコールの口をついて出た。急に呼吸が荒くなるのを感じた。ミサイルを乗っ取られただと？「どこだね？」だが、彼にはわかっていた。

「サウス・マウンテンです。大部隊の奇襲でした。プロフェッショナルらしい攻撃をしかけてきました」

少佐はいままでにわかっている占領作戦の細部をかいつまんで語った。彼は完璧な状況報告を受けているようだった。

「いつ起きたことだね？」シオコールは知りたがった。

「三時間たっています、シオコール博士。われわれは現在兵員を集め、攻撃の準備をしています」

「三時間だと！　こいつは驚いた！　相手は誰なんだ？」

「わかりません」少佐は言った。「ですが、誰にせよ、やるべきことは正確に心得ています。膨大な内部情報ももっているようです。とにかく、地上軍の指揮官があなたのアドバイスを求めています。どうやら、彼らが発射を行なうつもりであるのは間違いないようです。われわれは基地に侵入して、阻止しなければなりません」

では、すでに始まっているのだ。人類最後の午前零時が目のまえに迫っていた。シオコールの頭に、ミーガンにいうつもりでいえなかった言葉がつぎつぎと浮かんできた。いまいうべき言葉はひとつしか思いつかなかった。それは悲しい真実だったが、彼はまえにいる兵士にそれを打ち明けた。

「それは無理だな。あそこには侵入できない。防備が固すぎる。それに——」

「侵入はわれわれの専門分野です」将校が言った。「それがわれわれの仕事なのです」

シオコールは、将校の泥の模様がついた迷彩服の胸に、ステンシルで名前が刷りこまれているのに気づいた。

〈スケージー〉と書いてあった。

将校はシオコールの顔を見つめた。年恰好はおなじぐらいだったが、将校のほうは運動選手の優美さと信念をそなえていた。目の表情も、まるで瞳孔の広がり具合さえコントロールできるかのように、冷静そのものだった。シオコールは不意にこの男がエリート部隊の一員であるのに思いあたった。どんな名称で呼ばれていたのだっけ？　アルファか？　ベータか？　いや、デルタ・フォースだ。そう、グリーン・ベレーよりさらに進歩した殺人技術をもつ連中だ。将校は知的な重量あげ選手という感じだった。野戦服の下には信じがたいほど引きしまった筋肉があった。三十年も汗くさいジムにかよい、両端に鉄のかたまりをくっつけた棒を上げ下げして自分を超人にしたてようとする自称ニーチェ哲学信奉者のひとりなのだろう。シオコールは急に、考えちがいをしているこの愚かな男があわれになった。生来のつむじまがりである彼は、もうすこしで議論をふっかけそうになった。もしサイロに入れるという考えがスケージーの虚栄心から出たものなら、今夜デルタ・フォースは苦汁をなめることになる。

シオコールは自分が誰かのつくった出来の悪い映画の登場人物になったような気がした。世界はハリウッドのメロドラマとはちがって、優雅に終末を迎えるべきなのだ。世界にはうまく自己を破壊することもできないのだろうか。もうすこしで、熱意に満ちたスケージーに、このデルタ・ヴァイキングに嘲笑を浴びせかけそうになった。きみたちが破壊しようとしているのは定期旅客機ではない、と彼はいいたかった。相手にするのは世界最高の保安システムに守られたミサイル・サイロなのだと。そんなことをしてなんになる？　彼は自分に言い聞かせて、出かかった言葉をのみこんだ。

「じゃあ、行こうか」シオコールは言った。世界の寿命が尽きかけているのなら、最後の仕事としてその場にいたいと思った。だいたい、これはまえから予想していたことなのだ。

そう思ってから、こんどこそミーガンに電話をかけるべきじゃないだろうかと考えた。だが、それもしないことにした。彼女はいまや自分の力で生きている。そのままで終わらせてやるほうがいい。

シオコールはよく思うのだが、現代生活のなかでもっとも興味を引かれるもののひとつに、変化の加速がある。

たとえば、わずか二十二分間のヘリコプターの旅で、頭がまだ混乱して、苦痛なまでにばらばらの状態のまま、ジョンズ・ホプキンズ大学から戦闘地帯のまんなかまで運ばれてしまう。彼はなぜかベトナム戦争——彼はこの複雑きわまりない地域紛争を、努めて在学期間をのばすことで回避した——の時代に送りかえされたような気になった。まるで子供のころに見たテレビのショウ番組だった。若いころのウォルター・クロンカイトの節まわしをつけた言葉が聞こえるような気がした。「なにもかもそのころのままですよ、あなたがそこにいることを除けばね」

シオコールは、いつのまにかメリーランド州の田園にある荒れはてたガールスカウトのキャンプに群れをなす殺し屋タイプの兵士たちのまんなかに放りだされていた。例外なく髪をクルーカットにしたひきしまった身体つきの若い戦闘専門の運動選手たちが、驚くほど多種多様の自動火器やロープ、爆発物、身体のあちこちに上下逆にして差した見慣れない型のナイフを花綱のように身につけてよりあつまっていた。なかでもシオコールが一番不快に思ったのは（彼には、空中にただよう灯油の臭（にお）いとおなじくはっきり感じられた）、彼らのあいだにみなぎっている言葉では言いあらわせない歓喜の気分だった。

シオコールはぶるっと身震いした。彼が好きな戦争は抽象的で、理性的に処理できるものだけだった。全地球レベルでの破壊の理論や重々しい地政学用語を駆使して思索する興奮が好きだった。これほど身近に小編成部隊の実際の武器――グリースがにぶい光をはなつ銃、ぶつかりあってさわがしい音をたてる銃弾、銃のボルトをがちゃと動かす音、弾倉を入れたりはずしたりする金属的な響き（兵士たちは自分の武器をもてあそぶのに夢中になっていた）――の存在を感じると、ちょっとした不安などということではすまなかった。銃がとくにこわかった。銃は容易に人の命を奪うことができるからだ。彼はもう一度身震いして、名前は聞きのがしたが、臨時に役割をふりあてられたらしいＦＢＩの男の案内でキャビンに入った。そこでふたつ目のショックが待ちかまえていた。

シオコールは、キャビンのなかも外と五十歩百歩だろうと予想した。特殊作戦のプロたちがよりあつまり、詳細な地図に身をのりだして、低い声で〝奇襲計画〟かなにかについての議論に熱中しているものと思っていた。ところが、彼が見たものはまるでマーク・トゥエインの世界からぬけでたような光景だった。顔は陰に隠れているふたりの地元の男が、椅子の背もたれにゆったりとよりかかり、頭が痛くなるほどタバコの煙といがらっぽい臭いがたちこめるなかでよもやま話をしていた。あいだにおかれた安っぽい灰皿に吸殻が火葬用の薪のようにうずたかく積まれていた。これが〝特命本部〟なのか？　司令部なのか？　どちらかといえば、雑貨屋のような雰囲気だった。

「おぼえてるよ」と、男のひとりが言った。「よくおぼえてるさ。あの当時、世界は石炭を中心に動いてた」

「そうとも、いい時代だったよ。たいへんな光景だった。六番坑だけで二百人の男が働いてたんだ。いうなれば、文明の中心ってとこだよ。ものごいみたいなみすぼらしいのがうろついてるだけのいまとは大ちがいさ。みんな、でかい黒い車をもって、みんな仕事をもってた。大恐慌も関係なかった。バーキッツヴィルは石炭で、石炭がバーキッツヴィルだった。昨日のことのようにおぼえてるよ。五十年前とはとても思えん」

ふと、片方の頑固そうな男が顔を上げた。シオコールの目に一瞬、光のなかに浮かんだその男の顔が見えた。同時に、自分が値踏みされ、尊大ともいえる態度で一応の合格点をあたえられるのを感じた。彼は思わず息をのんだ。その男が誰かわかったのだ。

名高き、あるいは悪名高きディック・プラーにちがいない。国防総省が、尋常ならざる事態に対処する場合にかぎって、責任を負わせようとひっぱりだしてくる変人のひとりである。シオコールでさえ、ディック・プラーが水田や湿原で経験した数多くの栄光の瞬間のことを、デザート・ワンでの凍りつくような恐怖の一瞬のことを知っていた。

シオコールの目にうつったのは、まるで大昔の木綿の帆布をそのまま切りとったような顔をもつ、五十代後半のひきしまった身体つきの男だった。根もとまで刈りつめたつやのある目のつまった鉄灰色の髪。小さなハイフンのように引きむすんだ口。それに、大きな筋ばった手——力強い、労働者の手だった——と、たくましい腕が目を引いた。目はイスラム教のアヤトラを連想させる、鋭い光をはなつ黒い小さな石のようだった。着ふるしたジャングル用の野戦服に身をつつみ、腕にカンボジア山地族のブレスレットをつけていた。ブーツもやはりジャングル用だった。くそっ、まちがいない。広い胸に、かすれかけたステンシル文字で、伝説的人物プラーの名が記してあった。

「もちろん、坑道は全部閉鎖されちまったよ」偏屈そうな老人が言った。「いうなれば、フレデリック郡の厄日ってとこさ、ミスター・プラー。女どもはここを出ていくまで、一年間喪服で暮らしたものだよ」

「シオコール博士」正式な紹介もぬきで、ディック・プラーがいきなり切りだした。「ミスター・ブレイディがきみの基地に関して、じつに興味深い事実を話してくれているところだ」

シオコールはそう言われるのを予期していた。

「基地が古い石炭の廃鉱の千フィート上につくられていることですか？　それは知っていました。昔の書類も全部目を通しましたからね。試掘もしてみました。炭鉱は一九三四年に落盤事故を起こして閉鎖されました。われわれがやった調査では、地盤の不安定は認められなかった。あの炭鉱はすでに過去のものなのです、プラー大佐。あれをつかって基地に侵入できると思いちがいをなさってるなら、そう言っておきましょう」

プラーは無表情な黒い目でシオコールを見つめながら答えた。「だが、われわれの調べたところでは、タイタン・ミサイルの発射用に掘られた未完成の穴が、五〇年代後半から開いたまま、雨ざらしになっているという。三十年のあいだには、たいへんな量の雨が降っただろうね、ミスター・ブレイディ？」

「このあたりはやたらに雨が多いんだ。いやになるくらいな」ミスター・ブレイディは言った。彼は振り向いて、しわだらけの顔をシオコールのほうに向けた。「お若いの、あんたはいろんなことをいっぱい知ってるお人のようだが、石炭についてはどれぐらいご存じかな？　何十年も雨水が坑道に流れるままにしておけば、山のなかはえらく面白いかたちに変わってしまうだろうよ。石炭はやわらかいんだ。バターみたいにやわらかいんだよ」

シオコールは老人を見つめかえした。

それから、ディック・プラーに視線をうつした。

「トンネルがあるのさ、シオコール博士」ディック・プラーが言った。「われわれのためのトンネルがな」


グレゴールは大使館から一番近い酒の供給源に緊急退避をきめこんだ。そこはLストリートとヴァーモント通りの角にある〈キャピタル・リカーズ〉という店で、薄暗い照明とワシントンのヤッピーのためのもったいぶったワイン棚が売り物になっていた。もっとも、ヤッピーがこんなところに来るはずがなかった。グレゴールはひまつぶしに来ているおびただしい数の黒人失業者を苦労して押し分け、アメリカ製ウォッカの一パイント瓶（ロシア製を買う余裕はなかった）を三ドル九十五セントで一本買った。外へ出ると、栓をぬいて、そそくさとひと口流しこむ。

おお！　もっとも古くて、もっとも親しいこの友人は、一度として彼を裏切ったことがなかった。薪を燃やす火と煙、それにすがすがしい雪の味がした。目のあいだを角材で一撃されたような衝撃を受けた。グレゴールの心はたちまち愛で満たされた。彼は、通りをとぎれることなく行きかうけばけばしいアメリカ製の車を愛した。クリモフ、ちびのネズミ野郎クリモフを愛した。クリモフの強力な後援者パーシンも愛した。

「パーシンに乾杯」グレゴールはとなりに立っていた男に言った。「われらの時代の英雄だ」

「ほざくなよ、ジャック」男は紙袋からのぞいている〈リップル〉の瓶の口かららっぱ飲みしながら言った。「英雄なんて、おれたちに厄介事をもってくるだけさ」

身を守るように、グレゴールは身体をまえに傾けた。明るい日差しが目にまぶしかった。彼はドラッグストアで買った、高級品のデザインをまねた安物のサングラスをかけた。気分がずっとよくなった。気持ちが落ち着いてくるのを感じた。腕時計に目をやる。例のけちな仕事をするまで、まだいくらか時間があった。

通りを二、三分ぶらついていると、目当てのものが見つかった。公衆電話だ。公衆電話なら、いつでも話ができる。それは大昔からのルールだった。ロシアでは公衆電話はすべて盗聴されているが、アメリカでは間違いなくそんなことはない。

グレゴールは二十五セント玉を見つけて、ダイヤルをまわした。女の声が応じた。初めての声だったが、彼はミス・シュロイヤーを呼びだしてくれと言った。いくつか切り換え間違いがあったが、最後にモリー・シュロイヤーが電話に出た。

「こちらはシアーズのコンピューターです」グレゴールは言った。「いつでもご注文をうかがいます。電話番号は――」彼は目を細くして、公衆電話の番号を読みあげた。「五五五 - ○一二三です。ごきげんよう。こちらはシアーズの――」

電話が切れた。彼はまだ話をしているふりをしながら接続ボタンを指で押さえ、モリーがクロウェル・オフィス・ビルにある自分のデスクを立ち、コートを手になにげないそぶりで自動販売機のところまで行き、炭酸飲料を飲んでから人の目をぬすんで女性用トイレに入り、公衆電話があるとなりの廊下へ出る様子を頭のなかで思いえがいた。彼女の堂々たる体格、広い背中、ケープをまとったようなまるい肩、まやかしの明るい表情が目に浮かんだ。

突然、グレゴールがよりかかっていた機械が金切り声をあげはじめ、彼を夢想から呼びおこした。彼は押さえていた接続ボタンを放した。

「グレゴール、なんだっていうの！　どうしてこんなあぶないことをするのよ！　あなたに監視がついてたらどうするの？　言ったでしょ、グレゴール、絶対に、絶対に私に電話しては――」

「モリー、ああ、モリー！」グレゴールは泣き声を出した。「ああ、たしかにきみの声だ。なんて素敵な声なんだ！」

「おでぶさん、こんな時間から飲んでるのね。わかるわよ。ろれつがまわらなくなってるもの」

「モリー、聞いてくれ。そうさ、おれはちょっぴり味見をしたよ。それだけで——」

「グレゴール、めそめそするのはやめて。あなたがめそめそすると、どれだけ私がいやな思いをするか知ってるでしょう？」

「モリー、お願いだ、ほかに頼れるものはないんだ。あのクリモフだよ。こんどこそ本気でおれを狙ってる。おれの首を欲しがってるんだ。これほどひどいのはいままでなかった。ああ、モリー、やつらはおれを国へ送りかえそうとしている」

「グレゴール、また何カ月かまえに逆もどりね。私たちの関係はそこから始まったのよ」

グレゴールはすすり泣いた。彼の苦しみと恐怖が電話線を通じて増幅されたのだろう、懇願だけでは揺りうごかせなかったモリーの心のなにかが動きはじめた。あわれみの気持ちが生まれていた。グレゴールは、急に彼女が情熱的になるのを、自分のほうに歩みよってくるのを感じた。彼はさらに攻めつづけた。

「頼むよ、お願いだ、モリー。おれを見捨てないでくれ。おれのためになにか手に入れてくれ。すぐに、それもでかいネタを。彼らにくれてやれるものを。時間かせぎの話やゴシップじゃだめだ。そんなものは〈ワシントン・ポスト〉で読めるからな。なあ、モリー、おれを愛してるなら、おれの身を案じてくれるなら、きみのちっちゃなやさしい爪先のほんの一部でもあわれなグレゴール・アルバトフのことを感じてくれるなら、お願いだ、おれのモリー、おれを助けてくれ」

「まあ、なんて人なの」笑いをふくんだ声だった。「恥知らずを通りこして、みじめそのものってところね」

「お願いだ」グレゴールはもう一度懇願した。

「二、三日したら電話してみて」

「二、三日したら、おれはラトヴィアかどこかのおそろしい場所に送られてるよ」

「ラトヴィアなんてどこにもないわよ、グレゴールちゃん」

「いってることはわかるはずだ。頼むよ、モリー。今夜までに手に入れてくれ。四時に電話するから」

「あつかましいにもほどがあるわ」

「ああ、モリー、きみは頼りにできる人だ」

「私は頼りになんか――え、なに？　ええ、わかったわ」終わりの言葉は横から割りこんできた者に言ったものだった。すぐに、息をきらした彼女が電話口にもどってきた。「もう行かなくちゃ。なにかあって、全員に呼び出しがかかってるの」

「ああ、モリー、おれは――」

だが、彼女は電話を切ってしまった。なにが起きたのだろう？　だが、グレゴールの気分はさっきよりずっとよくなっていた。彼はまた腕時計を見た。もうすぐ十一時だ。彼のスパイ〝ポーク・チョップ〟とのけちな仕事のために、コロンビアへドライブに出かける時刻だった。

「プラー大佐？」ＦＢＩの捜査官アクリーが言った。

「なんだね？」

「ホワイト・ハウスの作戦本部から極秘通信が入りました。どうなってるか知りたがっています」

「どうなってるかだと？」プラーは怒りに満ちた一瞥(いちべつ)を投げた。デザート・ワンでも、カーター大統領本人に報告せよとおなじ文句を聞かされたことがある。「デルタは到着して、いま攻撃計画の詳細を練りながら、空軍と第三歩兵師団が来るのを待ち、レンジャー大隊の到着を首を長くして待っているところだといってやれ。適当にでっちあげろ」

「かなり頭に来てるようですよ」プラーがワシントンの意向を気にもとめないことに不安をおぼえたアクリーが言った。

「やつらがどうなろうと知ったことじゃない」と、プラーは鋭い口調で言った。彼はシオコールを見つめた。「やつらは行動開始を望んでいる。むろん連中にはわからないだろうが、誤った行動はなにもしないよりまだ悪い。ずっと悪いのだ。だから、私は山のうえにいる誰かと戦うのとおなじぐらい困難な戦いをワシントンの連中としなければならない。さて、シオコール博士。ピーターだったな? ピーターと呼んでいいかね?」

「どうぞ」シオコールは言った。

「では、ピーター、私はきみのファイルをチェックした。じつに優秀な人物だ。たいへんな経歴だ。通信簿もずっとさかのぼって、調べさせてもらったよ」シオコールを見つめるプラーの冷ややかな小さい目に、わずかに残念そうな表情が浮かんだ。「だが、〈テイラー・メイナー〉の件はどういうことなんだね? エリオット・シティにある精神病院だったな。きみはなにか問題をかかえてるのかね?」

「結婚生活がこわれたとき、すこしつらいことがありました。でも、いまは回復しています」

「頭が変になったのか? 率直に質問させてくれ。きみの頭の具合はどうなんだ? きちんとねじがはまって、昔のお利口さんにもどったのか? もう狂いだすことはないのか?」

「気分はいいです」シオコールは、なぜこの男は自分をこれほど嫌っているのだろうと考えながら、そっけなく答えた。すぐに、プラーは誰彼かまわず嫌っているのに気づいた。この男は根っからのけんか好きなのだ。

「きみには、きびしい仕事をたくさんしてもらわなければならん。私が欲しいのは天才だ。あの山のことを熟知していて、私のために答えを見つけだしてくれる男が必要なのだ。私にその答えが出せれば、あの穴をぶちこわすこともできるだろう。だが、私が欲しいのは、そばにいて、耳にささやきかけてくれる天才だ。きみは私が必要としている助けをあたえられるはずだ。口からでまかせやふくれっ面、お天気屋のたわごとはいっさいいらない。プリマドンナを相手にしているひまはないからな」

「気分はいいですよ」シオコールがくりかえした。「ぼくを頼りになさってけっこうです。それは保証します」

「そいつはいい。知りたかったのはそれだけだ。で、あそこにいるのは何者なんだね」

「わかりませんね」シオコールは答えた。

「よろしい。では、やつらはなぜあそこにいるのか？」

「ミサイルを発射するためですね」シオコールは言った。「ここは国内で唯一の単独発射能力をもつ戦略施設です。ミサイルを飛ばすつもりがなければ、乗っ取る意味がありません」

「理由はなんだ？　なにを狙ってるんだ？」

「それはぼくにも予想がつきませんね」シオコールは言った。「まったくのニヒリズムから出たものでないかぎりは。ただたんに世界を滅亡させたいと思ってるのかもしれない。戦略的に見れば、まったく筋が通りませんからね。ミサイルが発射されれば、警報が鳴ると同時にソヴィエトも撃ちかえしてきます。われわれはみんな死ぬのです。世界はゴキブリの天下になる」

「死の願望にとりつかれた狂人のたぐいだというのかね？　銃をもって旅客機に乗りこみ、パイロットを撃ってしまうような？」

「それだけとは思えませんが、ぼくにはまだよくわかりません。でも、とにかくなにかあるのはまちがいありません。この計画にはなにか別の側面がある。別の考え、別の理屈、遠大な野望みたいなものが。こんどのことはその一部にすぎないのです。なにかもっと大きな計画の一部なのです」

「くそっ、きみは天才のほまれたかい人物だと思ってたぞ」

「ぼくは天才です」シオコールは言った。「ですが、あそこにいる男も天才なんでしょう」

「答えが見つかったら」プラーが言った。「まず私に教えてくれ。すぐにだ。それが死命を制するといっていい。なにが起きているかわかれば、たぶんやつらの正体もわかるだろう。ところで、われわれはあそこに入ることができるだろうか？」

「無理ですね」シオコールは言った。

「くそっ」ディック・プラーは言った。

「無理です。できるとは思えません。あちらもかなりの人数がいるんでしょうね」

「六十人の武装した男だ」

「兵隊ですか？」

「それもとびきり優秀な兵隊だ。わかっているかぎりでは、占領作戦はじつに手際よく行なわれた。きわめて巧妙かつ水際だっていた。いまやつらは、なにもかも防水シートでおおいかくしてしまった。やつらがなにをやっているのか、こちらにはまったくわからない。じつに見事なやり方だ。われわれはたいへんな金をかけて、たとえあいだに雲や雨や大竜巻があろうと、ゴルバチョフがタマゴを目玉焼きにしたかきタマゴにしたかをやすやすと見抜いてしまう衛星を空に飛ばしている。だが、厚さ一インチのキャンバスを透視できるレンズはもっていない。きみは、やつらのねらいはなんだと思う？」

「わかりません」シオコールは言った。「想像もつきませんね」

「さらに悪いことに、やつらは外部の仲間に無線信号を送っている。なにを話しあったんだと思うね、シオコール博士？　別にコマンド部隊があって、われわれを混乱させるために攻撃部隊が集結するのを待って襲いかかろうとでもいうのだろうか？　飛行場を襲撃して、戦術空軍の支援活動を邪魔しようというのか？　たぶん、これも計画の別の側面というやつの一部なんだろう。どうだね、シオコール博士？　なにか考えはあるかね？」

「わかりませんね」シオコールはぶっきらぼうに答えた。「ぼくが知っているのはミサイルのことだけです。それにミサイル基地ですね。だから、これだけはいえます。別働隊かなにかが攻撃をしかけてくるこないにかかわらず、あなたがたがあそこに侵入するには膨大な時間が必要です。ぼくはコンピューターでベトナム戦争における小部隊同士の戦闘記録をあたってみましたが、あらゆる角度から検討して、つねに防御側が有利であるという結果が出ました」

「ほう、そんなことを知るためにコンピューターが必要なのかね？」

シオコールはその言葉を無視した。彼の心はこの出来事の中心にある暗黒の部分へのめりこんでいた。「ですがたとえ、いいですか、たとえあなたがたが山にいる連中を殺せたとしても、発射管制室を取り返すためには、さらに発射管制施設のエレベーター・シャフトへ通じるドアを突破しなければならない。下へおりる方法はそれしかないのです。ドアは十一トンのチタニウムでできています。今日の真夜中までに穴を開けるとしたら、先週から始めてなければならなかった」

「ドアを開けるだけじゃだめなのかね？」

シオコールは、知らず知らず子供に向かって自分の考えを説明するときの顔つきになっていた。やがて、馬鹿にしたようにこう言った。「ドアはカテゴリーFの〈許可動作リンク〉という保安装置によってコントロールされています。十二桁のコード番号がついていて、何度もためしに押してみるわけにはいかない。三度まちがえれば、作動不能になる」

「やつらはどうやって入ったんだ？　内部の手引きがあったのか？」

「そうではありません。コード番号は二十四時間ごとに変更されます。ですが、あそこのシステムをつくる際に、戦略空軍司令部の人間が下へおりなければならなくなった場合にそなえて、コード番号を地上の警備士官室の金庫に入れておくという案が提出され、われわれはその案を採用しました。もっとも、それは誰も知らないはずです。極秘事項でした。ともかく、彼らは金庫を爆破して番号を入手し、エレベーターで下へおりて管制官に襲いかかったのです。たいした手間はかかりません」

「戦略空軍司令部に電話して、コード番号を聞いたらどうだね？」

シオコールはまた小馬鹿にしたような表情を浮かべた。「いいですか」彼は言った。「その男が――」

「〝対抗者1〟だ。そういう呼び名にしてある」

「ほう、〝対抗者1〟ね」と、シオコールは言った。なるほど、いいえて妙だ。「彼はなかからコード番号を変更することができるのです」

「爆破することはできないのか?」

「たいへんな量の爆薬が必要です。ドアのコード番号といっしょに、地上の施設を管理している主コンピューターを吹きとばしてしまうほどの爆薬がね。ドアは永久に開かなくなり、なかへは絶対に入れなくなるでしょうね」

ディック・プラーがのどの奥でうなった。

「あるいは、彼らがキー保管庫のことを知らなかった可能性もあります。なかにいた管制官たちはキー保管庫の使用方法を頭にたたきこまれていましたから、もしかするといまごろ、敵はアメリカ合衆国でもっとも利用価値のない土地に茫然としてすわりこんでいるということも考えられます。なぜなら、キー保管庫のシステムは最近改良されたからです。敵がいつ情報を入手したかわかれば、彼らの情報量も予想がつくわけです。ですから、第一の疑問はこうなります。彼らは溶接工を連れてきているのか?」

「連れてきていると考えたほうがいい。やつらはほかのことはすべて知っていた。コード番号も、手続きも。通信装置の種類も」

そういうことが実際にあるのかどうか知らないが、プラーの顔の皮膚がさらにきつく張りつめたように見えた。まるで、頭痛に苦しんでいる男のようだった。彼はもう一本マルボロに火をつけた。それから、義歯を嚙みしめながら彼とシオコールの会話をぼんやり聞いていた老人のほうを振り返った。

「では、ミスター・ブレイディ」と、プラーは言った。「あなたは地下からあそこへ入れると考えてるんだね？」

「いや、そんなことはできない」シオコールが口をはさんだ。愚かな考えには我慢できなかった。「だめですよ。あそこは超強化コンクリート造りで、一平方インチあたり三万二千ポンドの重量に耐えられるようになっている。昔なつかしい水爆以外はどんなものでもはねかえしてしまうんです。そのうえ、まわりは一千万平方フィートの岩塊にかこまれている」

「では、誰も地下からは近づけないというわけだな？　低核出力の爆発物をしかけるだけの距離にも？　それは、物理的に不可能ということかね？」

「十二時間で？」

「そうだ」

「そうですね、もしある人物があそこまでのぼっていければ……むろん、純粋な仮説として考えるわけですが、理論上はミサイル発射時につかう排気管を通って内部へ入ることは可能です。管はサイロに通じていますから、適当な道具か知識があればミサイルを飛ばないようにもできる。あくまで机上理論としてですが」

「では、ミスター・ブレイディ。山のなかにあるはずの坑道についてだが、なかの様子はどんな具合だね？」

「あんたには想像もできないほどひどいものだよ、ミスター・プラー」老人はそう言ってから、咳払いして痰を切った。「行き止まりになってるものもある。場所によっては、人間のこぶしさえ通らないほどせまくなっている。それに真っ暗だよ、ミスター・プラー。考えられないほど暗いんだ。あの暗さは、地下にもぐってみなければわからないだろうな」

「兵隊を送りこむことはできるだろうか？」

「そいつはどうかな、ミスター・プラー。誰も行きたがらないだろうよ。特別な人間でなければな。ああいう暗闇に入っていくのは、誰でもこわいものだ。天井が落ちてきたら、助からないからな。なにも見えないし、動くこともできん。パンツのなかにくそをたれつづけてなきゃならんのさ、ミスター・プラー。頭をえらく重いものでおさえつけられてな」

プラーはすわったまま身を起こした。小屋の外には、世界でも最高の訓練を受けた職業軍人が百二十名いる。だが、いま課せられた難問を解くのはデルタ・フォースではなかった。あるいはこの世に存在しないかもしれない人間の力が必要だった。果てることのない夜の悪臭をはなつ屍衣につつまれ、恐怖が頭のなかを真鍮の砲弾のようにはねまわるのを聞きながら一マイル半も地中の穴を這いすすみ、なおかつ出口に着いたときには正気をたもっていられる人間が……

「デルタから志願者をつのることができるだろう。ミスター・ブレイディ、このあたりには坑夫はいないのかね？　以前、地下で働いていた人間は？」

「このあたりにはおらんよ、ミスター・プラー。いまとなってはな。落盤事故以来、ひとりもいなくなった」

ディック・プラーはまたのどの奥でうなった。シオコールはじっとその様子を観察していた。プラーはなにかの考えに没頭しているらしく、顔から血の気が引き、目は虚空（こくう）を見つめていた。沈黙を破ったのはミスター・ブレイディだった。

「まあ、わしの孫のティムならできるな。やつなら、あそこまであんたがたを案内できるだろうよ」

プラーは老人に目を向けた。

「ティムはとくに技術をもってたわけじゃないが、生まれながらの坑夫だった。どんなトンネルもおそれなかった。やつのおやじ、つまりわしの息子のラルフは坑夫だったから、ティムは坑道のなかで育ったようなものだ。ラルフが一九五九年の坑内火事で死んでから、わしがあの子の面倒をみた。そのころわしは西ヴァージニアの州鉱山監視官をやっておって、ティムをあちこちの坑道に連れていったものだ。ティムはトンネル専門の男になった」

ねた。

「ティムはいまどこにいるんだね？」答えを聞くのをおそれるように、プラーがたず

「何年かまえ、あんたがたもみんな戦争に行っただろう。ティムのやつも行くよう命令され、戦った。勲章もいくつかもらった。トンネルにもぐって、何人も敵を殺した。ティムは、あんたがたがトンネル・ネズミと呼んでいた兵隊だった。第二十五歩兵師団に入って、ク・チーとかいう場所にいた。ちびの黄色いやつらもいくつかトンネルを掘っていた。ティムは仲間たちといっしょに毎日毎日、何カ月もその穴のなかにもぐっていた。生きて帰った者はすくなかった。ティムもそうだったよ、ミスター・プラー。死体袋に入ってもどってきた」

プラーはシオコールに目を向けて、にやりとした。

「トンネル・ネズミか」プラーはわれを忘れて、その言葉を心のなかでもてあそんだ。

「トンネル・ネズミか」

少佐は思わず興奮してしまうほど幸せな気分だった。彼は優秀な兵隊で、戦いを愛していた。戦いについて考え、想像し、計画を練り、実行するのが好きだった。いま彼は、十四歳の少年のような尽きることのないエネルギーで山を走りまわり、部下たちの仕事ぶりを点検していた。

「なにか動きは？」

「ありません。静かです」

「よくおぼえておけよ、相手は海兵隊の偵察部隊か特殊部隊だぞ。カムフラージュのエキスパートだ。気づいたときには手遅れということもある」

「だいじょうぶです、少佐。いまのところなにもありません。州警察の警官の姿が見えますが、われわれを攻撃するのではなく、一般市民を排除するために来ているようです」

部下たちは若かったが、よく訓練されているうえに、意気さかんだった。願ってもない状態だ。アマチュアはひとりもいない。全員みずからすすんでここへ来た男たちで、上官を信じきっていた。防寒服の下にまだら模様の野戦服を着て、きちんと整備した武器をもち、きれいにひげを剃った目つきの鋭いすばらしい兵隊たちだった。彼らは二時間で巨大なテントを組み立て、いまはわき目もふらず穴掘りにはげんでいた。テントそのものはたいした建造物ではなかったが、これはある特殊な目的のために組み立てられており、その目的には完璧に合致していた。テントの高さは地上五フィート足らずで、さまざまな種類のキャンバス地を荒っぽく結びあわせて広げ、最終的には二千平方フィートの広さがあった。これがあたえてくれるものはただひとつ——プライバシーだった。この下に隠れて、少佐の部下たちはまもなくやってくるはずの相手のために、ちょっとしたびっくり箱を用意する重労働に従事していた。それは彼らがまえに出くわしたことがあるもので、他の者におなじ経験をさせてやりたくてうずうずしていた。

その一方で、陣地の外縁部では重火器の銃座と、すでに掘りあがっている一本の狙撃用塹壕のまわりに急ごしらえの胸壁が築かれていた。トラックには百万発近い弾薬が積んであった。これで陸軍の前進を阻止できる。

各陣地のあいだを飛びまわりながら、少佐は狙撃兵たちの視界をチェックした。もっとたいせつなのは、彼らの士気を確認することだった。

「どんな気分だ？　力と勇気を感じているか？」

「はい。力と勇気を感じ、覚悟もできています」

「いまのところ、事は順調に運んでいる。計画どおりだ。スケジュールもぴったり合っている。うまくいっているんだ。みんな、誇りに思っていい。いままでのつらい仕事がすべて報われている」

兵員の配置は万全だった。これを打ち破るにはナパーム弾をつかうしかないが、陸軍がそれをつかうとはまず考えられない。ナパームでは、大型コンピューターがどろどろに溶けてしまうからだ。そうだ、彼らはここまで地上を前進してきて、鉛の銃弾で戦うしかない。接近して、白兵戦にもちこむしかないのだ。これこそ真の戦闘だ。

山の峰にある監視所のひとつに着くと、歩哨のひとりがヘリコプターについて報告した。

「十二機です。東に向かいました。全機、降下して着陸しました」

少佐は双眼鏡をのぞいた。一マイルほど下ったところにある雪におおわれた草地の安普請の小屋のそばに、小規模の部隊が集結していた。十二機のヘリコプターが整列して停まっている。通信用らしきトレイラーもあった。少佐が見ているあいだにも、トラックの一団がつぎつぎと到着した。男たちがせわしげに右往左往している。すでに、傾いた屋根に大きな赤い十字がついた巨大なテントも組み立てられていた。車の数はますます増える一方で、ときおりヘリコプターが着陸したり離陸したりしている。

「やつらは準備中だ。それはまちがいない。空襲をかけてくる。当然だ。私だって、そうするだろう」

「いつ来るんでしょう？」

「じつは少々感心してるんだ。やつらのショウをとりしきってるのが誰かは知らんが、やるべきことをきちんと心得ている。将軍と私は三時間以内に最初の攻撃があるだろうと予想していた。足なみもそろわず、ずさんな計画にもとづいてな。煙と火ばかり派手にあがって、死傷者は数知れず、しかし具体的な成果は皆無というやつだ。ところが、あそこにいる指揮官は動かなかった。やつは計算された攻撃をするつもりなんだ。ヘリコプターをつかって――」

「上空に飛行機がいます。ときどき、反射光が見えます」

「そうだ、電子機器の立ち聞き屋だよ。おまえたちも口には気をつけたほうがいいぞ。やつらが聞き耳をたててるからな。それに写真も撮っている。われわれの美しい大型テントの写真をな」


部下たちが笑い声をあげた。

少佐にすれば、いまの喜びはなににも替えがたいものだった。彼はかつて何年もゲリラ狩りの任務についていた。未開の地をうろつきまわる、なんともつらく不快な任務だった。ときおり、ゲリラが兵士を捕虜にすると、何マイルにもわたって兵士の内臓をすこしずつばらまいていき、追跡隊が最後に骨と軟骨しか残っていない死体を発見するということがあった。その野蛮人どもを捕らえるのは至難の技だった。彼らは少佐たちには不慣れな風景のなかに溶けこんでしまうすべを知っていた。女を拷問し、子供を殺すことはできたが、肝心のゲリラたちはつねに手がとどきそうでとどかない場所にいた。

だが、いまはちがう。味方は山のうえにおり、敵のほうから会いにやってくるのだ。これこそ本当の戦いだ。一定の時間、山を死守するという本物の任務だ。

「まず飛行機が来るはずだ」少佐は部下たちに言った。「この地域――ボルティモアにはＡ‐10チームがいる。それが最初に低空で山を越えてくるだろう。われわれの抵抗を弱めるためだ。つぎにヘリが来る。ヘリは大部隊で来るはずだ。Ａ‐10がわれわれを牽制しているあいだに、兵員を運ぶためにな。ヘリは着陸できないから、兵隊は道路に懸垂下降でおりる。それがデルタ・フォースだ。優秀な兵隊だ。最高の部類に属する。きわめて攻撃的だ。だが、愚かでもあるのがすぐにおまえたちにもわかるはずだ」彼はにやりとした。「たいへんな戦いになるぞ。それは約束する。偉大なる戦いだぞ、諸君。百年も語り継がれるような戦いになるんだ」

「われわれはあなたと将軍のために勝利します」若い兵士のひとりが言った。

少佐は廃墟（はいきょ）同然の発射管制施設に入り、かろうじて立っている壁のひとつから受話器をむしりとった。

将軍が応じた。

「まだ攻撃が始まる気配はありません。ですが、一時間以内には来るでしょう。ヘリコプターとトラックが集結しています。むろん、こちらの準備はできています」

「よろしい、アレックス。きみを頼りにしているぞ」

「そちらの具合はいかがですか？」

「ああ、進んでいるよ。ゆっくりとだが、進んでいる。炎はまぶしくて、熱い」

「最後のひとりになるまでここを死守するつもりです」

「きみは私に必要な時間をかせいでくれ、アレックス。私はきみが望んでいる未来をかちとってみせる」

一二〇〇時

ウォールズはドアをにらみつけた。そのドアは最悪だった。むろん、これまでほかにも彼に敵意をみせたドアはあったし、たぶんいまもいくらもあるにちがいない。だが、目のまえのドアはとりわけひどかった。分厚く、緑に塗られ、鉄でできており、何百万年もまえにつくられたもののように見えた。蝶番はさびつき、長い歳月のあいだに生じた汚れがそこかしこにくっきり表われていた。それに床から一フィートほどの高さに、誰かがひっかいて書いたらしいふたつの単語が読みとれる。やけっぱちでひっかいたような荒っぽい字で、〝くたばれ、黒んぼ〟と書かれていた。それを見つめていると、ウォールズにはドアがそう叫んでいるように思えてきた。

ウォールズはあおむけに横たわった。こんな場所にいれば、いまにも気がくるってしまうだろう。そうなれば、自分は外に出され、殺されることになる。

そうだ、〝くたばれ、黒んぼ〟――まさにそのとおりに。

彼は早く時間がすぎるように、頭のなかをからっぽにしようとした。うまくいかなかった。自分とドア、それがいつまでも頭を離れなかった。さっきそれとまともに向きあったのは、彼が根っからの現実主義者だったからだ。そして、いまこの瞬間の現実といえば、彼を取りかこんでいる緑の壁、便所がわりのつぼ、寝台の下にある乾いた鼻くそのうすぎたないコレクション、壁にきざまれたどこかのオカマの忠告だけだった。それに、あのドアだ。そう、鍵(かぎ)とかんぬきと大きな蝶番がついた、巨大な鉄のドアこそ現実だった。〝くたばれ、黒んぼ〟と叫んでいるドアこそが。

「よう、あんちゃん」

ピッグ・ワトソンがのぞき穴から呼びかけてきた。

「よう、その黒い尻(しり)をあげな。さもなきゃ、〝アーリア人〟どもにおまえをくれてやっちまうぜ。やつら、おまえの骨でハーモニカでもつくるだろうよ」

ピッグ・ワトソンは金属がこすれあう音をたてて鍵を開け、ドアを引きあけてなかへ入ってきた。鍵さえあれば、じつにたやすいことなのだ。ワトソンは身長六フィートほどで、顔にあばたがあり、黒いベルトから贅肉(ぜいにく)が鉛の弾丸をつめたまくらのように垂れさがっていた。プア・ホワイトの典型のような男で、ふとい腕に凝った入れ墨をいれ、こぶしにも〝愛〟と〝憎悪〟と彫りこんでいる。小さな豚鼻のうえに、ふたつの豚の目がついていた。いつも警棒をもっていて、それでたくみに相手の頭蓋骨(ずがいこつ)に長距離電話をかけることができた。

「なにやってるんだ、あんちゃん?」

「祈ってたのさ」生まれながらの嘘つきのウォールズが答えた。

「笑わせるなよ。おまえの祈りなんぞ、シロどもに踏んづけられないであと六週間独房にいられることで、とっくにかなえられてるさ」

それはたしかに言えた。ハード・パパ・ピンカムという名の白人がウォールズの尻にひどくご執心で、ある晩、三人の暴走族仲間といっしょにシャワー室でそれを手にいれようと思いたった。だが、勝利はつかのまのものだった。ウォールズは母屋(おもや)と翼をつなぐ通路でピンカムを待ち伏せし、折りたたみ式のかみそりでピンカムが二度とシャワー室で勝手なふるまいができないようにしてやった。たいへんな量の血だった。陰茎(いんけい)にあれほどの血がつまっていると誰が考えるだろう? 〝アーリア人〟どもはその結果を喜ばず、ウォールズにも高音のファルセットを歌わせてやると誓っていた。

「おまえに会いにお偉方が来てるぞ」と、ピッグ・ワトソンが言った。「さあ、行くのか行かないのか。ぐずぐずするな。こっちだ」

ふたりはB棟にあるウォールズの独房を出て、メイン・ホールを通り抜け、メリーランド州重罪刑務所のなかでもっともすぐれた組織力をもつ〝アーリア人〟たちの監房のまえを行進していった。〝アーリア人〟はヘロインもポルノもバルビツール剤ももっていた。殺しもやったし、みかじめ料もとったし、金の〝洗濯〟もやった。ナイフも棍棒も握りこぶしももっていた。ここを支配しているのは彼らだった。

「よう、あんちゃん、もうすぐてめえのケツに虫がわくことになるぜ」彼らのひとりが声をかけた。

「黒んぼ、豚肉の缶詰の中身にしてやるぞ」もうひとりが請け合った。

「いかさま野郎、もう逃げられんぞ」別のひとりが言った。

「おまえ、えらく人気があるんだな」ピッグ・ワトソンが上機嫌な笑みを浮かべて言った。「おまえがあの墓石から飛びだしたあと、どれだけ生きてられるかみんなで賭けをしてるぜ」

「気長にやるんだな」ウォールズが横柄な言い方をした。「おまえらシロよりはずっと長生きしてやるさ」

ピッグ・ワトソンはそれをやけっぱちの言葉だと判断した。

「口が達者なばかりにくたばったやつが、おれは大好きだね」ワトソンはふくみ笑いをもらした。

ふたりは管理棟の入り口で検査を受け――ウォールズはざっと身体検査をされたが、ナイフは用心して身につけていなかった――監房の主ブロックから刑務所長室へ向かった。ピッグ・ワトソンにせかされて入った所長室はスーツ姿の男たちであふれかえっていた。軍服の男もふたり混じっていた。所長がワトソンに部屋を出るよう合図した。彼は外へ出てドアを閉めた。

「さてと」と、所長が言った。「われわれのお気に入りの愛国主義者がやってきましたぞ。わが家の客人四五六六七号です。調子はどうだ、ネイサン？」

ウォールズはそれに答えず、いつ見てもすべすべで、ガスをいっぱい詰めこんだ気球を思い出させる白い顔を見つめた。

「ネイサン・ウォールズ四等特技下士官か、ひどいものだ」腕全体にあらゆる種類の袖章(そでしょう)をくっつけた上級下士官らしき兵隊が言った。「おまえみたいな男がこんなところまで落ちぶれるとは、まったく残念だな。おれは記録を調べてみた。おまえは〝英雄〟だった。おまえのおかげで今日まで生きてこられた人間は百人をくだらないそうだな、ミスター・ウォールズ」

ウォールズは黙ったまま、むっつりした顔つきで立っていた。目は中空にすえている。「この英雄は」と、所長は言った。「街ではドクター・P(プシー)として知られていた。Pは――汚い言葉でもうしわけないが――あそこの意味だ。やつは美人ぞろいの九人の女をあやつっていた。それに、合成ヘロインや覚醒剤(かくせいざい)、バルビツール、マリファナ、メキシコ製アヘン、その他人間の頭のなかをめちゃくちゃにするために化学的につくられたものすべてを専門にあつかっていた。それにくらべれば、暴行殴打が二、三件、数かぎりない強盗行為、押し込み、種々雑多の凶悪な脅迫行為など副業みたいなものだ。だが、どれもこれもネイサンのせいではない。全部、ベトナムのせいなのだ。そうだな、ネイサン？」

ウォールズは力強い腕をすこし曲げ、穴のあいたバケツのような空虚な表情を浮かべた。こいつらに頭のなかをひっかきまわさせてはいけない。以前、それをやられたことがあった。

「おまえはまた」と、兵隊が言った。「第二十五歩兵師団でもっとも優秀なトンネル・ネズミだった。名誉負傷章がふたつ、銀星章、青銅星章ふたつ。おまえはあの穴のなかでたいした戦いをやってきたらしいな」

ウォールズにすれば、軍隊での功績などほとんど意味がなかった。彼はその記憶を頭の一番奥へ押しこめていた。だいたい、トンネルなど屋根つきの道と変わりはしない。

「ミスター・ウォールズ、われわれはいま大きな厄介事をかかえている」いかにも厳格そうな大佐らしき将校が言った。「そこから抜けでるために、きみの助けが必要なのだ。今朝の午前七時、軍事組織と思われる一団がメリーランド州西部にある国家安全保障にかかわる施設を占領した。きわめて重要な施設だ。ところが、その施設へ侵入するには、トンネルのなかの長い危険な通路を行くしかないことがわかった。たいへんおそろしい任務だ。われわれは、兵員をトンネルに送るにあたって道を切りひらいて案内役をつとめる人間が欲しい。トンネル・ネズミだ。それも、すぐに手に入れたい。われわれに許された時間内に発見できたのはきみしかいなかった。どう思うね？」

ウォールズはその問いかけを無視した。大きな、いかにも楽しそうな笑い声をたてた。「おれには関係ないね。たわごとはもううんざりだ」と、彼は言った。「そっとしといてほしいだけさ」

「なるほどね」と、スーツの男が言った。「では、ミスター・ウォールズ、きみがいくらひとりになりたくても、そうはいかなくなるという話を聞かせなければならんようだな。あと十二時間ほどすれば、〝ひとりになる〟という考え自体、無意味になるがね」

ウォールズは男の顔に目を向けた。

「そうだ、きみがこれから聞くのは、ソヴィエトのSS‐18の弾頭がボルティモアのダウンタウンの上空四千フィートで空中起爆したときに生じる最大限の破壊能力についての話だ。つまり、いまの時点でいえばわれわれの頭のうえ四千フィートということになる。SS‐18の投射重量はおよそ十五メガトンと推定される。とはいっても、きみが感じるのはほんの一瞬の信じがたい光だけだ。その十億分の一秒後に、きみの身体は蒸発してエネルギーそのものに変わってしまう。破壊の第一範囲、つまり起爆地点を中心に約三マイルの円のなかにいた人間全部がおなじ運命をたどる。たしか、所長、およそ百五十万人というところでしたな？」

「そうです」

「さらに範囲を広げれば——そう、半径五マイルだな——とほうもない爆風の損害と、高性能爆発物による通常のありふれた外傷ということになる。きみも知ってるはずだよ、ミスター・ウォールズ、ベトナムでいやというほど見ただろうからね。第三度のやけど、手足の切断、失明、ひどい裂傷と打撲傷、複雑骨折、脳震盪といったところだ。学校に閉じこめられた子供がいちばん悲惨だ。まわりに面倒を見てくれる親はいないから、自分でできることをやるしかない。あるいは、早く死が訪れるのを祈るだけだな。円を半径十マイルに拡大すれば、目に見える損傷はずっとすくなくなる。だが、放射能汚染による死者が四十八時間以内に出はじめる。おぞましい死だ。吐き気と脱水症状に苦しみ、そこらじゅうに反吐をまきちらす。美しい眺めとはとてもいえんな。おそらく週の終わりまでに、その範囲で三百万の死者が出るだろう。ミスター・ウォールズ、そういうことがアメリカとソヴィエトのすべての都市で起きると想像したまえ。きみにもその深刻な結末が見えてくるはずだ。全面的核戦争になれば、すくなくとも三億人の死者が出る。いいかね、ミスター・ウォールズ、われわれがその施設に入れなければ、いまいったことが現実になるのだ」

「白人がてめえのケツをぶっとばしあうなら、それはやつらの問題さ」ネイサン・ウォールズは言った。

「ミスター・ウォールズ、ソヴィエト人はきわめて強力なハードウェアを気ままにつかいこなせるが、さすがに人種を見分ける爆弾まではつくれない。つまり、この爆弾は歴史上もっとも偉大な平等主義者なのだ。誰彼の例外なく命を奪うのだよ、ミスター・ウォールズ。人種も宗教も政治党派も関係なく、ひとり残らず灰か死体に変えてしまう。それに、もしきみがこれによって第三世界が分け前をもらえるという幻想をいだいているなら、その考えは捨てるよう忠告しておこう。第一に、分け前など残らない。第二に、放射能汚染死が世界中に蔓延する。生き残るのは、突然変異したネズミときみの友だちのゴキブリだけで、彼らがわれわれにとってかわるのだ」

そう言われても、ネイサン・ウォールズは屁とも思わなかった。もともと抽象的な問題に頭を働かせる能力を育む機会はなかったし、そんなタイプでもなかった。この広い世界で考慮に値するものはただひとつ、自分のことだけだった。とはいえ、スーツの親玉が提供しようとしている運命の針路変更がなんなのかはよくわからなかったが、このスーツ男たちがひどくせっぱつまった状況にあるのは読みとれた。そこで彼は、ちょっとしたゲームをすることにした。

「で、おれがもしそこへたどりつけたら？」

「きみは政府から感謝されることになる。それに、自分が歴史を変えたことに満足をおぼえるだろう」

「私のほうは、六週間の独房監禁をあきらめる」と、所長が言った。

それだけでは不充分だった。だが、外に出れば逃げるチャンスがあるかもしれないし、それが無理でも、仕事さえうまくやればいくらかの駄賃はもらえるにちがいない。

「ネイサン・ウォールズを別の場所にうつすってのはどうだ？」ウォールズはたずねた。「そうだな、アレンタウンがいい。白人の政治家がみんな行きたがるところだ。プールもあるし、女も手に入るって聞くぜ」

「ミスター・ウォールズ」と、スーツの男が言った。「きみはわれわれにバーキッツヴィルをあたえてくれ。われわれはきみにアレンタウンをやろう」

「マイアミだってくれてやるさ」と、別のスーツの男が言った。

ネズミ・チーム・ベイカーの指揮官がボルティモア郊外にあるメリーランド州立重罪刑務所で徴用されているころ、ネズミ・チーム・アルファの指揮官がワシントンDC郊外の隠棲場所からさそいだされようとしていた。その誘惑の責任者はラスロップという名の国務省の若い官吏だった。彼はいまヴァージニア州アーリントンのリー・

ハイウェイからすこし入った場所にある小さな家の客間で、不安と疎外感にさいなまれていた。そこは豚肉と嗅ぎなれないスパイスの香りがただよい、〈コルドーズ〉で買いそろえたような貧弱な家具がおかれた部屋だった。待つあいだ、ラスロップは気づまりな思いで窓の外を眺めた。外では、寒さよけにたっぷり着こんだ若い女が三人の子供と遊んでいた。ラスロップは女の美しさに目を奪われた。繊細で色白の東洋美人の典型のような容貌で、しぐさも驚くほど優雅だった。

彼の名を呼ぶ声がした。振り向くと、アロハシャツにポリエステルのズボンをはいた男が立っていた。

「ミスター・ナイですか？」

「そうです、ミスター・ラスロップ。なにかまずいことでもありましたか？　私たちの書類にまちがいでも？　書類は教会でこまかくチェックしてもらってますから、なにか――」

「いいえ、そうではありません、ミスター・ナイ。書類は関係ないんです。じつはきわめて異例のことで――」ラスロップはナイの卑屈な態度の裏に異常なほどの絶望が隠れているのを感じて、一瞬言葉につまった。「ぼくは政府の命令で、あなたにすこし風変わりなお願いをするために来たのです」

「なんでしょう、ミスター・ラスロップ？」

「お話しできることは限られていますが、われわれは現在、ワシントンから百マイル離れた場所で緊急を要する保安上の問題をかかえており、この問題の解決策のひとつに、長く危険なトンネルを通る仕事がふくまれているのです。われわれはコンピューターをつかって、ベトナムでトンネル・ネズミと呼ばれていた部隊にいた退役軍人を探しました。つまり、ク・チーにあったようなトンネルに入り、そこで戦った兵士たちです」

ナイの目に光は浮かばなかった。なにを考えているか伝えるのを放棄した、暗く、不明瞭(ふめいりょう)で、まったく動かない目だった。

「すぐに、そういう男たちを見つけるのは困難であるのがわかりました。だいたいがきわめて攻撃的で個性的な人物で、退役軍人の団体には加わらないような連中だからです。ひとりしか見つかりませんでした」

ミスター・ナイはだまって、人を寄せつけない、よそよそしい目をラスロップに向けた。

「ですが、スタッフのひとりがイギリスのジャーナリストが書いた本のなかで、トンネルの任務を十年つづけ、いまはこの国に移住している北ベトナム人がひとりいるという事実を発見しました。その男の名はチャ・ダン・フォンです」

小男はラスロップから目を離さなかったが、表情はまったく変化しなかった。

「その男は戦後、精神に異常をきたし、政府の手で治療のためにパリに送られました。それが奇妙なめぐりあわせで、この症例に関心をいだいたアメリカ人の精神科レジデントと出会い、その医師の手配でアーリントン・カソリック教会の資金援助を受けて、この国にやってきたのです。移民記録のほうもチェックしてみましたが、まちがいありませんでした。チャ・ダン・フォンはここにいます。その男はここで、この家で暮らしています。彼は八三年に入国しました。記録では、ここが彼の住所になっています」

「私はフォンの叔父です」と、ミスター・ナイが言った。

「では、ここにいるのですね？」

「フォンはここにいます」

「会えますか？」

「会っても無駄でしょう。フォンはトンネルで十年過ごしました。それが悲しい影響をおよぼしました。フォンはなにも信じなくなり、ただひっそりと暮らすのを望んでいます。フォンの気持ちを引きたたせるようなものはもうなにもないのです。ドクター・メイフィールドは、フォンを祖国と思い出から遠ざけることが大きな助けになるだろうと考えました。すぐに、それがまちがいであるのがわかりました。フォンを救うことができるものはなにひとつないのです。フォンは終わりのない憂鬱(ゆううつ)と、すべてが無意味であるという思いに悩みつづけています」

「ですが、そのフォンはトンネルについてくわしいのでしょう？」

「フォン以上にトンネルのことを知っている人間はいません」

「いまは、保安上もっとも緊急を要する事態になっているのです。ミスター・フォンにわれわれの軍隊と同道していただくわけにはいきませんか？　もう一度トンネルに入ってもらうわけには？」

「とはいっても、ミスター・ラスロップ、それはとても無理だと思いますね」

「ふたりでフォンにたずねてみることはできませんか？」

「フォンは話をしたがりません」

ラスロップは必死だった。

「お願いです」ほとんど哀願の口調だった。「頼みます、聞くだけ聞いてみてもらえませんか？」

ミスター・ナイはしばらく青年を見つめていたが、やがてあきらめた様子でフォンを探しにいった。

待っていると、ミスター・ナイが保母と子供たちをしたがえてもどってきた。さっき庭にいた子供たちで、みんなやせこけていたが元気がよく、もつれあってたわむれていた。彼らはミスター・ナイに追いついた。ミスター・ナイは彼らにやさしく寄りそい、耳にそっとささやきかけた。

保母は部屋の隅に立って、その様子を眺めていた。

ずいぶん長い時間がたったような気がした。ラスロップは、フォンはいつ現われるのかと首をひねった。

「ミスター・ラスロップ」と、ミスター・ナイが言った。「元ベトナム人民共和国解放軍C3編隊隊員チャ・ダン・フォンをご紹介します。彼女は北ベトナムではク・チーのフォンとして知られています」

ラスロップははっと息をのんだ。小娘じゃないか！　だが、誰でもいい、いまはトンネル・ネズミが必要なのだ。そして、彼女はトンネル・ネズミだった。

娘の黒い目とラスロップの目が合った。アーモンド形の愛らしい瞳だった。三十歳はとてもこえていないように見えたが、それはラスロップには東洋人の年恰好がよくわからないせいかもしれない。目のまわりに小じわはなかったものの、その顔には疲労が、消えることのない悲しみが深くきざみつけられていた。

ミスター・ナイがラスロップの望みを彼女に伝えた。

「トンネル」彼女がたどたどしい英語で言った。

「そうです」と、ラスロップは言った。「長く、おそろしいトンネルです。これ以上ないほどひどいものです」

彼女がベトナム語でなにか言った。

「なんと言ったんです？」ラスロップがミスター・ナイにたずねた。

「彼女はもうトンネルのなかで三回死んだと言ったのです。一度は夫が死んだとき、一度は娘が死んだとき、そして一度は自分を見失ったとき」

ラスロップは彼女を見て、なぜか恥ずかしくなった。彼は三十一歳で、いい学校を卒業し、苦労は多いが楽しい生活を送っている。ここに立っている女性は――まだほんの娘だ！――十年間も文字どおりくそと死の世界にいて、払うべき代償をすべて支払ってきた。それでもなお、超然とした美貌をたもちながら子供たちの面倒をみている。もし彼女とスーパーマーケットで出会ったら、その異国風の美しさしか目に入らなかったろう。彼女を別の世界の一部としか考えなかったはずだ。

「彼女はやってくれるのですか？いや、だめだ――」ラスロップは言葉がとぎれたのに気まずさを感じながら、ごくりとつばをのんだ。「彼女にはやってもらわなければならない」

ミスター・ナイは早口のベトナム語で彼女に話した。彼女が答えた。

「できれば行きたくないと言ってます」

ラスロップは苦境に立っていた。どこまで打ち明けていいのか確信がなかった。

「とてもたいせつなことなんです」彼は言った。

娘はラスロップを見ようとしなかった。

「もうしわけありません、ミスター・ラスロップ。私が彼女に話します。わからせるようにします。でも、それには時間がかかります」

ラスロップは娘のほうに振り向いた。

「頼む。急を要することなんだ。たくさんの命がかかってるんだ」

娘は彼から目をそらしたままだった。彼女は早口に叔父に向かってなにか言った。

「彼女は、自分はもうトンネルのなかでは役に立たないと言ってます。足手まといになるだけだと。なんとか理解してほしい。トンネルに入るのがこわくてたまらないと言ってます」

ラスロップはなにかきまり文句をつぶやき、彼女の目を自分に向けさせようとしたができなかった。規則に従順な自分の心のなかをさぐって、手だてを探しもとめてもなにも浮かんでこない。だが、いったん敗北を認めると、緊張が解けたせいか、不意に解決の鍵を発見した。

「爆弾なのだと言ってください」と、彼は唐突に切りだした。「彼女の子供たちを燃やした爆弾なのだと。彼女の娘を燃やした爆弾がもっともっとあって、何百万何千万の子供を殺そうとしていると。もし彼女が信じてくれるなら、われわれアメリカ人は人を殺すためではなく、子供たちのうえに爆弾が落ちて、彼らを炎に変えてしまうのを防ぐためにトンネルに入らなければならないのだと言ってください。それしか道はなく、時間はほんのわずかしか残っていないと」

老人が通訳を始めたが、フォンがそれを押しとどめた。

彼女の目がまっすぐラスロップの目をとらえた。ラスロップはその目の底知れない奥深さにとまどいをおぼえた。それはまるで、深く黒い海のようだった。

そのとき、とりすましたようにさえ見えるひかえめなしぐさで、彼女が小さくうなずいた。

一三〇〇時

ピーター・シオコールは、デルタ・フォースの士官たち、さまざまな階級の州警察の警官、いま到着したばかりの連邦諸機関の役人たち、空からの攻撃を無線誘導する予定のメリーランド州空軍の連絡将校をまえに、背景説明をすることになった。シオコールはふだんの自分が有能な伝達者ではないのを承知していたが、ことこの地域に関しては絶対の自信があった。この題目について、彼以上に多くを語れる者はいなかった。彼がそこをつくったのは、心の奥底から発した欲求であり、核戦争への恐怖——同時に強く魅了されてもいた——からだった。また、心のいちばん深いところにある虚栄心を満たすためでもあった。だからこそ、彼はそれをもっとも危険なスポーツとしてプレーし、勝つことができるのだ。

「ピースキーパーはふたつの点でうってつけといえる。まず、命中精度がきわめて高いこと。われわれの標的は敵のＩＣＢＭのサイロだ。都市のような軟目標を制圧したり、ダメージをあたえる目的で五百万の人間を殺すためのものではない」

聞いている者たちはだまって彼を見つめていた。シオコールは自信にあふれ、やまほどかかえている各種の神経症をうまく押し隠していた。ピースキーパーは人間の罪のあがない主だ。彼はそう信じていた。つまり、彼は洗礼者ヨハネなのだ。

「そしてふたつ目に――」シオコールは聴衆の心をとらえたのを確信していた。「搭載されている弾頭がかぎりなく深いところまで刺しつらぬける点である。だから――これがもっとも重要な点なのだが――どれほど強化された標的にも接近できる。そこで、われわれは敵を無力化するだけでなく、われわれが断頭と呼んでいる行為を実行することになる。敵の頭を外科医のようにすっぱりと断ち切ることが可能なのだ。この意味を理解できるかね?」

むろん、できるはずがなかった。彼らが戦略理論という言葉を聞いて想像するのは、せいぜい手榴弾を投げるときの放物線くらいなのだ。

「つまり今後は、われわれがなにか言えば、必ず彼らは耳を傾ける。なぜなら、われわれは彼らのポケットに弾頭を突っ込むことができるからだ。彼らはそれをいやがっている。そうとも、ロシア野郎どもはそれをひどくいやがっている。おびえているのだ。ソヴィエトの将軍たちは、自分たちが遅れをとっているのを知っているし、ピースキーパーを終末の始まりと見ている。さて」と続けて、問題の核心に入る。「ピースキーパーの配備方式を考慮するにあたり私がおそれたのは、システムそのものが不安定な要素をもっている点だった。もしこのミサイルが世界一の能力をもち、ミニットマンⅡからピースキーパーへスケールアップした現代化計画によってソ連より数年先行したとすれば、なおさらのこと、その配備の方式も最高水準を目指さなければならない。なぜなら――」彼は論点を強調するために、宙に指を一本突きだした。「もしシステムになんらかの弱点があれば、その弱点をつく先制攻撃をしかけるよう相手側に誘いかけるようなものだからだ。弱さは宿命であり、強さは安全を意味する。戦略理論の神髄は、先制攻撃の誘惑を断ち切るところにある。わが国の四十九基のピースキーパーは西部にあるミニットマン用のちっぽけな穴に入れられることになっている。これは狂気の沙汰（さた）としかいいようがない。先制攻撃を奨励しているようなものではないか。だからこそ、サウス・マウンテンが世界一強固なサイロとしてつくられ、われわれだからこそ、ソヴィエトの指揮・通信系統の中枢を標的にすることになった。われわれはこれを〝山岳深地下基地〟と呼んでいる。それゆえに、侵入はきわめて困難だ」

突然、ディック・プラーの声が割ってはいった。サウス・マウンテンをボルトやナットの基本単位にまで解体する戦略理論の文脈に我慢できなくなったのだ。

「シオコール博士、戦術面のほうにうつってくれないか。われわれはあそこのことを理解する必要はない。とにかく、なんとしてもなかへ入ることが必要なのだ」

「だから、きみたちが理解しなければならないのは、現在そこが敵の支配下にあり、きみたちは彼らと戦うだけでなく、山とも戦わなければならない点だ。あそこは基地なのだ。爆撃すれば、つまり、大型爆弾やナパームのたぐいをつかえば、地上にある主コンピューターをどろどろに溶かしてしまい、きみたちは運に見放されることになる。これは偶然そうなったわけではない。そのように計画したものだった」シオコールは、〝ぼくが〟とはつけ加えなかった。「私が言わんとしているのは、なかへ入るための唯一の方法は、爆発物なしでドアを開け、穴におりていくしかないということだ。他に手だてはない」

「ミスター・シオコール」聞きおぼえのある声がした。シオコールはそれがスケージーのものであるのに気づいた。「広げた防水シートの下で、彼らがなにをやっているとお考えですか？」

「わからんね」

「どんなことができますか？」

「そう、たいしてないな。穴掘りくらいだろう。塹壕を掘るのだ。われわれに見られたくない武器をもっているのかもしれない。たとえば――いや、私にはわからない」

「なぜ、彼らが隠そうとするのか――」

「わからない」シオコールは、防水シートだかなんだか知らないが、そんな馬鹿げたことで話がわき道にそれたのにいらだちをおぼえながら言った。そんなことは問題の核心ではない。どうしてわからないんだ？

「ミスター・シオコール、いえ、シオコール博士、われわれが同時並行を行なえる可能性はどれくらいありますか？」

シオコールはまた言葉につまった。その仲間うちの言いまわしは過去の戦争に属するものだ。彼には意味がわからなかった。

「申し訳ない、どんな意味なのか――」

「同時並行侵入」と、プラーが言った。「デルタの原則だ。数のうえでは、つねに攻撃側が防御側を圧倒しているものだが、もし進入路がひとつなら、その優位は帳消しになる。われわれは、同時に数個所から突破したい。進入路は一個所以上あるのかね？」

「ありません。シャフトを通るしかない。サイロのドアはたいへん強固にできているし、排気管の栓はミサイルが発射されるまでは開かない。他に進入路はないのです」

「地下はどうですか？　炭鉱は？」

「シオコール博士は、坑道はなんらの解決ももたらさないと考えておられる」ディック・プラーが兵士たちに向かって言った。

「私には妄想としか思えないね」ピーター・シオコールは言った。「きみたちがそんなことで時間を無駄にしていれば、そのぶん現実に直面する時間がすくなくなる。あのドアこそ現実だ。きみたちは、あのドアを通りぬける必要がある」

プラーが言った。「シオコール博士、きみはそのためにここへ来たんだ。きみは、われわれがそのドアを通れるようにしなければならない」

シオコールは椅子の背にもたれた。

ドアだ。ドアのことを考えなければならない。ドアは彼の問題だった。

「できるかね？」プラーがたずねる。

「コード番号があります」シオコールは言った。「あそこを支配しているのが誰にせよ、その人間は〈許可動作リンク〉のコードを自分の計画どおりにリセットするはずです。つまり、ぼくはそのコードを解かなければならない。ひじょうにむずかしい仕事です。解錠するためには十二桁の数字が必要だ。試せる回数も制限されている。もし、あなたがたが――」

「できるのかね？」

「暗号解読係を呼んだほうがいいですね、プラー大佐」

ディック・プラーの声がきびしくなった。

「自分のやるべきことは心得ているよ。そういう人間を探してくる時間はないのだ。いまもっているもので戦うしかない。それがきみだ」

シオコールは答えなかった。頭が割れそうに痛くなった。これではまるで漫画だ。

皮肉屋のミーガンなら大よろこびするだろう。シオコールは侵入不可能なシステムをつくりだし、いまそれに侵入しなければならないのだ。

一機目のヘリコプターが到着したとき、デルタの将校団は攻撃計画を作成しているところだった。プラーがその場を離れるまえに、二機目のヘリが着陸した。

プラーの若い雑用係アクリーが駆けこんできた。

「ふたりとも着きました。大佐、信じられないでしょうが――」

だが、プラーはうなずいただけだった。いまは驚いているひまはない。

「シオコール博士、きみはデルタの攻撃計画チームのそばにいてくれ。アクリー、きみはＦＢＩの防諜班に連絡して、われわれを仲間に入れるよう説得してくれ。私は彼らが手に入れた情報をすべて欲しい。これは最優先事項だ。そのあともう一度マーティンに連絡して、Ａ-10チームの装備変更をできるだけ急ぐように言ってくれ。空からの支援なしにはなにもできないからな。私は新入りに会ってくる」

コートをはおったプラーは足早に外に出た。新参のヒューイが二機、ソフトボール場に着陸し、ローターの風で雪を小さな滝のように吹きとばしていた。プラーは自分の獲物の姿を探し、ガレージに人だかりができているのを見て、そこへ急いだ。なかへ入って、彼はとまどった。ざっと見まわしても、州警の警官とデルタの隊員、それに州軍トラックの第一便で到着した州軍兵士数人しか目に入らなかった。だが、そうではなかった。プラーがそのふたりを見逃したのは、どちらもとても小さかったからだ。そう、とても小さい人物だった。

黒人はまだ刑務所ではいていたリーヴァイスのジーンズのままだったが、そのうえにデルタ空挺隊員の黒いコマンド・セーターを着て、ブルーのウールの防寒帽を目深にかぶっていた。身長は五フィート八インチほどしかなかったが、プラーはひと目であることに気づいた。タバコをもっている手が驚くほど大きいのだ。目は細く、いかにも不機嫌そうだった。その態度には、無頓着と規律正しさという相いれないものが奇妙にまざりあっていた。強い自意識が、自分の肉体に対する燃えあがる熱気のような自信があふれでていた。いかにも、街の底辺で能力を発揮しそうなタイプだった。彼は誰も見ていなかった。じっと動かない目は荒々しく、怒りの暗い光をたたえて宙を凝視していた。それが叫んでいる言葉はただひとつ――おれを馬鹿にするな。

女のほうについていえば、その性別や見栄えのしない体格にはさほど驚かなかったが、彼女の若さにはさすがのプラーも驚きを禁じえなかった。おそらく十代の前半にトンネルに入ったのだろう。戦争のあいだ十年、それが終わって十年――どう見ても、三十をすこし越えた年恰好だ。それに、彼女は美しかった。もっとも、それは驚くことではなかったかもしれない。プラーの妻は知らなかったが、彼は祖国を長期にわたって離れていたあいだ、ベトナム女性といっしょに暮らしていた。名前はチンといい、最後は共産軍の手にかかって死んでしまった。七二年にハイウェイ1号線をショロンへ向かう途中、炸裂したプラスチック爆弾によって殺されたのだ。フォンはチンによく似ていた。おなじように気高く、おなじように愛らしかった。いや、ちがう。それは正確ではない。よくよく目を凝らせば、彼女にのしかかっている戦争の重みが見えるような気がした。

「おれのネズミたち」と、プラーは言った。

ネズミたちが彼に目を向けた。女は目の焦点がなかなか合わないようだった。黒人はまるでけんか腰だ。

「あんたがボスだな?」ネイサン・ウォールズがきいた。

「そうだ、ミスター・ウォールズ」

ウォールズは笑い声をあげた。「穴はどこだ?」

「穴はその山のふもとにある」プラーは開いているドアごしに、びっくりするほど近く見える、芝居の書き割りのような白い円丘を指さして答えた。「それに、あれが」と、頂上にあるサウス・マウンテン基地のでこぼこのシルエットを指さす。「われわれの目指している場所だよ。行かなければならない場所だ」

「じゃあ、やろうじゃないか」と、ウォールズが言った。

プラーは女のそばへ行った。

「こんにちは、マダム・フォン（チャオ・パ・フォン）」

女は母国語を聞いて緊張がほぐれたらしく、ひかえめな笑みを浮かべた。プラーは彼女がたくさんの大きな白人にはさまれて、ひどくおびえているのに気づいた。

彼女は言った。「こんにちは、サー（チャオ・オン）」

「きみが来てくれてたいへんうれしい」と、プラーは言った。「きみといっしょにやれるのはじつに幸運だ」

「子供たちのうえに爆弾が落ちると聞きました。焼夷弾（しょういだん）が。それを防ぐのが私たちの仕事です」

プラーは記憶の奥に十五年間埋もれていた言葉が頭のなかを飛びまわりはじめるのを感じたが、できるだけかたくるしいベトナム語を使って彼女に話した。「アメリカ人の悪魔のなかでももっとも悪いもの、恐怖の爆撃機よりさらに悪いものだ。それをある者たちが奪いとった。われわれはそれをとりもどさなければならず、なかへ入るただひとつの方法がトンネルなのだ」

「では命令してください。あなたの言うとおりにします」彼女がぼんやりと言った。

「きみは英語ができるかね、マダム・フォン？」

「いくらかは。ほとんどだめですけど」と、恥ずかしそうな笑みを浮かべる。

「わからなかったら、そういってくれ。質問するんだ。きみの国の言葉で説明する」

「話してください。どうぞ、話してください」

プラーは英語に切りかえて、ふたりに向かって話した。

「きみたちを送りこむのは攻撃の最中にしたい。攻撃は空からの掩護が到着しだい始める。山にある穴を爆破しなければならないから、その音が目立たないように砲撃が激しくなってからやりたいのだ。あそこにいる連中に、われわれが地下に兵員を送りこんだのを知られたくないんでな」

「馬鹿馬鹿しい」と、ウォールズが言った。「もしそいつが利口なら、わかってしまうさ。あんたがたがそろって手も出せないで指をくわえているんだぜ。それほど利口な相手なら、いつか気づくさ。やつは待ちかまえてる。このかわいいレディの国でもそうだった。トンネルでもたちまちどんぱち始まるぜ」

たしかにそうかもしれない、とプラーは思った。トンネル・ネズミはつねに待ち伏せがあるのを予期している。

「腹はへってないかね？　すこし食べておかないか？　まもなく出発するから、休んでおいたほうがいい。それと、きみたちには人をつける。トンネルのなかでひとりでいるのはよくないからな」

「トンネルのなかじゃ」ウォールズが言った。「いつもひとりさ。だが、つけてくれるっていうなら、あんまりそばに来ないで、命令は素直に聞くやせた男にしてくれ」ウォールズの歯に衣着せぬ物言いに、プラーはすこし動揺した。デリケートな領域に踏みこむのを意識して、彼はいつになく注意深く、つぎの段階に進んだ。「黒人がいいかね、ミスター・ウォールズ？　黒人といっしょのほうが気楽なんじゃないかね？」デルタの隊員には何人か黒人がいた。

ウォールズはまた高笑いした。「そんなことはどうだっていい」彼は言った。「穴に入れば、みんな黒んぼさ」

フォンはほとんど茫然自失の状態ですわっていた。体調がよくなかった。もっとも、それはトンネルに入って以来、いつもおなじだった。フランス人の主治医は、彼女を第五段階の精神分裂症と診断した。トンネルのなかで出会った数々のショック、多くの損失、言語に絶する恐怖の体験が彼女の心をもやい綱から解きはなち、沖をあてもなく漂う小舟にしてしまった。彼女は明るい光や人ごみ、それに自分について多くを語るのを嫌っていた。子供たち、花、戸外が好きだった。とくに子供たちが大好きだった。夜、ひとりきりになると、彼女は自分の娘を頭のなかに呼びだして話をした。いまでも、娘がナパーム弾の花につつまれて溶けていった光景が脳裏に焼きついていた。炎がフォンの眉毛（まゆげ）を焦がし、爆発の轟音が耳をつんざいたときのことを。彼女は炎のなかに飛びこもうとしたが、誰かの手がそれを押しとどめた。

　そしていま、彼女は不思議なめぐりあわせで自分とおなじ立場にいる黒人といっしょに小屋のなかにすわり、こんなものしかないがと出された携帯口糧（レーション）にお義理の関心をしめそうと努めていた。時間が迫っているのがわかった。まわりの男たちは重々しい表情になり、口数もすくなく、武器をもてあそぶのをやめていた。彼女は戦闘が間近にせまった兆しを読みとった。それは以前になんども経験したことだった。

　かつては、革命への情熱と愛国主義が彼女をささえていた。祖国を信じ、憎むべき白人からの解放を信じていた。それは死に値する、人を殺すに値するものだった。だが、結局は人を殺したつけがまわってきた。彼女は十三歳のときにトンネルに入り、二十三歳で出るまでに百人以上の人間を殺した。ほとんどはM-1カービン銃をもっていたが、ナイフだけで武装している者もすくなくなかった。彼女の特殊技能は、身を忍ばすことと我慢強さだった。死んだようにじっと動かず、暗闇のなかでいつまでも横たわっていることができた。彼女はもうそういったことに疲れきっていたのに、いままたもう一度おなじことをしようとしていた。これ以上、子供たちが爆弾に焼かれないために。世界が炎と闇につつまれるのを防ぐために。

　男がひとり、彼女のまえに立った。

「こんにちは（チャオ・チ）、フォン姉さん」男はなめらかなベトナム語であいさつした。

「こんにちは（チャオ）、兄弟（アン）」彼女は男を兄弟と呼ぶのに抵抗を感じながらも、礼を失しないようにそう答えた。

「おれの名前はティーガーデン」

アメリカ人の名前はひどく発音しにくい。

「ディーーガーーダン」試しにいってみた。口が痛くなった。

「兄弟と呼んでくれ。トンネルのなかでは、おれがあんたの兄弟になる。あんたといっしょに行くよういわれたんでね。それで、姉さんと呼んだんだ」

フォンは頭のなかにいる娘にたずねてみた。この男をどう思う？

礼儀正しい人みたいね。頭のなかの娘が言った。でも、この人、強いかしら？ トンネルのなかでは礼儀なんて必要ないわ。強さが問題よ。

「トンネルに入ったことはあるのですか、兄弟？」

「ない」と、男は素直に認めた。

「なぜ、ここへ来たの？ この仕事に志願したの？」

「必ずしもそうじゃない」と、彼は認めた。「言葉ができるから、おれに任務がまわってきたんだよ、姉さん」

あんまり気乗りしてないようね、と頭のなかの娘が言った。うまくないわ。トンネルでは、信頼がたいせつだもの。

フォンの率直な視線を浴びて、彼も告白する気になったようだ。

「正直に言うとね、フォン姉さん、おれは死ぬほどこわいんだ」と、彼は言った。

「暗闇はいやだし、ふさがれていて、汚れた場所は大嫌いだ。だけど、これは命令だし、おれたちの部隊では、任務を拒否するのは許されないんだ」

「恐怖心を押さえられるかしら？」

「おれはあんたの国に三年いた。毎日、おびえて暮らしてたか、戦っていた。あそこで恐怖心を押さえるこつをおぼえたよ」

土のなかは全然別だと言ってやりなさい、と娘が言った。

「土のなかは全然別なのよ」と、フォンは言った。「あなたにもすぐにわかるでしょう。自制がすべて。鉄の意志が、決意がすべてであるのが」

「努力してみるよ」と、男は言った。いかにも健康そうな、なめし革のような肌をしており、四十歳前後に見える。

「みんな、暗闇をこわがるわ。生き残るのは、克己心の強い人間よ」

「とにかく、やってみるしかないね」〝ディーーガーーダン〟は言った。

「家族はいるの、兄弟？」

「ああ、男の子が三人いる。たいした連中だよ。いちばん上のはスポーツをやってて、学校のヒーローだ。下のふたりは、そうだな、まだ小さいから話すこともないな」

そう言いながら彼の目がなごむのに、フォンは気づいた。

どう、母さん、この人には子供がいるのよ。心に愛をもってるのよ。孤独じゃないんだわ。

「あなたはしあわせな人ね、兄弟」フォンは言った。「あなたといっしょに行くことにするわ。世界を燃やそうとする悪魔を阻止するためにね」

「姉さん、かならず成功させよう。それだけは、ここで誓うよ」〝ディーーガーーダン〟はそう言い、ネズミ・チーム・アルファが誕生した。

ネズミ・チーム・ベイカーのほうはそれほどさい先のよいスタートではなかった。デルタの司令部は、いかにも露骨で、見え見えとさえいえる理由から、ネイサン・ウォールズの同行者に黒人を選んだ。ジェフ・ウィザースプーンという名の背の低い、がっちりした三等曹長だった。ウィザースプーンは仕事に誇りをもち、精力的で勤勉な、かつてはボクサーとして嘱望された才能豊かな若い兵士だった。骨の髄までチーム・プレーに徹した男で、より大きな問題に身を投じるのをよしと信じており、そのために個人的な怒りを押さえることができた。彼の献身の対象は、まず祖国、つぎに陸軍、そして三番目に陸軍のなかでも最高のチームであるデルタ・フォースだった。彼はデルタに、ワシントンのフォート・ユースティスの第三レンジャー大隊から選抜されて参加した。ちょうどグレナダ侵攻のときだった。

ウィザースプーンの考え方からすれば、ネイサン・ウォールズはどこをとっても軽蔑の対象となる人物で、アメリカの黒人を傷つける存在だった。怠惰で、役立たずで、ただ黒いだけの北部のはったり屋の黒んぼ、くずにすぎなかった。こういう男が祖国に、民族に害毒を流すのだ。

「ウォールズか？」

「そうだよ、おっさん」

「ウィザースプーンだ。おまえといっしょに行く」

「おっさん、こんなくず仕事をするだけの給料はもらってるのか？」

「ああ、もらってるよ」

「どれくらいだ？　どれくらい稼ぐんだ？」

「ときどきボーナスもあるし、いろんな手当てもあるが、月に千七百だ」

ネイサン・ウォールズの顔が嘲（あざけ）りの笑いでくずれた。

「よせよ、おっさん」彼は笑った。「そんなはした金はペンシルヴェニア通りじゃ、土曜ひと晩で稼げたぜ。たった千七百で、てめえのきたねえ尻を賭けようっていうのか」彼はいかにも愉快そうに笑い声をあげた。

ウィザースプーンは怒りを押さえ、だまってウォールズをにらんだ。それから、手首を裏返し、裏側にはめてある大きなセイコーの腕時計を確認した。

「すこし食っておいたほうがいい。出発は一四五〇。まもなくだ」

「すてきな腕時計だな、おっさん。宝石みたいにきれいじゃないか。おれは宝石が大好きだよ。ところで、ベトナムにいるころ、ロペスという名の軍曹がそういう立派なセイコーのスキューバ用の腕時計をもっててな。そいつをつけて穴に入ったんだ。文字盤が一マイル先から読めるようなやつだよ。東洋人どもはそれを目印に使っていた。そこにいる美人みたいな東洋人のレディがたまたまそこにいあわせて、文字盤を狙って一発撃った。弾丸は12のところにあたって、ロペスの手首を吹きとばした。やつが悲鳴をあげたんで、女はやつののどを撃ちぬいた。なぜそれを知ってるかっていうと、おれはその場へ行かされて、ロペスの足首にワイヤーを巻き、やつの死体を穴から引っぱりださなければならなかったからさ。だから、もしあんたがそのすてきな腕時計をもっていきたいなら、おれのそばには近寄らないでくれ」彼はまた笑い声をたてた。

ウィザースプーンがにらんだ。

「出発のまえにはずして、誰かにあずけていくよ」

「それからな、おっさん、そのわきがどめだ。やけに臭うぜ。もしベトコンが穴にいたら、そいつもきっと嗅ぎつけるぞ。あんたは尻をふっとばされ、おれもおんなじ運命だ。おっさん、おれたちふたりのために、よく腕を洗っといてくれ。これから行くって電報で知らせてるようなもんだぜ」

「トンネルには誰もいないはずだ」

「いいかい、おっさん、あそこに誰もいないと思ってるんなら、あんたは死体袋に入って帰ることになるぜ。あんた、結婚してるのか？」

「ああ」と、ウィザースプーンは答えた。

「ゆうべ、一発かましたか？」

「おまえの知ったことじゃない」

「おいおい、おっさん、おれなんざ、セックスといえばシャワー室で〝シロ〟のオカマの暴走族どもによってたかって尻を掘られただけなんだぜ。おれだったら、女の品定めに行くね。最後の旅に出るんだからな」

「おれは武器を選ぶよう言われている」ウィザースプーンがてきぱきと言った。「M‐16でもいいし、例のドイツの小型マシンピストル、MP‐5でもいい。あるいは四五口径か九ミリのオートマチックにするか」

「よしてくれよ。拳銃なんか、まずあたりゃあしないぜ。でかいオートマチックもきらいだ。マシンガンは弾丸をばらまきすぎるから、自分にあたりゃしないかとじゅう尻がむずむずしちまう。ショットガンがいい。ポンプ式で、銃身を詰めたやつだ。撃つときに、できるだけでかい音がしたほうがいいからな。もしやばいことになったら、ベトコンをおどかすのさ。その女に聞いてみろ。東洋人はでかい音がきらいなんだ」

「相手はアジア人じゃない。ここはベトナムじゃないんだからな」ウィザースプーンが面白くもなさそうに言った。

「ああ、そうだったな、おっさん。たしかにそうだ。とにかく、ショットガンにしようじゃないか。この黒んぼのために、ショットガンを一梃みつくろってきてくれよ」

ウィザースプーンは調べてみるといって、足早に出ていった。

ウォールズは壁に背をもたせて、タバコをふかした。身体の奥深くで、昔の感覚がよみがえってきた。それは退路が閉じられかけたときに感じるもので、内臓がゆるんで、うなりをたててふるえだすような感覚だった。決して不愉快ではなかったが、とにかくおかしな気分だった。

穴にもどるのか。

おいおい、おまえは穴とは手を切ったんだぜ。人生はバラ色のはずだったじゃないか。

彼は、自分は今日死ぬのではないかと思った。

穴のなかの死。

あんなものとはとっくに手を切ったと思ってたぜ。

ジャック・ハメルは炎が金属をむさぼるのを見つめていた。世界は炎一色だった。見つめながら、彼は技術的な問題だけに没頭したい、仕事以外のことは頭から追いはらいたいという誘惑と戦った。懸命に、将軍という人物のことを考えようとした。将軍はじつに不思議な人物だった。ひどく自信たっぷりで、冷静なところがジャックを不安にさせた。魔術をあやつるように人を説きふせ、統率していくやり方が彼をおびえさせた。たいへんな金持ちか、すくなくとも上流階級の人間に見えることが、彼を知らず知らず萎縮させていた。彼はそういう客のもとで働くことにあまり自信がなかった。

とはいっても、将軍にはどこか映画からぬけだしてきたような華麗さがあった。ジャックが子供のころ、世界をわがものにしようとする狂った将軍たちが出てくる映画がたくさんあった。彼はその映画の登場人物と将軍の姿をかさねあわせてみようとした。だが、うまくいかなかった。なぜなら、ジャックが見たのは、遠く離れた黒と白のスクリーンに映った、十八フィートも身長がある現実ばなれしたハンサムなスターの顔だった。それは救いにはならなかった。目のまえの男は血と肉と魅力をそなえていた。ジャックはその落差に妙な滑稽さを感じ、思わず声をあげて笑いだした。

「この仕事が面白いかね、ミスター・ハメル?」炎のたてる騒音に負けない大声で、将軍がたずねた。

「いや、ただ――」ジャックは途中で言葉をのみこんだ。

「いいとも、笑うがいい。私は慣れている。まえにも笑われたことはある」

だが、ジャックの顔はこわばっていた。将軍の目には楽しげな様子は影もなく、まっすぐジャックを見すえていた。握っていたトーチが揺れて、手がすべり、ジャックはそれを下におろした。

「だが、いまきみはもう笑えなくなっている。そういう場面にもたびたび出会った。私の意志が堅固なことを知り、私がなにを語っているかがわかると、人はそこに笑うべきものを見いだせなくなる。私が語っているのは記憶だ、ミスター・ハメル。かつては偉大だった国の記憶だ。だが、いまやその国も困難な時代をむかえ、方向を見失い、指導者たちは感傷にふけり、敵は貪欲な牙でその国を引きさこうとしている。私は過去を取りもどす力について語っているのだ。ここにいる兵士たちは私のやり方の正しさを、私の精神が発した命令の火急性を認めている。彼らは命を私にあたえてくれた。これは前例があることなのだが、その先達は私のような技能をもっていなかった。意志はおなじだったが、私とちがって能力に欠けていた。きみも知ってるはずだよ、ミスター・ハメル。歴史を思いおこしてみたまえ。このすぐそばで起こったことだ。彼の名はジョン・ブラウン。ジョン・ブラウンは十九人のうすのろとまぬけを引きつれて、連邦政府の武器庫を襲撃した。部下たちは、町の住民に狙撃されるとたちまち逃げだしてしまったがね。ジョン・ブラウンは、刺したら曲がってしまうような玩具（おもちゃ）の剣をもった海兵隊の下級将校に捕らえられた。それが起きたのは、ここから十五マイル足らずのところだ。ハーパーズ・フェリーだよ。きみはあそこに行ったことがあるかね、ミスター・ハメル？」

ジャックは、この男が本当に答えを求めているのかどうか確信がなかった。だが、いまや狂気の度合いがますます進行しているのは明らかだった。この男は完全に狂っている。ジャックは、自分に要求されていると思われる答えを、熱をこめて返そうとした。

「えーと、そう、たしかに行ったことはあるよ。去年だったな。女房が、その、もうすこしこの州の歴史から学んだほうがいいといって――」

「ミスター・ハメル、私がジョン・ブラウンの名前をあげたのは、ある特殊な意味で、彼が私にとってきわめて重要な人物だからだ。非常に頭脳明晰（めいせき）な若者がかつて、いま私がしていることを予言し、それを〝ジョン・ブラウン・シナリオ〟と名づけた。私はその若者を高く評価しているから、ジョン・ブラウンとの対比を明確にすることがたいせつな意味をもつわけだ。私も連邦政府の武器庫を奪いとったが、その中身はマスケット銃ではなくミサイルだ。私はなすべきことをやろうとしている。ソヴィエト連邦に向けて、ミサイルを発射するつもりだ。いまの世界には受けいれるだけの度胸がない未来を生みだそうとしているのだ。たしかに何百万人も殺すことになるだろう。だが、その結果、私が信じている政治体制だけでなく、この惑星も生き残ることができる。現在の危機に直面するだけの度胸をもっていない馬鹿どもは、つぎの世代に安易にそれをゆだねようとしている。そんなことをすれば、危機が頂点に達したとき――私もきみもわかっているように――すべての人間が死ぬことになる。一民族だけではなく、世界全体が死に絶えるのだ。惑星全部が。ある意味で、私は史上もっとも倫理感をそなえた人間ともいえる。私は偉大な人間だ。今後十何世代かは私を憎むことになるだろうが、そのあとは永遠に私を崇拝するようになるはずだ」

「ああ、それはそうかもしれないが、だけど――」

ジャックは、自分にはこの男と議論する心の準備ができていないと判断した。州立大学をドロップアウトして職人になった男に、どうしてそんなことができようか？　こんな男に対抗する力がどこにあるというのだ？

「トーチだ、ミスター・ハメル」将軍が命じた。きらきらと輝く目のエネルギーがジャックにもひしひしとつたわってきた。

トーチが従順に首をもたげ、ふたたび金属の表面に舌を這わせはじめた。

一四〇〇時

パイロットは働かない。これは航空界における万国共通の原則である。パイロットは特別だった。彼らは飛ぶだけだ。

「もっと上だ、しっかりやれ」レオ・ペルがリック・ターナワーに言った。どちらもパイロットで、いまはふたりとも働いていた。

二十六歳のターナワーは、ここボルティモアの北にあるグレン・L・マーティン飛行場のメリーランド州空軍第八十三戦術航空隊の暖房もない格納庫で地上整備員にまじって働いているいま、しあわせという気分にはほど遠かった。すでに二度も手の甲をひどくすりむいていたし、油まみれになりながら寒さにふるえていた。彼はパイロットで、パイロットは働かないものなのだ。

「もっと上だ、この野郎」レオ・ペルが目を細くしてまた毒づいた。ペルはどこかブタを連想させる容貌で、とくに目を細め、肉のひだに小さな目がうずもれかけたときにはそう見えた。彼はずんぐりした禿げ頭の男で、ぶあつい手と短いピストンのような腕をもっていた。フットボールのラインバッカー向きの身体と消火栓を思わせる顔の持ち主だが、いまはどんな機械工より油まみれになっていた。身体から汗と歓喜の匂いを発散させていた。ペルが自分の機を〈緑のブタ（グリーン・ピッグ）〉と名づけたことも、彼が低空を低速で飛ぶのが好きで、ときおりチェサピーク湾を——部下たちの言葉を借りれば——くそのなかに鼻を突っ込むように飛んでいることも、決して根拠のないことではなかった。彼には、生命の基本的要素に近づくのを喜ぶ、フロイトのいう肛門期の衝動がたしかに残っていた。つまり、レオ・ペルは生まれながらの地上支援要員というわけである。

「レオ、うるせえぞ」ターナワーが金切り声で応じた。「おれがなんでこんなことをやらなけりゃならないんだ！　ほんとうならいまごろ、攻撃任務手順を組み立ててるか、あるいは——」

　彼の頭上には、A‐10サンダーボルトⅡの巨大な翼がのしかかるように伸びていた。それぞれの機には、パイロットや乗員たちが〈イボイノシシ（ワート・ホッグ）〉とか〈空飛ぶブタ（フライング・ピッグ）〉といった呼び名をつけていた。長細い機首と単座の半球形コックピット、第二次世界大戦で名をはせたB‐25ミッチェルを思い出させる高い双垂直尾翼がついた巨大な飛行機だった。ゼネラル・エレクトリック社製の大型エンジンTF34GE‐100が二基、余剰旅客機の予備部品のように胴体の後ろ半分にならんでついていた。そのエンジンはひどく場違いに見えた。まるでこの飛行機全体を、頭はいいが底意地の悪い十一歳の少年が黄色いクレヨンをつかって設計したような感じだった。

「おいおい、リック、おれたちがすぐにもそのいまいましい銃を取りつけないと、任務もなにもあったものじゃないんだぜ」ペルはヤニで黄色くなった太くて短い歯をむきだして、にやりとした。「いいか、坊や、おれたちは期待されてるんだ。がっかりさせちゃあいけないな。おまけに――」彼はひどく意地悪そうな、とても魅力的な笑みを浮かべてみせた。「こんどは生きた的を撃てるんだぜ。二十ミリでだ。リック、二十ミリなんだぞ。人生はすばらしいじゃないか！」

ペルはなによりも射撃が好きだった。

一列にずらりとならんだ大きな緑色の飛行機には、それぞれパイロットや整備員、乗員が群がり、大きな翼の下にある機外装備搭載位置にある五本か七本のスロットに大急ぎで二基のSUU‐23機関砲のポッドを取りつけようとしていた。

ターナワーはラグレンチでボルトを締めつけ、眉から汗をふきとった。ちくしょう！　また手をすりむいちまった。

「もっときつく締めてください。あとひと息です」整備主任が呼びかけた。「二十ミリの弾薬を積みこみました」

「そいつはすばらしいね」ターナワーはさらに強くボルトを締めた。

行機へ走っていった。

「急げ、ラリー」ペルはそう言って、いかにも上機嫌な笑い声をたてながらつぎの飛行機へ走っていった。

デルタが立案した攻撃プランはかなり単純なものだった。その時点では、マーティン飛行場の州空軍A・10チームが銃の再搭載を終えて離陸できるのが一四四五時であるという予測が立てられた。航空隊は一五〇〇時にアパラチア山脈の谷間を低空で接近し、機外搭載の二十ミリ機関砲でサウス・マウンテン基地を攻撃する。理屈では、それで対抗部隊に多大な損害をあたえられるはずで、最低に見積もっても山頂をおおっている謎の防水シートをずたずたにできるはずだった。

一五〇五時に、十五機のヒューイ・ヘリコプターが登山道の途中、高度およそ千二百フィートのところに散開して道を遮断する。そこは基地からだいたい千フィート下った地点だったが、対抗部隊が道路を爆破したところよりはるかに上に位置していた。時間を節約するために、ヘリコプターは着陸せず、四人ひとまとめで、一機からそれぞれ八人のデルタ・コマンドをロープでおろすことになる。一分以内に、百二十人のデルタ隊員が攻撃態勢をつくって位置につく。隊員はふたつの部隊に分かれ、丘をのぼって、基地のせまい正面から強行突破をはかる。

攻撃のなかばにさしかかったあたりで、十六機目のヘリコプターが煙をはいて編隊を離れ、機体を傾けて山頂を越え、姿を消す。三十秒後に、それが爆発したらしい音が響く。実際には、その爆発音は閉鎖された坑道の入り口に配備された探測部隊がまえもってしかけておいたC‐4プラスチック爆薬二十ポンドが起爆した音である。その爆破で――計画どおりいけば――ネズミ・チーム・アルファとネズミ・チーム・ベイカーが地中にはいれるだけの大きな穴が開くはずだった。彼らは地中を約半マイル、地図もなく、行き止まりになっている可能性がきわめて高い坑道を基地目指してのぼりはじめる。どちらのチームも坑道の入り口に位置する無線チーム〝ラット・シックス〟と無線で連絡を取りあい、それがそのままデルタの司令ネットワークに通じることになる。

味方がエレベーター・シャフトを掌握(しょうあく)したら、メッセージが送られ、いま狂ったようにドアと十二桁のコード番号を打ちやぶる方法を発見しようとしているピーター・シオコールが、ドアを開いて生き残ったデルタ隊員を穴のなかにおろすために現場に派遣される。このやり方で、デルタご自慢の同時並行侵入が達成されることになる。つまり、地上と地中からそれが行なわれるわけである。

状況報告担当将校スケージーは自分の提案説明におおいに満足しながら背筋をのばした。このプランにはすべてがそろっていた。簡潔さ、勢力の温存、大胆不敵な行動、一秒の狂いも許されないタイミング。これこそ、デルタの本領だった。

「いかん、まったくなってない」部屋のあちこちで不満のつぶやきがわきおこった。

「だめだ、少佐。まだまだ考えがあまい。これでは二次目標の段階でたいへんな損害を受けてしまうぞ。発射管制室に通じるシャフトへの経路という以外はなんの意味もない一次目標の林や溝で、高度の訓練を受けたスペシャリストを無駄死にさせなければならない。それに、たとえうまくいったとしても、任務からはずさざるをえないたくさんの死傷者をかかえて、なにができるというのだ？　誰がシャフトをおりるんだ？」

プラーは情け容赦のない目で、いまは出世の面ではつきに見放されているかつての部下をにらみつけた。これが昔とまったく変わらないディック・プラーの姿だった。人を徹底的にうちのめすことに、いっさい良心の呵責を感じない男だった。スケージーはぐっと唾をのみこんだ。

「われわれは、これをきわめて堅実なプランだと考えました」スケージーは言った。

「別の戦争だったらきわめて堅実なプランだろうが、今日の場合はそうじゃない」

成り行きを見守る者たちの心の動揺が、部屋の空気をふるわせたような感じがした。スケージーはイーグル・クロウ作戦にも参加したデルタの勤勉なはえぬきのひとりで、信望が厚かった。彼はデルタの熱狂的支持者だった。誰ひとり、彼がくずのように扱われるのを見たいとは思わなかった。

「プラー大佐」デルタの将校のひとりが口をはさんだ。「これはすぐれたプランです。しっかりした堅固なプランで、われわれの能力の範囲内で充分実現できるものです。それに――」

だが、プラーは耳を貸さなかった。

「ミスター・アクリー、レンジャー大隊の最新の連絡はどうなってる？」

「ええと、たったいまセントルイス空域に入ろうとしているところです。ロッキーを越えてくる乱気流に突っ込んだようです」

「よろしい。で、第三歩兵師団は？」

「トラックが渋滞で立ち往生しています。どうやら、たいへんな渋滞のようです。州警察がなんとか急がせようと協力しているのですが、道路は混乱状態になっています。ヘリコプターを何機かそちらにまわして――」

「だめだ、ヘリはデルタのために必要だ。州軍歩兵連隊の配置は？」

「大佐、彼らは円陣防御にあたっています。あなたが奇襲の可能性があるとおっしゃっていたので――」

「兵の数は？」

「ええと、現在、中隊規模の兵力になっています。メリーランド州軍第百二十三軽歩兵師団B中隊です。つまり、百四十人ですね。彼らはフォート・リッチーで冬季大演習の最中でした。数時間前に到着したばかりです」

「召集をかけろ」プラーが言った。

彼はデルタの士官たちのほうに振り返った。

「諸君は地上にとどまる。デルタを外縁部に配置しろ。いまはまだ警備任務に限定する。敵の防御を破って、エレベーター・シャフトへの道が切りひらかれるまで、デルタを投入したくない。森のなかで歩兵のように死ぬのは無意味だ。死ぬなら、エレベーター・シャフトのなかがいい。そのほうがまだましだ」

スケージーは、痰がからみついてのどがつまるのを感じて、一瞬みじめな思いでためらっていたが、やがてこう言った。「プラー大佐。どうひいきめに見ても、州軍の連中は教師や弁護士、建設労働者の寄せ集めでしかありません。訓練不足で、身体もしまっていない。それに、われわれにはすぐれた堅実なプランがあります。彼らではとても――」

プラーはうむをいわせぬ権威をもって、スケージーの言葉をさえぎった。

「この作戦においては、メリーランド州軍が戦術空軍と連係して予備攻撃の責任をもつ。第三歩兵師団やレンジャーののろまどもを待っているひまはない。州軍は彼らのトラックをつかって配備する。懸垂下降もできない部隊にヘリをまわしても無意味だからな。デルタは外縁部に配置しろ、少佐。州軍に連絡して、いいニュースを聞かせてやろう。指揮官はなんという名だ？」

「バーナードです。彼は会計士です」

「今日のところは歩兵将校だ」

こうして、ディック・プラーは最初の物議をかもす決断をくだした。それは人にはいえない確信にもとづいたものだった。空襲はそれを待ちかまえている対抗部隊の戦力を弱めるだけの成果はあげられない、と彼は踏んでいた。第一波の攻撃は失敗に終わるはずだ。それを遂行する者は、一九一六年のソンムの戦いで塹壕から攻勢に転じた電撃部隊とおなじく、不運な一団ということになる。彼らが命を引き換えにして得るものはほとんどないにひとしい。せいぜいよくて、対抗部隊の士気と健康をいくぶん弱める程度のところだろう。だからこそ、プラーは暗くなってからころあいを見て、第三歩兵師団とレンジャー大隊で戦闘を基地の外縁部まで拡大するつもりだった。それからいよいよ本番だ。シオコールはドアを開けることができるだろうか？　デルタのスペシャリストたちはエレベーター・シャフトをおりて、カプセルのなかに進入できるだろうか？　ネズミ・チームは地中から基地へ達することができるだろうか？

「大佐、州軍の指揮官が話をしたいといっています」

「つなげ」

プラーは無線電話をとった。

「デルタ・シックスだ、どうぞ」

「デルタ・シックス、この命令について説明を求めたいと思います」

「わかった」

「ここには連邦軍のスペシャリストがいます。コマンド・タイプの筋金入りのプロの軍人です。それなのに、私の部下を攻撃の主力にしようというのですか？」

「そのとおりだ、ガード・シックス」

「あそこでなにをやっているとお考えですか？　彼らは――」

「聞いている。報告書を読んだ」

「大佐、これが州軍司令部の正式な承認を得ていることを証明していただきたい。さもなければ――」

「大尉、なんでも好きにしてくれていいが、一五〇〇時にはきみの中隊を山にのぼらせてくれ。第一に、きみたちは明るいうちのほうがずっと役に立つ。夜間攻撃はとても手におえない。第二に、もっと重要なのは、一五〇〇時に戦術空軍が攻撃を始める手はずになっていることだ。空軍が去ると同時に、きみたちが対抗部隊をたたいてほしい。A-10チームがあそこにあるものをすべてハンバーガーに変えてしまっているはずだ。それは約束する。きみたちは残敵掃討をしてくれるだけでいい。きみの部下たちに、二十ミリ弾の不発弾に注意するよういっておいてくれ。足をずたずたにされるのはかなわんだろうからな。きみたちが心配しなければならないのはそれだけだ」

嘘をついているあいだ、プラーの顔は穏やかで柔和な表情を浮かべていた。彼は一流の嘘つきだった。

「ああ、空軍ですか。空軍ね」

「そうだ、A‐10だよ、ガード・シックス。あれが敵に襲いかかるのを見たことがあるかね？　あのキャノン砲は丸太をチェイン・ソーのように切りきざんでしまうぞ。そんな光景を見るのははじめてだろう？」

「わかりました」と、大尉が言った。「部下を召集して、出発します」

「たいへんよろしい、ガード・シックス。たいへんよろしい」プラーは腕時計を見た。もうすぐ一四〇〇時だった。遠くでホイッスルが鳴りひびき、トラックが動きだすのが聞こえた。さっそく準備を始めた州軍部隊がたてる音だ。

プラーは誰かの視線を感じた。振り向くと、きびしい表情を浮かべたスケージーの細い顔がすぐまえにあった。

「なにを見てるんだ？」と、プラーは言った。

「自分がなにをしているのかおわかりであればいいんですがね、ディック」と、スケージーが言った。

「口が過ぎるぞ、少佐」相手をまともに見すえて、プラーが言った。

「あなたはデザート・ワンでわれわれを行かせなかった。こんどこそ行かせるべきです」

プラーは少佐をにらみつけた。七年前、スケージーはイーグル・クロウ作戦で攻撃部隊の指揮官をつとめていた。プラーが中止の決定を出したとき、スケージーは面と向かってプラーを臆病者と呼び、顔をなぐりつけた。

「そのうちでかいチャンスをつかめるさ、フランク。すこし大人になったらどうだ？　今日は長い一日になるぞ」

スケージーは言った。「いいでしょう、ディック、私がここにいることを――デザート・ワンであなたをなぐったことを問題にされているのなら、どうということはない。指揮官は部下の支援を取りつける資格がありますからね。私はいまの地位をおり、平隊員として参加します。マッケンジーがあとを引き継げばいい。彼は優秀な男ですが、ディック、とにかくいまはわれわれを行かせるべきときです」

プラーはスケージーを見つめた。

「自分の隊にもどれ、少佐」彼は言った。

外では、トラックが山に向かって移動を始めていた。

ネズミ・チーム・ベイカーは小屋のなかで装備をつけた。遠くでヘリコプターが着陸し、回転翼の巻きおこす風が音の波をともなって小屋の木の壁をたたいていた。そのリズムは執拗で、しきりに催促するような調子だったし、泥道を山へ向かって動きはじめた州軍のトラックの音も聞こえてきた。しかし、離陸が目前にせまったのを承知しているふたりの男は、ひたすら準備に専念した。

「さあ」と、ウィザースプーンが言った。「こいつをベルトに差しておけ」

「ああ、ありがとよ」ウォールズが受け取る。それは装弾数十五のダブル・カラム弾倉がつき、つやけし加工をした黒のトーラスPT・92・九ミリ・オートマチックだった。ウォールズは弾倉をはじきだし、スライドを引いて薬室をのぞきこんだ。なかは一点の曇りもなく光り輝いている。ウォールズが親指でスライドを押すと、重い金属のさやが前にすべってかちりとはまった。銃は彼の手にすっぽりとおさまった。ウォールズは弾倉をはめ、もう一度スライドを引いて薬室に一発送りこんだ。

「安全装置は上に押すのか、下に押すのか？」

「上に押せばかかる。下にはじけば、いつでも撃てる。ダブル・アクションだから、スライドも撃鉄も動かさなくていい」

「スライドも撃鉄も動かすさ」ウォールズは言った。「おれの古い四五口径みたいにな。スライドと撃鉄をつかうのがいちばんいい」

その銃は予備としては悪くなかったが、主武器にするにはとうてい満足できなかった。

「それで、おれのミスター・十二番はどうなった？」ウォールズがオートマチックを、ベルトにつけた左右どちらの手でも使えるビアンキのホルスターにすべりこませながら言った。

「なんだって？」

「ミスター・十二番径さ。ショットガンだよ」

「ああ、一挺見つけたよ。これだ」ウィザースプーンは銃を手渡した。防錆処理を施した灰色のざらざらした銃身二十インチのモスバーグ500だった。戦闘用拡張弾倉がポンプの先へ伸びて銃口の下まで達しているので、顎を突きだしたけんかっぱやい男の顔を連想させた。

「持ち主はこいつをとてもたいせつにしていて、なかなか貸そうとしなかった。〝うむをいわせぬもの〟という呼び名をつけていた。なにしろ、まったく手放そうとしないんだ。やつの守り神だったんだな。なんとか、おれが説得したよ」

ウォールズは銃に触れてみて、即座に自分にうってつけの銃であるのを感じた。彼はそれを手にとり、撫で、においを嗅ぎ、ポンプを動かしてみた。くそっ、やけにいい感触だ。

ウォールズが赤いプラスチックの重い十二番径弾をつぎつぎと装塡していくと、銃は八発の弾丸をのみこんだ。弾丸が入った銃は重くなった。鹿弾(しかだま)の重量が銃身を下にひっぱっていた。ウォールズは、さらに数十発の散弾を迷彩服のズボンにつけたレッグ・ポーチに押し込んだ。軍事教練でもやっているみたいに、足が重くなった。これでは吸盤のうえを歩くような感じだが、たとえ楽でも、いよいよパーティが始まって酒がなかったなどという羽目になるより、多少痛くても必要なときに予備の弾薬がいつでも取りだせるほうがはるかにいい。穴のなかでは、そういう場面に出会うことになるだろう。ウォールズは装塡ずみの銃を身体に引きよせた。

そのあいだに、ウィザースプーンは自分のヘッケラー&コッホＭＰ‐５に三十発の九ミリ弾を装塡した。その銃はまるでＳＦ小説に出てくるような、馬鹿げた形をしていた。うね模様のついたサイレンサーが大きすぎて、均整がとれていなかった。

「そいつは玩具(おもちゃ)かい？　プラスチックの玩具みたいに見えるぜ」

「よく働くぜ」と、ウィザースプーンが言った。「接近戦ではおおいに有効だ」

それから、彼はＡＮ／ＰＶＳ‐５Ｃ暗視ゴーグルをつけた。それはスキューバ・ダイヴィング用のマスクのうえに双眼鏡を取りつけたような代物(しろもの)で、フックのついた締め帯で頭にとめられる。電源はベルトに下げている一・三ボルト直流バッテリーで、ガラスが熱に反応し、トンネルのような涼しくて暗い場所では、人間が炎につつまれているようにオレンジ色の光をはなって見えるので、追跡して殺すのは容易だった。

「あんたもベトナムじゃ、こういうものをつかってたんだろう」ウィザースプーンが言った。

ウォールズは鼻を鳴らした。

「おいおい、おれはなんの助けもなしに闇のなかでものが見えるんだよ。だから、生きのびてこられたのさ」

ウィザースプーンはつぎに防弾ベストを着込んだ。ベストにはすでにAN・PRC・88無線受信機がとめられていた。口のまえにアームのついたマイクが来る、手をつかわなくていいヘッドフォンで、これで装備がすべてそろったことになる。ウィザースプーンは蛇腹(じゃばら)ポケットのひとつに本ぐらいの大きさの灰色の粘土を押し込んだ。ウォールズはそれがC・4爆薬であるのを知っていた。ベトナムのトンネルで何度か障害物をどけるためにつかったことがある。

ウィザースプーンは装備の重さによろめきながら立ちあがった。ウォールズは思わず噴きだした。

「おいおい、まるでゴーストバスターズじゃないか」ウォールズは言った。「それに、しゃべり方も、〝シロ〟そっくりだぜ。なあ、どれぐらい白人のたわごとを勉強した？　〝接近戦ではおおいに有効だ〟か、聞いてあきれるぜ」ウォールズは冷たい笑みを浮かべ、鼻を鳴らした。「気どるなよ。黒んぼのままでいろ。あんたは黒んぼなんだぜ、黒んぼにもどればいいんだ」

「それが自分の役にたって生き残れるなら、どんなしゃべり方でもするぜ」ウィザースプーンは言いがかりに腹をたてながら、そう言った。

「悪いショットガンをもった悪い黒んぼ――そいつがいちばん強いのさ」と、ウォールズは言った。

儀式をすませたふたりは立ち上がった。ウォールズは防弾ベストは着たものの、暗視装置をつけるのは拒んだ。まだ、つるはしやシャベル、手榴弾、その他いくつかがらくたがわたされることになっていたが、基本的な準備はととのっていた。ウォールズはベンチにどこかの便利屋かなにかが忘れていったらしい赤いバンダナがおいてあるのを見つけた。彼は手早く防寒帽をぬぐと、バンダナをひろいあげ、慣れた手つきでそれを絞り、アパッチ・スタイルで頭に巻きつけた。

「穴んなかは」彼は、びっくりしているウィザースプーンに言った。「えらく暑いから、汗で目がちくちくするぞ。目が見えなくて、最初の一発を見逃して撃ち殺された白人を見たことがあるぜ」ウォールズははじめてにっこりと微笑んだ。

将校の声がした。「試合開始だ、ネズミども」

いよいよ、そのときがきた。ウォールズはオートマチックがかさばって腰にぶつかり、防弾ベストの重さが肩にくいこむのを感じながら、モスバーグを握った。彼は足音も高くヘリコプターへ向かって走りだした。

ふたりが走るのを、いかにもタフそうな年輩の白人がわきから無表情な目で見つめていた。高級将校だ、とウォールズは思った。くそっ、白人の高級将校だ。彼は白人の高級将校を憎んでいた。こっちを靴についたくそでも見るようにちらりとにらむ、いかめしい顔つきの連中が大嫌いだった。

だが、そのとき年輩の白人はウォールズに向かって親指を突きあげた。戦果を祈るというしぐさだ。しかも、なんてことだ、ウィンクまでしてやがる！　ウォールズは、それまで白人の青白い、たるんだ顔に一度も見たことがない輝きのようなものが浮かんでいるのに気づいた。それは、ウォールズへの信頼感だった。

おまえはたいした野郎じゃないかもしれんが——年輩の白人はそう語りかけていた——トンネル・ネズミとしては一級品だ。

そいつは請け合っていいぜ、ジャック。ウォールズはヘリコプターまでの最後の数フィートを駆けぬけた。

機内には、黒い服にM‐16をかかえ、運動靴をはいたベトナム人の女がぼんやりとした顔つきですわっていた。ウォールズがそばに行くと、まばゆい日の光に目を細めて、彼のほうを見上げた。

くそっ――女の不明瞭な視線にたじろぎながら、彼は思った――また故郷に帰るんだ。

ふたつのネズミ・チームを乗せたヒューイは、重い機首をようやくもちあげているような、すこし無様な恰好で空中に舞いあがった。一瞬その場にとどまっていたが、つぎの瞬間、ヘリコプターなどいやというほど見てきたプラーでさえ、いまもって驚かざるをえない俊敏な動きでたちまち小さくなっていった。プラーは機影が消えるまで見送った。

「あのパイロットは優秀です」と、スケージー少佐が言った。「あなたの希望の場所に彼らをおろしてくれますよ」

プラーはなにも言わなかった。彼は双眼鏡を目にあてた。白い牧草地のはるか彼方、明るい太陽と青い空の下に、州軍のトラックが車列を組んで進んでいるのが、二倍半の大きさに拡大して見えた。それでもまるで玩具(おもちゃ)のように小さかった。森のあいだを第一攻撃地点めざしてゆっくりとのぼりはじめている。

トラックは、自信なさそうによりかたまり、進行はぎくしゃくしていた。一台が急に突進し、すぐに前がつかえて速度を落とすといった具合に、まるで山を背景にして、アコーディオン・カーテンが閉じたり開いたりしているように見えた。

「対抗部隊も、彼らが来るのに気づいたでしょう」スケージーが言った。「準備の時間はたっぷりある」

「対抗部隊はもう準備ができているさ」

「これはデルタの仕事です」

プラーは振り向いて部下のほうを見た。脳裏にデザート・ワンでのスケージーの姿が浮かんだ。怒りで顔をまだらにして、階級も儀礼も軍歴もすべて無視してプラーに向かってきた。〝いくじなしの老いぼれめ、おれたちはまだやれる。ヘリ五機でもやれるんだ！〟と絶叫しながら、やみくもに向かってきた。そのとき、プラーはこう言った。

〝きみの部下を飛行機に乗せろ、少佐。飛行機に乗せるんだ〟ふたりのまわりでは、容赦なく吹きつける風や騒音、手のつけようのないほどの混乱がうずまいていた。

それから八年後のいまも、スケージーはまだ少佐だった。プラー同様、自制心を失いやすい性格がわざわいして、出世には完全に見放されていた。それでもまだ彼はデルタの隊員であり、心の底からデルタの使命を信じていた。

「ディック」スケージーが唐突に口を開いた。「私を州軍といっしょに行かせてください。ああいう連中には経験者が必要です。デルタに側面から掩護させ、彼らの尻をたたき、戦果をあげさせてやります。ディック、われわれなら――」

「いかん、フランク。きみはわれわれを忘れてしまうにちがいない。デザート・ワンのときのようにな。自制心をなくし、突撃を始めるだろう。敵も味方もみんな死に、それでもまだ穴のなかにいるやつらを止められないという結果になる」

その辛辣（しんらつ）な言葉はかならずしも必要ではなかった。むしろ、心の奥で眠っていたいじめっ子の部分が目をさましたように、かすかな喜びをともなって口をついて出たものだった。とはいっても、勇敢で勤勉、才気煥発（かんぱつ）のスケージーに、ほんのわずかとはいえ無謀なところがあるのは事実だった。いつか、たいへんなアクシデントを引きおこす可能性があった。彼には先導し、方向を定めてやる人間が必要だった。部下としては完璧であるが、ひとりでは決して送りだしたくない男だった。

「おおせのとおりに、プラー大佐」スケージーは表情をまったく変えずに言った。

不意に、彼はまわれ右をした。

「こんどはわれわれをつかってください、ディック。それに、デザート・ワンではあなたがまちがっていた。私のほうが正しかった」

スケージーはプラーをひとり残して、荒々しい足どりで部下たちのほうへもどっていった。

プラーは急に自分の年を感じ、かすかに背筋が寒くなった。ネズミ・チームを派遣したのは無意味だった可能性もある。トンネルはもうあとかたもなくなっているかもしれない。それに、トラックで行った男たちがこま切れにされるのは目に見えている。おそらく、デルタが行ってもおなじだろう。

彼は腕時計を見た。まもなく、A‐10チームが攻撃を始める時間だ。

彼はまた山を振り返った。舞台の書き割りのような白い丘が広がり、赤と白のキャンディ・バーを思わせるアンテナがその頂きに立ち、対抗部隊が組み立てた奇妙なテントが黒いしみのようにきわだっていた。

彼は自分が見られているのを感じた。あのうえから、〝対抗者1〟が双眼鏡で見つめているはずだった。見張り、待機し、計画を練っている。

〝おまえが、そのぬけめなさの半分も運に恵まれていないことを願うね〟と、プラーは思った。それは祈りでもあった。

ピーター・シオコールはプラーの司令本部のなかに小部屋を見つけ、背後で悲しげなうなり声をあげているコークの古い自動販売機と、くずれかけた壁にはられた〝つねにベストをつくそう!〟といったたぐいのガールスカウトのモットーにかこまれ、山にいる〝対抗者1〟から送られてきた唯一の便りのコピーを見つめていた。

諸君はこの問題を清算する覚悟を決めるべきである。おそらくは、諸君が覚悟するまえに清算が行なわれることになるだろうが。覚悟が早くできれば、それだけ結果はよくなるはずである。

そこには、どこか皮肉な、興味をそそられるものがあった。なぜか、たんに狂人の文章とかたづけられない、もっと奥の深いものがあるような気がしてならなかった。

ゲームだ、とシオコールは思った。

この男はゲームを楽しんでいる。

だが、誰とゲームをしようというのだ？　それに、なぜだ？　なぜ、ゲームなのだ？　いまさら、なぜゲームをしなければならないのか？　世界を吹きとばし、われわれを灰とほこりに変えるだけでは満足できないのか？　われわれの鼻をひっぱらなければ気がすまないのか？

シオコールは書面の最後にあるサインを見なおした。〝アメリカ合衆国暫定陸軍指揮官〟とある。

まさに、すくなくともできの悪い映画五十本、できの悪い小説百編の中心テーマになっている右翼の精神異常者の典型だった。完璧に合致している。仰々しい演説口調、英雄物語風の平衡感覚、おのれの英知で歴史の流れを正しい方向に曲げようとする自称〝偉人〟の錯覚。

なぜそれに疑問をもつんだ、とシオコールは自問した。

あまりにもしっくりいきすぎているからか？

われわれの予測がすべてあたっているからか？

〝対抗者１〟も映画を見るし、本も読むはずだと思うからか？

シオコールは頭がずきずきしはじめるのを感じて、こめかみを押さえた。そろそろ、こいつと――ＭＸミサイルといっしょにあそこにいる〝対抗者１〟からの狂った意思表明と、ディック・プラーの命令で身元解明のためにＦＢＩから送られてきたテレックス用紙の山を引きくらべてみようではないか。

手早く、彼はデータに目を通した。ＦＢＩのテロリスト対策特別班の即製チームは、国防総省の人事局員と大型コンピューターの協力を得て、ある一定の種類の経験をもち、同時にある一定の範囲の政治的信条をもっている軍関係者をおおまかに振り分けていた。つまり、計画を立て、それを実行に導き、サイロを乗っ取るのに必要な技術をもつ者を縦軸にとり、この場合の基本的要素である〝決意〟に不可欠なイデオロギー信仰をもつ者たちを横軸にとって座標をつくる方式を採用していた。

〝対抗者１〟の調査にあたって、こういった座標に表われたのは、以下のような例である。

特殊作戦の経験者――特殊部隊（陸軍）、レンジャー（陸軍）、エア・コマンド（空軍）、海軍特殊部隊（ＳＥＡＬ）、海兵隊武装偵察部隊（海兵隊）、ＣＩＡ特殊作戦課（おもに前述の組織の退役軍人によって構成されている）。さらにベトナムでフェニックス作戦に参加したり、南ベトナム南部中央軍でベトナム人とともに対ゲリラ作戦に従事し、その種の経験をつんだ者たち。つぎに第三世界での対ゲリラ工作の経験者――ペルー、ボリヴィア、グアテマラでゲリラ狩りをしたレンジャーや空挺隊員。それから、一九七五年のクルド族のイラク侵入作戦に代表されるＣＩＡの特殊任務についた者。その他もろもろ――第二次大戦までさかのぼって、ＯＳＳ（戦略事務局）出身者、Ｄデイ直前にフランスに降下したジェドバラ・チーム、第二次大戦下、ビルマで抗日活動をしていたカチン族と行動をともにした長期工作員たちの名まであげられていた。無鉄砲者たちだ、とシオコールは思った。神よ、無鉄砲者からわれわれを救いたまえ。

つぎに、極端な政治的――とくにソヴィエト連邦に対する――見解に関する公式記録や私的な報告書が集められていた。ＦＢＩのファイルが名指した団体は、ジョン・バーチ協会、民兵隊壮年軍、アーリアン騎士団などだった。がなり屋、煽動屋（せんどうや）、変人、泣きごと屋どもだ、とシオコールは思った。赤ぎらい、赤いじめのたぐいだ。

さらに、堅実な軍歴をもちながら、どこかで道を踏みはずした職業軍人が拾いあげられていた。適合審査で指揮官に痛めつけられた者たち、計画の失敗で追放された者、麻薬濫用で堕落し、汚辱にまみれて解体した司令部、うっかり愚行をマスコミに嗅ぎつけられて昇進をふいにした者たち――瓦礫と化した先の人生を見通し、国防総省に復讐しようと考えても不思議のない連中だ。彼らなら、秘密事項取り扱い資格や知人を利用してサイロ襲撃実行に必要な情報を入手できる。負け犬どもだ、とシオコールは思った。

そして最後に、ベルトウェイの内側にびっしりと寄り集まっている戦略関係者共同体と呼ばれるもののメンバーがいる。概して社会には名前を知られていないが、それを破壊するプラン立案にはお祭り気分で取り組む連中である。つまり、戦略理論やその具体的事項、とくにサイロの文化とテクノロジーともいえるミサイル・サイロの警備態勢、発射手順、戦略上の先制攻撃目標、単一統合作戦計画のトップ・シークレット、わが国が核戦争を行なうための机上戦術などに通じている者たちのことだ。

この範疇に入る人間はたいへんな数だった。ナイフを口にくわえて夜の闇を忍び歩きする方法に習熟するのもけっこうだが、結局はピースキーパーのことを、どうやれば動くか、どこに置いてあるかを知らなければ話にならないし、ただの絵空事にすぎなくなる。問題のサイロについていえば、その場所だけでなく――それを知っている人間はワシントンにも千人といない――それが発射可能であること、特殊な弱点をもっていることを知らなければならない。この〝対抗者1〟はなんと多くの知識をもっているのだろう！　シオコールの関心はその点に集中していた。それが誰にせよ、自分が知っている人間か、あるいはいっしょに働いたことのある人間にまずまちがいない。

やつはわれわれの仲間のひとりだ。

シオコールはリストを見ていった。政府のシンクタンク、ランド研究所の落伍者（らくごしゃ）、不満をいだく戦略空軍司令部の人間、頭を働かせるのが好きなペンタゴンの不満分子、窓ぎわ族の将軍、挫折（ざせつ）した学者。すべて、聞きおぼえのある名前だった。

また別の書類がテレックスで送られてきたので、シオコールはそれに目を通した。そこには、以前海軍が大いに期待をかけてつかっていた民間の分析家で、ピースキーパー、それもとくにサウス・マウンテン基地への配備に深くかかわった人物のことが書かれていた。彼はまた、ロシア人や核戦争一般に対して強硬な意見のもち主であると知られ、事実、〈フォーリン・アフェアーズ〉に『では、なぜミサイルの優越を問題にしてはいけないのか？＝ＭＡＤ再考』なるエッセイを書いてワシントンで注目されたことがある。彼は戦争を遂行し、勝てると信じていた。テレビのニュース番組〈ナイトライン〉や〈デイヴィッド・ブリンクリーのディス・ウィーク〉、〈フェイス・ザ・ネーション〉にも出演、のちにジョンズ・ホプキンズ大学応用物理学研究所で組織されたＭＸミサイル基地建設方式研究グループの責任者となった。だが、私生活のほうはその名声の重さを支えきれず、結婚生活は破綻し、妻は彼を捨てて出ていった。いま、その人物は名門校で教鞭をとり、あいかわらずペンタゴンのブレーンをしている。

「失礼します」若い通信技術者が声をかけた。

「なんだね？」

「あちらにＦＢＩの防諜班が来ています。あなたの逮捕状をもっているそうです」

「少佐」

アレックスは明るい日差しにまばたきした。草地をのっそりと近づいてくる車の一団が見えた。

「ヘリコプターがいない」と、彼は言った。「敵はヘリコプターをつかわずに、トラックで来たぞ」

少佐はトラックのコンヴォイを観察した。

「よし。配置につけ。兵を防水シートの下から出して、戦闘位置につかせろ」

ホイッスルの音がひびきわたった。少佐のまわりで部下たちが自分のもち場へ駆けだしていった。銃のボルトやベルトがかちゃかちゃと鳴りひびいた。

「落ち着け」と、少佐はどなった。「まだ時間はたっぷりある」

彼はトラックが山をのぼってくるのを見つめた。ヘリコプターをつかえば、もっと多くの人間をより早くここまで運んでこられる。もしかしたら、空からの攻撃のできる部隊が手持ちになかったのかもしれない。飛ぶよりは戦闘のほうがこわくないと考える連中しかいなかったのか。

いや、待て。ヘリコプターが一機離陸した。きっと、あれは負傷者を後方へ輸送するためのものにちがいない。

あのヘリにたっぷり仕事をさせてやろうではないか、と少佐は思った。

彼は建物の瓦礫のうえにのぼって、声を張りあげた。「よし、諸君。中隊が昼食にお出ましだ。射撃準備」

「少佐――」

若い兵士が指差した。

少佐にもそれが見えた。彼方の山あいを越え、かすかなうなり音をあげて谷間を横切ってきた。全部で八機、地上すれすれに飛んでいる。この距離でも、A-10であるのがはっきりわかる。

そう、これも計算ずみだ。

「飛行機だ」と、少佐は言った。「ミサイル・チーム、交戦準備」

第一波攻撃が始まろうとしていた。

グレゴール・アルバトフはコネチカット・アヴェニューからベルトウェイに乗り、すいた道を東に向かった。つづいて、さらにすいているボルティモア方面へのルート95を北にのぼった。時間はまだたっぷりあった。二時までに着けばよかったのだが、彼は十二時三十分に出発していた。ウォッカのおかげですこし気分が落ち着き、モリーと電話で話したことで、いくらか未来に希望がもてるようにもなった。モリーはとにかく頼りになる。胃がむかむかして、消化薬が欲しかった。彼は〈タム〉に頼って生きており、彼のぶあつい舌はいつも溶けた〈タム〉でぎらぎらしていた。ところが、今日はそれを切らしていた。

どうどう、グレゴール、ここだ、老いぼれ。通りすぎちまうぞ。気がついたときにはあやうく道路の出口を通りすぎかけていた。急ハンドルを切って車線をななめに横ぎらざるをえず、ランプにそのままのスピードで突っ込む。強い遠心力で振りまわされそうになるのを感じながら、グレゴールは懸命にハンドルをあやつり、ようやくのことで車の支配権を取りもどした。陸橋をまわってルート175に入る。速度こそ出せないが、まえとおなじくなめらかな道路だった。まずまずの景色を楽しめるハワード郡とコロンビアの郊外を抜けて二、三分走ると、日差しを受けて輝いているガラスにおおわれた宮殿が見えた。

その桁はずれの大きさも、グレゴールをたじろがせることはなかった。彼はショッピング・センターが好きだった。どこもかしこもきらきらと輝き、しゃれた身なりのいきいきとした人々（女たち、ああ、ほっそりとして愛らしい、しなやかなアメリカ女たち！）が行きかう——これこそ、光輝に満ちたアメリカなのだ。

グレゴールはアメリカのショッピング・センターによく通じていた——彼のお気に入りの〈ホワイト・フリント〉、ボルティモア郊外の〈ホワイト・マーシュ〉、ボルティモア市内の〈イナー・ハーバー〉、ボルティモア西部の〈オウイング・ミルズ〉、南部にできたばかりの〈マーリー・ステーション〉、ヴァージニアの〈タイソンズ・コーナー〉……。なぜなら、そういった場所で仕事をするのがポーク・チョップの好みだったからだ。ポーク・チョップは——その正体はわからないが——模範的な情報伝達技術を自慢にしていた。ポーク・チョップは孤独とプライバシーが嫌いで、人なか、それもとくにアメリカのショッピング・センターの混雑したあわただしい敷地のなかにいると安心できるらしかった。これは、グレゴールにすれば願ったりかなったりだった。この先、女たちから得られる断片的な情報だけで自分の存在を正当化できないとなれば、全力をあげてポーク・チョップのご機嫌をとらなければならない。これまで一度も不安を感じさせたことがなく、つねに見逃しようのないはっきりした合図を送ってくるこの相手の望みを満たすことこそ、自分が生き残る道なのだから。

ポーク・チョップからいつ連絡が入るか、グレゴールにはまったく知るすべがなかった。頼りは〈ワシントン・ポスト〉の個人広告欄しかなく、彼は毎日それをチェックしていた。だいたいがなにも見つからず、ときには何週間もなんの兆しもないこともあった。そして昨日のように、突然そこに現われる。

「愛してるわ。D‐13‐3で会いましょう。あなたのかわいいポーク・チョップより」

暗号は単純だった。グレゴールはそのまえの日曜日の〈サンデイ・ポスト〉のセクションD、十三ページを参照するだけでことたりた。そのページには、この地域の代表的な書店チェーン、B・ドルトンとかウォルデンブックスなどの広告が出ていた。広告のいちばん下に、支店の所在地がずらりとならんでいる。その三番目――こんどの場合はB・ドルトンの広告の〈コロンビア・モール〉――が翌日行なわれる待ち合わせの儀式の始まりの場所となる。じつに巧妙かつ単純で、鍵を知らなければ絶対に解けない暗号だった。そして、その鍵を知っているのは、二年前極秘親展の文書を受けとったグレゴールただひとりだった。

ポーク・チョップは三カ月前に猛烈な活動をして以来、休眠状態にあった。だから、昨日の新聞でメッセージに出会ったとき、グレゴールは意外な感じがした。だが、それは彼の気持ちを引きたたせてくれた。たとえ、手間がかかり、しばしば疲労困憊(こんぱい)させられるこの仕事がワイン・セラーでの通信当直の日と重なり、しかもクリモフが彼の多くの失敗をあげつらってどなりちらした直後ではあっても、彼は幸せな気分になれた。

とはいえ、グレゴールの不運はまだつづいていた。彼は資本主義の現実的な欠陥のひとつ、駐車スペースの不足を体験しつつ、迷子になった旅人よろしく駐車場のなかをうろつきまわった。なんといっても、クリスマスが近いのだ。アメリカ人たちは、大好きな休日のためにしこたま買い物をしようと、やむにやまれず家を飛びだしてきていた。グレゴールはなんとか端のほうに空きスペースを見つけ、センターの建物への長い道のりを歩きはじめた。

不意に、轟音が響いた。度胆をぬかれて、グレゴールは思わず身をすくめた。見上げると、六機のジェット機が上空を飛びすぎていった。すごい低空飛行だ！　信じられない！　グレゴールには見おぼえのない機種だったが、太く短いまっすぐな翼から長い機首が前へ突きだした形はまるで十字架が逆方向へ飛んでいるようだった。それに、ふつうの銀色ではなく、緑に塗られていた。グレゴールは首を振った。

あんな飛行機を見たことがあったかな？

だが、見直す間もなく、ジェット機は林を飛びこえて姿を消した。

「ずいぶん急いでるわね」数歩まえを歩いていた婦人が言った。

てるのかしら」

「どこかで火事でもあったんだろう」グレゴールがジョークを言った。

「たぶんね」婦人も笑いながら言った。「それとも、ガールフレンドに見せびらかし

建物のなかは春のように静かで楽しげだった。室温は完璧にコントロールされていた。しかしグレゴールが入ったとたん、ジャングルにでもいるようにまた例の汗が吹きだし、シャツを濡らしはじめた。足早に歩きだすと、商品のひとつが目に飛びこんできた。つづいて、あちら、またこちらへと目うつりした。これこそ資本主義だ！これは祭りだ！　おれはアメリカを愛する！　彼は、〈ウッディ〉の紳士用品の店でとくに目についたすてきなセーターを見るために足をとめた。そばにいい色あいのネクタイも置いてあった。つぎは、食事の時間だ。彼はチョコレート・チップ・クッキーとピーチ・ヨーグルト、チリ・ドッグを買った。それからおもむろにB・ドルトンの店へ向かった。なかへ入って、しばらく正面に積んであるベストセラーの山を拾い読みする。ぶあつい本は、KGBがアメリカ国家転覆をねらってテレビのネットワークに侵入するという、ぞっとしないストーリーの小説だった。沖仲仕に欲情をおぼえるハリウッドの女優について書かれたものもあった。億万長者の実業家が書いた霊感にあふれた本もある。証券市場で大もうけする本、やせられて永遠の幸せをつかめる本、どうやれば攻撃的になれるか、どうやれば敏感になれるか、どうやれば人に好か

れるかというテーマの本もならんでいた。最後のやつこそ、いまのおれに必要な本だ、とグレゴールは思った。

彼は徐々に店の奥へ進み、〈古典〉と表示された棚に近づいた。そこで、ほんのすこし長めに足を止める。昔からいつか文学を学びたいと思いつづけていた。結局は化学を専攻することになったが、いまでも文学を愛していた。シェークスピアの『ハムレット』をぱらぱらとめくり、つぎにドストエフスキーの『罪と罰』、それから偉大なるトルストイの『戦争と平和』、ヘミングウェイの『誰がために鐘は鳴る』を開いてみた。やはり、こっちのほうが、おれには必要だ。つづいて、グレゴールの指は当然のようにマーガレット・ミッチェルの『風と共に去りぬ』をひっぱりだした。アメリカ中どこの書店に行っても必ず棚に置いてある本だ。彼はそのぶあつい本をそっとさすった。興奮がわきあがるのを感じて、店のなかにすばやく神経質な視線を走らせた。むろん客はたくさんいたが、自身経験豊かな監視者であるグレゴールの目で見ても、監視されている気配はなかった。

儀式はつねに正確だった。彼がその本を棚から取り、三百ページを開くと、2とか3とかの数字がひとつ書いてある小さな紙片がはさみこまれている。それですべてことたりるのだ。

ほかの人間にすれば、なんの意味もない数字だ。だがグレゴールだけは、それが、店を出て、右へ行き——いつも右と決められていた——出口の数をかぞえながらセンターのなかを歩き、二つ目あるいは三つ目の出口から建物の外へ出ろという合図であるのを知っていた。

　ところが、今日はその紙片がはさまっていなかった。

　グレゴールは茫然として本を見つめた。頭のなかで鐘が鳴りひびくような気がした。心臓が止まりそうだった。空気が急に熱いガス状のものに変わってしまった感じがした。あれほど杓子定規だったポーク・チョップが、どうしたというのだ！　ポーク・チョップはこれまで一度もミスを犯さなかった！　ポーク・チョップは決してあせらず、冷静で、堅実で、忍耐強かった！

　グレゴールは自分がパニックに襲われるのを感じた。罠にかけられたのか？　これは策略の一種なのか？　それとも試しているのか？　もっている本がだんだん重くなるのを感じながら、彼は強く唾をのみこんだ。本は一トンもあるような気がした。

「すばらしい本ですわ」そばにいた女性が彼に話しかけた。「私、六回も読みましたよ」

「ええ、これはすばらしいですね」グレゴールはぼんやりとその女性を見つめかえしながら言った。ＦＢＩの捜査員だろうか？　彼は息をこらして、彼女が先をつづけるのを待った。大きく息をつきたかった。顔に浮かんだ力ないゆがんだ笑みがもうすこし自然なものにならないかと願った。女は探るような目で彼を見つめた。なかなか美人だが、とくに特徴のないアメリカ女性だった。なにか言いたげな表情に見えた。だが、彼女は謎のような笑みを浮かべてグレゴールの心臓を跳ねあがらせただけで、そのまま行ってしまった。

グレゴールはつかんでいる本を見下ろした。手のふるえがつたわって、本も揺れていた。彼はページをめくりながら、記憶をたどって答えを探しもとめた。なにか馬鹿なミスを犯しただろうか？　書店がちがっていたのか？　別のショッピング・センターだったのか？　日にちを間違えたのか？　さまざまな可能性が、猛スピードで変化していくデジタル時計の秒表示のように頭のなかに浮かんでは消えていった。ますます混乱してきた。頭痛がしはじめた。

考えるんだ、馬鹿！

あご鬚（ひげ）が伸びて垂れさがるまで、世界が終わるまで、ここで本をかかえて立っているわけにはいかないのだ。

懸命に気持ちを集中して、ページをめくっていく……すると、音もなく矢のように飛ぶ白い鳥のように……本の五百ページ台のどこかから小さな紙きれが舞い落ち、くるくるとまわりながら床に落ちた。グレゴールは、それがひらひらとひるがえり、急降下し、着地するのを眺めた。文字が読みとれた。数字がひとつだけ書いてある――

4だ。

なにものにも替えがたい喜びと安堵の思いがグレゴールの全身に広がっていった。あまりのうれしさにひざががくがくした。大きく息を吸い込むと、空気が肺を満たすのを感じた。彼は本を棚にもどし、いつにない敏捷さで向きを変えると、店を出た。

ダンサーのような足取りで、暗号の絶対的なルールにしたがい、グレゴールは右に曲がった。右手に四つ目の出口が見えるまで歩きつづけ、まばゆい日差しのなかに出て、室内の明るさに慣れていた目をしばたたいた。同時に、きびしい寒気が襲いかかるのを感じた。彼はサングラスをかけ、目のまえにある車の列にそって、ショッピング・センターを出る右の側道の縁を歩きはじめた。

身が引きしまるような寒さのなか、彼は右側の列の車を一台ずつ確認しながら進んだ。やがて、一台の車のリア・ウィンドウに、チェックのスカーフが目立つようにまるめて置いてあるのに気づいた。

これが夏なら、マドラス・チェックのジャケットとかピクニック用のテーブルクロスが置いてあるところだ。一度など、〈スコッチ〉のクーラーが置いてあったこともある。だが、とにかくいつもチェックだった。それに、いつも車は違っていた。おそらく偽名で借りたレンタ・カーなのだろう。ポーク・チョップはこういったこまかい点までじつに配慮が行き届いている。

グレゴールは、自分を窮地から救う救命船を見つめた。今日はフォードだった。明るい日差しが照りつけていたが、グレゴールの吐く息は魔法のように白くなって目のまえを漂った。えりの裏側の汗が凍りはじめるのを感じた。

それでも、彼は立ちすくんでいた。動けなかった。胸のなかで、なにかがドンドンと音を立てている。自分がまだ極度の興奮状態にあるのを感じていた。

だが、いつまでもこうしてはいられない。アメリカでいちばん人目をひくのは、駐車場にじっと突っ立っている男だ。駐車場は別の目的地に行く途中に通りぬける場所である。アメリカでは、駐車場を目的地にしている人間はひとりもいない。そこでグレゴールはそのまま歩きつづけ、車の列を出て森へ向かった。これもまた最悪の思いつきだった。彼は引きかえした。

やるんだ。彼は自分に命じた。時間がすぎていくばかりじゃないか。

彼はぶるっと身震いした。自分に鞭(むち)打って車のところまで行き、なかをのぞきこんだ。ブリーフケースが手前側のバックシートの床に、ファスナーを開いておいてあった。

ドアを開けるだけでいいんだ、馬鹿、やれ。

グレゴールは車に近よった。いつもどおり、後ろのドアはロックされていなかった。

彼は手をハンドルにかけ、ボタンを押した……

だが、その瞬間、彼は二年前のことを、ポーク・チョップの担当になり、任務の説明を受けたときのことを思い出そうとした。とくに記憶のひだを探って、出口の番号を書いた紙片を三百ページと三百一ページのあいだにはさむのは公式の指令だったか、あるいはたんにポーク・チョップの個人的なサイン、スパイが独自に考えた合図だったのかを思い出そうとした。長年エージェント管理官をやってきたグレゴールは、どんなエージェントも必ず自分のサインをもっていて、連絡の儀式のなかの瑣末な事項に独特な方式を編みだし、自分と連絡員のあいだの準言語的意思疎通の方法としてつかっているのを知っていた。

　グレゴールの不安ははっきり感じとれるほどに高まっていた。真鍮のタマゴが気管につまっているような気がした。秘密工作員として敵国で長年活動してきた彼のプロフェッショナルの部分が、髪が逆立つように活気づいてきた。だが、同時に彼の臆病者の部分も頭をもたげた。ひざから力が抜けていった。ポーク・チョップよ、なんでおれにこんな仕打ちをするんだ？　だんだんずさんになってきたのか、ポーク・チョップ？　それともずるく、貪欲になったのか？　エージェントがそういう変化をみせるのは決してめずらしくない。ポーク・チョップよ、いったいどうなってしまったんだ？　グレゴールはまたしても虚栄心が自分を裏切ったのに気づいた。彼はこれまで、揺れ動く宇宙のなかでたったひとつの不動の星座としてポーク・チョップを愛してきた。結局おれは、つねに自分を裏切る運命にある人間を愛してしまう、救いようのない神経症患者なのだ！　それがいつものパターンで、いまポーク・チョップがそれを再現してみせただけなのだ。グレゴールの胸にポーク・チョップに対する憎しみがわきあがった。ポーク・チョップはくずだ、げすだ、くそ野郎だ！　ポーク・チョップなんか……

なかばやけっぱちで、自分のかかえる難問を征服するというよりそれから逃避するために、彼は車の反対側のロックしてある前部ドアへまわった。あたりをうかがう。駐車中の車のあいだを行き来する人々の姿が遠くに見えたが、近づいてくる人影はなかった。彼はポケットに手を入れてスイス製のアーミー・ナイフを取りだして、すばやく窓のゴム・シールにそれを突き刺し、せいいっぱいの力をこめて押した。効果はなかった。彼は恐怖で緊張症にかかりそうになりながら、あたりを見まわした。駐車場のなかを行きかう人々や空きスペースを探して走りまわる車が見えたが、そばには誰もおらず、こちらへ近づく車もなかった。もう一度、彼はナイフの柄に体重をかけ、自分のもてる力を総動員し、恐怖の泉からわいてくる力もくわえてそれを押しさげた。ふっと、なにかが動くのを感じた。窓が一インチほど下がった。さらに一度二度と力をこめて押すと……いつのまにか、手が入るほどにすき間が広がっていた。

彼は自分のやりとげたことが信じられず、もう一度不安そうにあたりを見まわした。

大丈夫だ、誰にも見られていない！　息が苦しかった。いかん、心臓発作を起こしそうだ！　彼は太い腕を窓のすき間に差しいれ、ロック・ボタンに手を伸ばした。よし、もうすこし。だめだ！　もうすこしだ。よし！　ロックが解けた。身体をできるだけ離して、急いでドアを開ける。新車のにおいがぷんと鼻に漂ってきた。豊かなアメリカのにおいだ。彼はフロントシートごしに手を差しだし、ブリーフケースを拾いあげようとした。だが、ケースは動かなかった。引っぱる角度が悪くて、なにかが邪魔をしているようだった。グレゴールはもう一度引っぱった。すると——

一瞬、虫が顔をかすめて飛びすぎたのかと思った。というより、怒りくるったツバメかハチドリのようなすばしっこい小鳥が突然鼻先をかすめて飛んでいったときのように、害はないが、完全に虚をつかれ、頭が混乱してぼうっとなる感じがした。その印象が頭にしみこむかしみこまないかのうちに、つぎの瞬間、金属がなにか重いものにどすんとぶつかる量感のあるくっきりした音が聞こえた。つづいて、なにかが小刻みに震える低い振動音がひびいた。グレゴールは茫然として身を起こし、その音の意味を考えようとした。心臓がまた激しく鼓動しはじめた。彼はあわてて自分の身体を調べた。異常はないようだが——

そのとき、目からほんの数インチ先の車の天井に、邪悪な光をはなつものが突き刺さっているのに気づいた。塗られた油が日差しをぎらぎらとはねかえしているおぞましい戦闘用ナイフだった。肉をうまく切りきざむために刃が大きなのこぎり歯になっており、それが途方もない力ではじきだされ、ほとんど半分近くまで天井にめりこんでいた。刃の見える部分は鋼鉄の長い優美な曲線を描いている。根もとはふたつに分かれていて、あらかじめ柄は取りはずされていた。

グレゴールはひと目でそれがなにかわかった。GRUの特殊急襲部隊で、アメリカのグリーン・ベレーやイギリスの陸軍特殊部隊SASと並び称される〈スペツナズ〉がつかっている〝飛びだすナイフ〟だ。刃の根もとを強力なスプリングにセットしてあるナイフである。通常の戦闘用ナイフとしても使用できるが、つばの部分にあるボタンが引き金となってスプリングがはじけると、銃弾にも負けない猛烈な速度で刃が前方に飛びだす。二十五メートル離れた人間を殺すことも可能で、スペツナズばかりでなく、KGBや東側諸国全部の秘密情報部の人間、それにカルロヴィ・ヴァリにあるKGBの訓練所にいる〝殺し〟の専門家たちの愛用の道具である。グレゴールがブリーフケースのほうにかがみこむと、なかに鈍い光をはなつナイフの柄と、つばの引き金ボタンからケースのなかを通って床にのびているワイヤーが見えた。ケースをもちあげると、口が開いてナイフが飛びだす仕掛けがしてあった。

グレゴールは身を起こした。もしロックされていないドア——正しいドア——から上半身を差しいれ、ケースをもちあげようと身を傾けていたら、刃が胸の真ん中を刺しつらぬいていただろう。そうなれば、ほんの数秒で自分の血をのどにつまらせて、この小さな車のバックシートで死んでいたはずだ。

誰かが彼を殺そうとしたのだ。

グレゴールは嘔吐(おうと)した。

それから、大あわてでその場を立ちさった。

プー・ハメルが言った。「ママ、ママ、飛行機よ!」プーは、低空で飛ぶ飛行機の轟音に引っぱられるように、窓辺に走りよった。お守り役のハーマンは少女の様子を見守りながら、すばやく腕時計に目を走らせた。

ずいぶん遅いな、と彼は思った。

もっと早く来るものと思っていた。ひどく手際の悪い仕事ぶりだ。

「プー、気をつけて」ベス・ハメルが彼女の寝室から叫んだ。

だが、プーはエンジン音と、山に向かってゆっくり飛んでいく大きな機影にすっかり魅せられ、鼻を窓ガラスに押しつけていた。

ハーマンがそばに来て、彼女の肩に手を置いた。

「ハーマン、あれはなにをやってるの?」と、プーがたずねた。

「さあ、なんだろうね」ハーマンは言った。「たぶん、町じゅうの子供たちに見せて、あの音でみんなをしあわせな気分にしてやろうというのさ。元気を出させ、雪を早く溶かしてしまおうってね」

「かかしみたいね」

ハーマンは聞いていなかった。急に真剣な表情になると、こう言った。「地下室に行くよ。いいね、プー？　きみのママと姉さんをいっしょに連れていって、地下室でちょっとしたパーティをやろう」

だがプーは、しばしば大人をびっくりさせる子供特有の本能的なひらめきを発揮した。

「ハーマン」彼女は目を細めて言った。「あの飛行機はあなたたちのために来たの？」

「そうじゃないよ」と、ハーマンは言った。だが、彼はまもなく彼らがここにもやってくるのを知っていた。そのときにどんな行動を期待されているかも心得ていた。

「ハーマン、私、あなたが好きよ」ハーマンが抱きあげると、プーが言った。彼女は彼の首を抱きしめてキスした。

「ぼくもきみが好きだよ、プー」

A‐10に乗っていると、自分が万物の王になったような気がする。人間が先頭に立ち、飛行機の本体――翼やエンジン、方向舵(だ)――はあとにつきしたがってくる。長細い鼻面のどんづまりにある、世界が広々と明るく見える金魚鉢にすわれば、邪魔者はヘッドアップ・ディスプレイ（パイロットの視界を妨げないよう透明のシート上に情報を投影するもの）にゴムのようなしみとして映る機首の先端だけで、自分が大空に放りだされたような感じになる。レオ・ペルのようなパイロットがこの飛行機を好んでいるのはそのためだった。ほんとうに自分がそれを飛ばしている気分に、ほんとうに空に浮かんで、風に乗っている気分になれるからだ。ちょうど第二次世界大戦当時、占領下のヨーロッパをP‐47やA‐26のような飛行機で飛び、生け垣のうえを低空で飛んでいるような感じだった。

「デルタ・シックス、こちら、パパ・タンゴ・ワン、聞こえるか？」サウス・マウンテンを目指すタンゴ飛行小隊を率いた〈グリーン・ピッグ〉のペル少佐がたずねた。山が前方にアイスクリームのかたまりのような姿でたちはだかっている。

「了解、よく聞こえるぞ、パパ・タンゴ・ワン」イヤホーンから、デルタといっしょに地上にいる前進航空統制官の声が聞こえた。

「あの老いぼれ山を痛めつければいいんだな、デルタ・シックス？」

「でかい的だぞ」と、統制官が言った。「だが、二十ミリしかつかうなよ」

「ああ、もってきたぜ、デルタ。二十ミリしかのせていない。パパ・タンゴからタンゴ飛行小隊へ、撃ち方用意」

ペルの指が操縦桿を離れて、航空計器パネルの左下四分の一を占める武器制御パネルのほうに這った。スイッチを入れると、赤い射撃準備完了ランプが点灯した。ペルの手はまた操縦桿に戻り、その裏側にある鮮やかな赤の小さな突起に親指をのせた。ペルは、自分の機の動きが溌剌とし、軽快になり、若がえったような気がした。今日の〈ピッグ〉はつねづね夢見ていた以上に軽かった。なぜなら、ふだん翼の下についている地上支援用の機外装備もなかったし、胴体の下にあるはずの重い三十ミリ砲もはずされていたからだ。かわりに、ペルと部下たちが必死になって翼下面のポッドに取りつけた二十ミリ機関砲があるだけだった。

「パパ・タンゴ、デルタ・シックスだ。聞こえるか？」

「聞こえる」

「レオ、攻撃目標は全員わかっているな？」

「おいおい、デルタ、そっちの声ははっきり聞こえてるよ」

「レオ、聞くところでは、あそこの山頂には防水シートらしきものが広げられ、外縁部に塹壕か胸壁と思われるものがきずかれているそうだ。きみたちは塹壕に弾丸をぶちこみたくてうずうずしてるんだろう？　ぜひそうしてくれ」

「目標の位置は、B、ゼロ、九だな、デルタ、了解した。地図をひざのうえに置いておくさ。それに目標は視認できる」

「それなら、いつでも始めてくれ、パパ・タンゴ」

「了解、デルタ。タンゴ飛行小隊、パーティを始めるぞ。おれのあとにつづけ、タンゴ飛行小隊、高度三千二百以下で、五秒間連射。わかったか？」

「あとにつづきます、小隊長」何人かの声がいっせいに答えた。

すこし遅れて、小生意気なターナワーの声がした。「やろうぜ、レオ、たっぷりカモってやろうじゃないか」

「空中ではおしゃべりをやめろ、タンゴ・ツー」戦闘規則の遵奉者であるペルが言った。とはいっても、彼も喜びにうかれていた。砂糖のかたまりのように白い山は目のまえにせまっており、そのふもとにはパッチワークのようなメリーランド州の景色が、細部までくっきりと、薄い色のついた幾何の図形問題のようなかたちで広がっていた。平行線の陰影をつけたトウモロコシ畑、黒いブロッコリーのような森、銀色に輝く道路……

ペルは大きく息を吸い込んで、カモメのように編隊を離れた。安全ベルトでがんじがらめにされ、飛行服が身体を締めつけ、ヘルメットの重さがずしりとのしかかってはいたものの、重力のくびきから解放され、身体に羽が生えて浮かびあがったような気分だった。飛行機は、ホームベースめがけて飛ぶ矢のような返球よろしく、なめらかな動きでぐんぐん高度を落とす。ペルは回避動作をまったくせずに、機体を水平にし、まっすぐ飛びつづけた。自分の機が空中から狙われる危険はなかったし、尻に小火器の弾丸を浴びる心配もなかった。なぜなら、このコックピットにすわっていれば、チタニウムのバスタブのなかにいるのにひとしいからだ。ペルの興奮は急カーブを描いて上昇した。空中射撃は何度も経験があったし、ベトナムでは六基の五十ミリ機関砲をそなえたT‐28で東洋人の生きている的を撃ったこともあった。だが、今度は家から十五分とかからぬところで、ロシアとの戦争を心配せずに二十ミリ機関砲を本物の敵に浴びせることができるのだ！　いくぞ、あとにつづけ、タンゴ・ツー。

彼のヘッドアップ・ディスプレイのプレキシガラス板に、高速で走るソ連の最新鋭戦車T‐72も捉える複雑な方向偏差補正計算の結果が現われた。目標捕捉角度はボウ・タイを解くようにやすやすと解決されており、山が射撃照準器のふたつの輝く円に重なりはじめた。ペルは苦もなくふたつの円をひとつに重ね、そのなかに山の姿が入るようにした。山頂には、迷彩色のハンカチを思わせるキャンバスの茶色いつぎあてがあたっており、その縁の部分にある塹壕で人が動くのが見えた。耳に聞こえるほど血が脈打っていた。山がしだいに大きく目のまえにせまってきた。攻撃角度を指示器で確認すると、三十度で接近しているのがわかった。これでいい。教則本どおりだ。

ペルは機関砲の発射ボタンを押した。

ここが彼のいちばん好きな部分だった。二十ミリ機関砲が足の下で震え、七連の銃身が機体の下に取りつけられたポッドのなかで脱穀機のようにぐるぐるとまわった。

曳光弾がまえに飛びだし、遠ざかり、山のなかへ消えていった。それが命中した場所は破壊をまぬがれない、おそるべき神のごとき存在だ。砲弾がつづけざまに防水シートと塹壕に飛びこんでいき、雪が小さな竜巻のように宙で渦を巻いた。

ペルが五秒間、砲撃をつづけると、山が目前に悪夢のような現実感をもってせまってきた。彼は機を急上昇させながら、イヤホーンを通して小隊の他の機が目標区域に向けて放った破壊の連禱（れんとう）に耳をかたむけた。

だが、そのとき――

「いかん、タンゴ・リーダー、ミサイルに自動追尾されている」

それはタンゴ・フォーで、恐怖で声が割れているのがはっきり聞きとれた。

「電子妨害をやれ、タンゴ・フォー、チャフ（レーダーを攪乱するために空中に散布する金属片）をまいて、回避し――」

爆発音がひびいた。

「ああ、くそっ、くそっ、やられたぞ。ちくしょう、煙が、煙があふれてくる。ああ、いかん――」

「エンジンを停止しろ」ペルは言った。「高度を落とせ、タンゴ・フォー。まだだいじょうぶだ」

上昇旋回しながら、頭を後ろにひねると、角砂糖のように縮まっていく山を背にして散開している彼の小隊が見えた。タンゴ・フォーは編隊から離脱し、急上昇していた。機体の左側にある鮮やかな色のゼネラル・エレクトリック社のマークが白煙で漂白されていた。機体はすこしずつ高度を下げはじめた。

「着陸しろ、タンゴ・フォー、農場でもどこでもいい、駐車場もたくさんあるし——」突然狂いはじめた世界で、ペルはつとめて冷静な口調をたもった。

「爆発しそうだ」タンゴ・フォーが言った。「おれは脱出する」

「だめだ、フォー、高度が——」

だが遅すぎた。パニックに襲われたタンゴ・フォーは、高度四百メートルで緊急脱出を試みた。パラシュートがようやく半分開いたところで、彼の身体は地面に激突した。大きな機体がすぐその先に落ちて、巨大な炎のかたまりとなって爆発した。

「いいか、タンゴ小隊、あわてるなよ」ペルはぴたりと鳴りをひそめた無線に向かって言った。「くそっ、デルタ・シックス、あのミサイルはどこから来たんだ？　やつらは何者なんだ？」

「タンゴ、われわれも彼らが地対空ミサイルまでもってるとは思わなかった。まずいな、どうやらスティンガーらしい」

スティンガーとなると、状況はきわめて悪かった。正式にはＦＩＭ‐92Ａと呼ばれるこの地対空ミサイルは最高速度マッハ二・二、赤外線受動ホーミング誘導で経路修正を行ない、きわめて運動性能のすぐれた高速の標的を三・五マイルの射程からあらゆる角度で捕らえることができる。また、電子妨害に対しても高い抵抗力をもっている。まるで、しつこい雌犬そっくりだ。スティンガーが待っているところに行きたがるやつなどいはしない。

「いかん」パイロットのひとりが声を上げた。「まずいぞ、レオ、油圧計の警報ランプが点灯してる。おれは離脱する」

「絶対に許さん」ペルが言った。「まだ仕事が残ってるんだ。デルタ・シックス、もう一度攻撃をさせたいかね？」

聞きなれない声が答えた。

「タンゴ、こちら、プラー大佐だ。ぜひそうしてほしい。いいな？　まもなくこちらが送った部隊が攻撃を開始する。彼らには、得られるかぎりの助けが必要だ」

「レオ、油圧が――」

「通信を切れ、タンゴ・セヴン。いいな、通信をやめろ」

ペルは小隊を率いて、直径十二マイルの円を描いて左旋回した。ふたたび、山が目のまえにせまってきた。

「よし、タンゴ小隊」彼は命じた。「ふた手に分かれる。おれは二番機、三番機の第一班を指揮する。北から南へ、そうだな、高度は二千二百、回避動作と電子妨害を行ないながら飛ぶ。ターナワー大尉、おまえは第二班だ。六番機、七番機、八番機を率いて、東から西へ向かえ。いいな、おれの合図で分かれる。準備しろ。行くぞ」

ペルは編隊を離れ、バック・ミラーで残った六機のうち二機があとにつづくのを確認しながら降下を始めた。タンゴ・ツーのターナワーは三機を後ろにしたがえて、右へバンクした。

いったい、やつらは何者なのだ? ペルは考えた。どこでスティンガーを見つけてきたんだ?

「さあ、やっちまおうぜ、タンゴ小隊」彼は命令を下した。

「小隊長はしっかりした男のようだな」プラーが前進航空統制官に言った。ふたりは、黒い機影がふたつの編隊に分かれ、たがいに間隔を開きながら攻撃高度に降下していくのを見ていた。

「レオは最高です」と、統制官が言った。「〈コンティネンタル航空〉の定期便パイロットをやってる男です。でも、彼は〈グリーン・ピッグ〉が大好きなんです」

ふたりのまわりで、デルタの将校たちがこのショウを見物していた。タンゴ・フォーの墜落現場から立ちのぼる細い煙が、真っ青な空を背にめちゃくちゃな線を描いていた。

プラーはまばたきした。ジェット機の爆音で、頭がずきずきした。時計に目をやった——一四四二時だ。州軍のトラックは山を半分ほどのぼりきっていた。そこは対抗部隊が道路を爆破した場所で、なんらかの軍事活動が行なわれたのは双眼鏡で確認ずみだった。将校がトラックから兵隊をおろし、攻撃隊形を組み立てているのが見えた。

「彼らがまた攻撃をかけます」スケージーが言った。

「いいぞ、こんどはよさそうだ、タンゴ飛行小隊」前進航空統制官がマイクに向かって言った。

飛行機は二方向から時間をずらして山を攻撃した。砲撃が始まると、プラーにもポッドからキャノン砲弾の空薬莢が煙につつまれてほとばしりでるのが見えた。曳光弾が機体の下から投げ矢のように飛びだす。砲弾は山にあたって、炸裂した。

だが、どこか変だった。

「砲撃時間が長すぎる」プラーが言った。「だめだ、時間をかけすぎてるぞ」

航空統制官が言った。「連中ががんばってるんだと思いますよ」

「でたらめを言うな」と、プラーは言った。「つぎの攻撃をしなくていいように、弾丸をまきちらしてるだけだ」

彼は航空統制官からマイクを奪いとった。

「タンゴ小隊、デルタ・シックスだ。やめるんだ、砲撃をひかえろ。弾丸を無駄にしているぞ」

「タンゴ小隊、こちらタンゴ・リーダー、弾丸を大事にしろ。わかったか。砲撃をやめろ」

「レオ、こっちは弾丸切れだ」パイロットのひとりの声が聞こえた。

「六番機、おまえ、ほとんどワシントン郡にばらまいてたじゃないか。野郎、ちゃんとこの目で――」

「ミサイルだ」地上のスケージーが言った。「またミサイルを撃ってきた」

「熱追尾だ」

ミサイルは白いガスの細い糸をひきながら、猟犬のように飛行機を追った。それを見た飛行小隊は扇形に散開して、速度を上げた。彼らが編隊をくずして四方八方に散らばる様子は、白い山のうえで開いた巨大なバラの花びらを思わせた。ほとんどのミサイルは相手を捕捉しそこね、でたらめに飛びまわって数秒しかもたない燃料をつかいきり、航跡雲が途切れたところで地面に落下した。だが――

「ミサイルに捕まった！　ちくしょう、ミサイルがロック・オン！」無線から悲鳴に近い声があがった。すさまじい光をはなつ。ミサイルが重くにぶい衝撃音をたててA‐10の一機のエンジンに命中し、すさまじい光をはなつ。飛行機がぐらりと傾いた。そこへ、燃えるエンジン部というさらに高い熱源めがけて二基目のミサイルが突っ込んできた。飛行機はまっさかさまに墜落した。

「くそっ、操縦桿がきかない、なにもかも――」

その言葉はトウモロコシ畑のなかで途切れた。

「レオ、弾丸切れだ」声が聞こえた。

「レオ、油圧ポンプをやられた。翼がいうことをきかない」

「レオ、コントロール・ボードがめちゃくちゃだ」

「タンゴ小隊、持ち場を守れ」レオ・ペルが言った。

「そちらの弾薬はどうなってる？」プラーが無線でたずねた。

「すっからかんです」答えが返ってきた。

「デルタ・シックス、こちらタンゴ・リーダー。おれのはまだ約七秒分残ってる。もう一度攻撃をかける。タンゴ小隊、ターナワー大尉抜きで編隊を組み、基地へ帰れ」

「レオ、ひとりじゃ無理だ」前進航空統制官が言った。

「おいおい、まだ七秒分あるんだぜ。そいつをこの〈ピッグ〉にのせたまま帰れると思うのか？」

「だめだ」航空統制官が、プラーに言った。「空にある熱源はあいつだけになってしまう。まちがいなく、やつらの追尾に捕まります。あれはスティンガーなんです。あれ以上のものはないんだ。いったい、どこからスティンガーを手に入れたんだろう？」

　プラーは答えなかった。

「彼の名前をもう一度教えてくれ」

「レオ・ペルです」

「ペル少佐、こちらプラー大佐だ。聞こえるかね？」

「聞こえます、デルタ・シックス」

「いうまでもないが、きみの生きのびる可能性はゼロに近い」

「おれはダンスをしに来たんだ。すわって見物するために来たんじゃない」

「では、幸運を祈る、タンゴ・リーダー」

　よしこんどは、レオ・ペルと山の一騎討ちだ。小火器は心配なかった。コックピットの円蓋の十時の方向に、軽機関銃の弾丸があたって蜘蛛の巣のようなジグザグの線ができていたが、彼がいるのは自己密封式の燃料タンクがついたチタニウムのバスタブのなかだったし、制御システムもまだたっぷり余裕がある。それに、弾丸もたっぷり残っている。たとえ追尾ミサイルが彼の尻をねらって飛んできても、攻撃のあいだは気にする必要がない。排気管は後部についていたから、攻撃中は熱追尾装置も熱を読みとって追いかけてくることはできない。相手に熱い尻を見せるまで、危険はないのだ。

尾根を越えると、身を隠す場所はまったくなくなった。いまの彼はさかりのついた雌ギツネ同然で、すぐさま頭にたったひとつのことしかない雄の猟犬のようなミサイルがあとを追ってくるはずだ。欲しいのはペルの尻で、彼らの念頭にはそれしかない。ペルにすれば、操縦桿の突起を親指で押して二十ミリ弾を山に撃ちこむのはこのうえない喜びにちがいなかったが、生への願望もそれにおとらず強かった。生き残るためには、上へ下へ、下へ上へとロックンロールのメロディよろしくはねまわりながら突入し、七秒間つづけざまに弾丸を撃ちこみ、すばやく左に急旋回して、地上すれすれに降下し、エンジンをできるだけ山と反対方向において対抗部隊の反撃を避けるしかない。

山がヌード・グラビアの乳首のように大きく見えてきた。ペルは回避動作を始めた。方向舵ペダルにのせた足を上下させ、制動補助翼を小刻みに動かし、操縦桿をあやつった。彼の愛機〈グリーン・ピッグ〉は、意図的なパターンというより、ゆるやかな規制を受けた大変動といった飛び方でジグザグに空をすべった。身体は安全ベルトで締めつけられていたが、みぞおちと心臓が飛行機の動きをそのまま感じとっていた。まるで、この最後の長距離飛行にそなえて、いままで休んでいたものが突然動きだした感じだった。

そのあいだにも、色つきの小さな粒がペルに襲いかかりはじめていた。煌々（こうこう）と明かりのついた泡風呂の排水管に吸い込まれていくような気がした。不思議な発光体、奇妙な幻覚、悪夢、幻想、薬品による妄想、熱に浮かされて見る夢が、つぎつぎと通過していった。なぜか深海にいるような気分になり、アクアマリンの淡い色調につつまれ、なにもかもが優美で、堂々としているように見えた。銃弾があたるたびに機体が動揺した。狙いがかなり正確になってきた。山にあるすべての銃口が、ペルの〈ピッグ〉に向けられていた。

彼は不意に風が流れこんでくるのを感じた。頭の真上の円蓋に縫い目のような穴が開いていた。コックピットのなかでクラッカーを鳴らしたような音がした。左腕の感覚がなくなった。バック・ミラーが砕けていた。煙と鼻をつく悪臭がコックピットのなかを満たしはじめた。やつら、禁煙の表示が出てるのを知らないのか？

「タンゴ・リーダー、気をつけろ。いい感じだ、とてもいい感じだ」航空統制官が叫んでいた。

よし――ペルは思った――ぎりぎりまで接近して、やつらを吹きとばしてやる。こっぴどく痛めつけてやるぞ。

ヘッドアップ・ディスプレイを動きまわる円のなかに山頂が入るのが見えた。火と光につつまれた森が生き物のように揺れていた。ペルは速度――二百二十キロ――と高度——千四百五十フィート——と攻撃角度——三十七度——をチェックした。いよいよ砲撃の時間だ。

彼は操縦桿の突起を押した。

機関砲が弾丸を吐きだしはじめた。一秒一秒が長く感じられる七秒間だった。二十ミリ砲弾の連射が小石を投げたようにぱちぱちとはじきだされ、巨大なキャンバス・シートのうえに降りそそいだ。どれだけ損害をあたえたか、ペルにはまったくわからなかった。ただ曳光弾がシートに突きささるのが見えただけだった。

あっという間に尾根が目のまえにせまった。最後の数発をメリーランドの大地にばらまくと、ペルはスロットルをもどし、左の方向舵ペダルを踏みつけ、制動補助翼を動かし、機首を下げて急降下を始めると同時に、右の補助翼を上げてバンクした。なにか白いものが狂ったように機体をかすめていった。標的をはずした一基目のミサイルだ。つづいて、二基目も通過していった。三基目が下方から機体をこするように通りすぎた。

ペルは冷たい空気がさっきよりも大量に流れ込むのを感じた。彼を取りかこむ円蓋が溶けて小さな泡のようになり、やがて光り輝くダイヤモンドの滝のようになってくずれ落ちた。煙が足もとのあちこちから立ちのぼっていた。コントロール・ボードはつかいものにならなくなった。操縦桿が、自分の意志をもち、あわれな父親に敬意をはらわない乱暴息子のようにいうことをきかなくなった。もう空は見えなかった。〝自由州(フリー・ステイト)〟メリーランドの巨大な白い大地がペルをのみこもうと、間近にせまった。

ジェット機は地面に激突して、雪と土の荒々しいにじみ模様をつくりだした。すぐには火がつかなかったが、つぎの瞬間、火以外はなにも見えなくなった。いたるところ、永遠に燃えつづけそうな炎につつまれた。炎が儀式の供物(くもつ)のように燃えあがった。煙が微風にあおられて広がりながら立ちのぼった。

「ああ」前進航空統制官が間のぬけた声を出した。「ちくしょう。やつら、いったい誰なんだ？　どこからスティンガーを手に入れたんだ？　彼らは何者なんです？　アメリカ陸軍ですか？」

「彼らが誰かはわからない。子供は？」と、プラーがたずねた。

「なんですって？」

「子供だ。彼に子供はいたのか？」

「ああ、そのことですか。たくさんいましたよ。五人だったか、六人だったか。たしか、六人でした。なんてことだ、レオ・ペルが死ぬなんて。とても信じられない」

「なぜか、いい人間はみんな子供がいる」プラーが言った。「どうしてかは知らんし、いままで考えたこともなかったが、ほんとうにいいやつはいつもたくさん子供を残して死んでいく」

彼は、相手を殺しかねないほどの怒りを目に浮かべたスケージーのほうを振り返った。

「州軍に連絡しろ」と、プラーは言った。「前進開始だ」

一五〇〇時

「馬鹿げてるよ。そうじゃないかね？」ピーター・シオコールは必要以上に攻撃的な態度で言った。「だって、きみたちがサウス・マウンテン施設の警備態勢の情報を漏洩した人物を探しているのは、それを手がかりに山にいる人物の正体をつきとめれば、ぼくがエレベーター・シャフトのドアを開ける方法をひねりだせる可能性があるからなんだよ。なのに、きみたちがやってるのは尋問じゃないか」

ふたりの捜査官は、〝馬鹿げてる〟のくだりに心を動かされたふうはなかった。ふたりとも皮肉を珍重するたぐいの人間ではなさそうで、将来、いまこの瞬間のことを笑いあってグラスを交わすような仲になることもないだろう。

「シオコール博士、空軍戦略兵器委員会がサウス・マウンテンの設計を依頼したジョンズ・ホプキンズ大学応用物理学研究所のMX基地建設方式研究グループには、十三人の上級研究員がいました。彼ら全員に逮捕状が出されています。これはあくまで建前で、捜査の進行を早めるために今回に限ってとった措置です。では、すこし質問させていただきたいと思います」

シオコールは、自分になにかを説明するエネルギーが残っているだろうかと考えた。今朝、学生のまえでそうだったように、話が支離滅裂になりそうな気がした。それに、彼には質問がどの方向に行くか、必然的にどこへ行き着くかがわかっていた。行き着く先はミーガンだ。彼はそういった成り行きに、結論を導きだす論理的作業に耐えられそうになかった。そういったことはすべて、いちばん下の引き出しに放りこんで鍵をかけ、その鍵を捨ててしまっていた。心の無意識の領域の奥深くにつくった地中のサイロに押し込んであった。

だが、むっつりと無表情な顔つきの、年齢不詳の捜査官ふたりは、ひたすら前へと突きすすむ強い意志のもち主だった。おそらく、デルタの将校たちの同類なのだろう。みずから進んで加入し、忠誠を誓った強力な組織からあたえられた権力と身分のもとで、勤勉に仕事をこなすタイプなのだ。

「記録によれば、あなたはミネソタ出身のドクター・ネルズ・シオコールとミセズ・エディナ・シオコールのご子息ですね」

「どちらもドクターですよ。母はたいへん優秀な産婦人科医だった。父は外科医。ぼくの全生涯をたどる必要があるのかね？」

彼らにはその必要があった。しばらく戸籍調べがつづき、シオコールはわざと無愛想で退屈そうな表情を浮かべながら、誰が、いつ、とかいうくだらない質問にひとつひとつ答えていった。だが、話が彼のゆがんだ思春期におよぶと、いつものように身がこわばるのを感じた。いちども息子に対して喜ぶ顔を見せたことがない父親との、彼自身が父親を喜ばせる役割を期待されていないと気づくまでつづいた不幸な関係。そのあとに来る学校生活、たびたびの除籍処分、睡眠薬とのかかわり——いま思えば、光を求めて泥のなかを這いすすんだ暗く長いトンネルのようなものでしかない日々だった。

「でも、学校ではつねに抜群の成績だった。あなたのとった点数は——」

「そう、ぼくは秀才なんだよ。ハーヴァードの四年間で、ようやく自分がどう行動すべきかつかむことができた」

「そこでなにを発見したんです？」

そうだ、それは彼の経歴を語るうえで決定的ともいえる質問だった。彼はそのときのことを鮮明におぼえていた——一九六六年十一月、いまはオハイオ州デイトンの町はずれにある高級住宅街オークウッドで精神科医をしているマイク・ディ・マストと同居していたブラットル・ホールの暗くかび臭い部屋のことを。マイクはその年、髪を肩甲骨（けんこうこつ）のあたりまで伸ばし、平和運動に熱中していた。マリファナを吸い、〝聖典〟を読みふけり、当時ハーヴァードに芽生えつつあった反戦運動を組織し、指導していた。そういう立場にいれば当然、日に二度、三度、四度と女とベッドをともにした。そのあいだ、不安定な人生を送ってきた陰気なちびのがり勉青年シオコールは図書館に島流しとなり、自殺を考えるほど意気消沈しながら、悪魔のような形相で必死に自分を生きのびさせる方法を模索していた。そしてある日、彼はそれを発見した。

彼は爆弾を見つけた。

「ぼくはハーヴァードで戦略理論に興味をいだいた」彼はＦＢＩの捜査官に言った。「爆弾だよ。でっかい爆弾だ。どう見ても、異常としか思えないね。ぼくは、目もくらむような一瞬の光のなかでわれわれを皆殺しにしてしまう道具に、奇妙な安心感をおぼえた。それは、意味のないものに意味をあたえるものだった」

シオコールは、そのころ頭にあった核のきのこ雲が火を噴いて誕生し、空へ這いのぼり、花開き、文明の中心をむさぼり食いながら進むイメージをはっきりおぼえていた。

爆弾は彼の存在の核心となった。彼は爆弾の文化、その副次的側面、歴史、複雑な背景に夢中になった。それをどうやって製造するか、どうやって隠すか、どうやって配備するか、どうやってつかうかを勉強した。ランド研究所や、のちにハーマン・カーンのハドソン研究所で生みだされた戦略理論の興味深い研究に没頭した。バーナード・ブロウディやアルバート・ウォールステッター、ヘンリー・ローワン、アンディ・マーシャルといった戦略理論家は彼のヒーローであり、彼の頭のなかにある十一月の青灰色の空にはっきりと位置を占めていた。彼の卒業論文はそういった人々の理論の影響下に書かれたものではあったが、そこには彼独自の視点があり、周囲からいつか巨匠たちの仲間入りをするであろう有望新人と賞された。さらに研究を推しすすめ、『戦略的現実――核時代の危機思考』と題する論文で、これまでの理論になかったまったく新しいものを生みだした。この論文はのちにランダム・ハウス社から出版された。

事実、シオコールがなりえたもの、彼が手に入れたものはすべて爆弾のおかげだった。彼はときおり、絶望にさいなまれ、いたいたしいほど孤独な縮れ毛のちびだったプレップ・スクール時代の自分を思い出すことがあった。

おまえは彼らに勝ったんだ、と彼は自分に言い聞かせた。そういうときの彼は、念願のものになれたという自信に、重要人物のもつ力の輝きにあふれていた。彼がもっているものは全部、爆弾があたえてくれたものだった。

とりわけ、ミーガンを手に入れたのも爆弾のおかげだった。

彼はイギリスでミーガンと出会った。そのころ彼はローズ奨学金を得て、オックスフォードのベリオール学寮で行なわれた政治科学セミナーに出席し、第一次世界大戦前夜のヨーロッパにおいて兵器体系が政策決定におよぼした影響について研究していた。ミーガンもやはりローズ奨学金をもらって、ベニントン・カレッジで四年間学んだのち、キーブル学寮で美術を専攻していた。ふたりは、アメリカを激しく揺さぶっていた社会不安やベトナム戦争からはるか離れた地、ボドリアン図書館で初めて出会った。彼女は色の浅黒いユダヤ人だったが、風船ガムを嚙んでいたのでアメリカ人であるのがシオコールにもわかった。

失礼、と彼は言った。それはほんものの風船ガムかい？〈フリアーズ〉のダブルバブル？

彼女は黙って彼に目を向けた。美しい顎でガムを嚙みくだきながら、笑みも浮かべず、彼を穴の開くほど見つめた。彼女はもう一度ガムをふくらませてから、ハンドバッグに手を入れ、本物の〈フリアーズ〉のダブルバブルを樹齢三百年のオーク材でつくられたテーブルごしに、彼のほうに差しだした。

あなたはどなた？

彼は真実だけを語った。

きみがいままで会ったなかで、一番頭のいい男だよ。

「あなたはオックスフォードで共産主義者と会ったことがありますか？」捜査官のひとりがたずねた。

シオコールは黙ってその男を見返した。どうすれば、こんな間抜けとつきあっていけるのだ？

「いや。ちかごろはお目にかかってないね。そんな連中は、もう何年も見たことがないよ」

ふたりの捜査官は目を見交わした。彼らがシオコールを〝難物〟と考えているのが、手にとるようにわかった。ふたりはアプローチの仕方を変更した。

「ＭＸ基地建設方式研究グループのほかの十二人の上級研究員ですが、彼らのなかに政治的に疑わしい人物はいませんでしたか？」と、片方の捜査官がたずねた。

「きみたちはファイルを見てるんだろう。ぼくは見ていない」

ふたりはまた目を見交わし、ため息をついた。ひとりがなにかメモした。

「ぼくはいま、ひどく時間にせまられてるんだがね、諸君」シオコールは、自分ではアイヴィー・リーガー風の魅力たっぷりと思っている笑みを浮かべて言った。ふたりは聞いていないようだった。

「では、心理学的に見て疑わしい人物は？　どうも、あなたがたには共通したパターンがあるようですな。つまり、上級軍事分析家や国防関係のエンジニア、研究者に、という意味ですが。とくにより深く――」捜査官はあとにつづく言葉をなかなか見つけられなかった。

「より深く世界を吹きとばす研究に関わっている人間。そう言いたいんだろう？」

「そうです、シオコール博士。とにかく、途中で軌道をはずれる研究者の数が驚くほど多いのがわれわれの調査で明らかにされています。精神の歯車が狂ったり、突然宗教狂いになったり、性的偏向があったり、イデオロギーに目覚めたり、という具合に」

「ひとつことに没頭せざるをえない生活だからね。毎日のように世界に終末をもたらす計画を練りながら、そのための新機軸や新案を見つけだそうとしているのだ。誰も年をとるひまがないんだよ」

「マイケル・グリーン博士についてはどうですか？」

「マイク？　マイクは自分が同性愛者であるのに目覚めただけさ。ぼくたちが重要な段階に入るまえにグループを離れたよ」

「彼は失踪しました。われわれはその点に関心をいだいているのです。それに、彼はエイズにかかっていました。ご存じでしたか、シオコール博士？」

「いや、知らなかった。まさか、そんなひどいことになってるとは」

「こういう可能性はありませんか？　死にかけている男は、その——情緒面のプレッシャーにきわめて弱くなる。というより、そういうものに耐える力がない。そこで、誰かが——」

シオコールはどう答えていいかわからなかった。ＭＸ基地建設方式研究グループのメンバーがそれぞれ弱みをもっていたのは知っていた。マイク・グリーンは非ユダヤ人の運動選手に、マギー・バーリンは油だらけの機械工に弱かった。ナイルズ・ファローにはアル中の妻がいた。ジェリー・シオボールドは信じられないほど単調な生活を送っていた。メアリー・フランシス・ハーマンは、セックス・ジョークの好きな処女だった。サム・ベローズはつねに欲情していながら、あまりにも小心で女と寝ることができない。ジェフ・サクスターは子供を虐待するワーカホリックで、ジム・ディードリクソンは嚢胞性(のうほうせい)線維症の息子をかかえていた。モーリー・リーヴズの妻ジルは彼を捨てて海兵隊の大佐のもとへ走った。そんな具合にまだまだ先をつづけられた……メンバーひとりひとりがさまざまな形の弱みや重荷をかかえていた。みんなでよく、自分たちがしていることを冗談めかして語り合ったものだった。彼らはそれを〝もやし少年の復讐〟と呼んでいた。そして、風光明媚(めいび)なハワード郡のジョンズ・ホプキンズ応用物理学研究所と名づけられた数棟の建物の殺風景な部屋に隔離され、世界は火のなかで終末を迎えるのか、それとも氷のなかなのかとか、それはどれぐらい熱いのか、どんな色をしているのか、どのぐらいの範囲に広がるのか、どれだけ風の影響を受けるのかなどという問題に取り組んでいた。

ようやく、捜査官たちもシオコールへの足がかりをつかんだ。

「ここ数カ月のうちに、誰かが接近してきたというようなことはありませんか？　見張られている感じがしたことは？　つまり、あなたあての郵便が途中で奪われたり、家に泥棒が入ったり、書類をめちゃくちゃにされたようなことは？」

「まったくないね」シオコールはぐっと唾をのんで言った。

ふたりは残念そうだった。

「あなたの奥さんはどうですか？　なにか連絡はありましたか？」

「彼女のことは放っておいてくれ。彼女は――どこかに行ってしまった。それだけだ」

「あなたがたの結婚生活ですが、いつ破綻したんです？」

「九カ月前だよ。それについては誰とも話したくない。わかるだろう？」

「ミーガン・ワイルダーでしたね。結婚後も実家の姓を名乗っていた」

シオコールはこの展開が気に入らなかった。

「私生活については話したくないと言ったはずだ。彼女はいま他の男といっしょにいる。それでいいだろう？　ぼくのせいで彼女は冷静さを失い、他の男に走ったのさ。こんなことをいつまでつづけるんだね？」

「最後に彼女と会ったのは？」

「二週間前にボルティモアに来た。和解の申し出のつもりだったらしい。最初はうまくいっていた。だが、翌朝になるとまた悲劇に逆もどりした」

「それはあなたが神経衰弱になるまえですか、あとですか？」

「何カ月もあとのことだよ。ぼくが委員会をやめたのは七月だ。それに、病気はたいしたものじゃなかった。ごくごく軽症の神経衰弱さ。そう、仕事のストレスと離婚のショックが原因だった。疲労困憊し、他人とつきあうことができなくなった。四週間ほど、エリオット・シティにある秘密厳守の精神病院ですごした。そこにいるあいだ、アガサ・クリスティーの全集をもう一度読みなおし、耐えがたい馬鹿とぼくの神様コンプレックスについて話しあった。結局やつのまえで、自分が立派な紳士ではないのを証明してみせることになったがね。ぼくは利口すぎて、職務記述書のなかにはおさまらないんだ」

捜査官たちは、話の方向をずらそうとするシオコールの試みに、笑みさえもらさなかった。それでも、その試みはうまくいった。ふたりともシオコールの不快感には気づかず、尋問はもっと無味乾燥な領域へとうつっていった。

「では、話をマイク・グリーンにもどして……」

捜査官たちは、彼らなりに策略をもちい、誘導的な質問でシオコールの足をすくい、罠にかけようとした。だが、とても勝負にならなかった。シオコールは『罪と罰』のラスコーリニコフと似た感情をいだきはじめた。自分が人間を超越した無慈悲な〝新しい人類〟であるような気がした。ふたりの待ち伏せ場所を見破り、反対に待ち伏せをしかけて、彼らを敵意ある沈黙のなかに撤退させた。彼らは指もふれられず、しだいにあきらめの気分がただよいはじめた。もうひと息のところまで来ることもあったが、ふたりはそれに気づかなかった。彼らにはシオコールの心が読めなかった。時間さえかければ、シオコールの防御を打ち破り、その部分に達することもできたかもしれないが、彼らには時間がなかった。それに、いまやふたりが彼をすこしこわがっており、渦のように劇的な展開をみせる現実をつかみかねて自信がぐらついているのが、シオコールにも読みとれた。

降伏は儀式ぬきのあっさりしたものだった。

やがて捜査官のひとりが言った。「名刺を置いていきます。なにか思いついたら連絡をください」

ついに、シオコールのねばり強さが小さな勝利をもたらしたのだ。ピーター・シオコールを傷つけようとすればどうなるか、思い知ったことだろう！

シオコールは窓の外を見た。山が目に入った。見つめていると、また山が自己主張しているような感じがした。そう考えると、快感で背中がぞくぞくしてきた。

ぼくはクラスでいちばん頭のいい少年だった！　ぼくにできないことはない！

では、かつて愛したひとりの人間に、どうしていつまでもしがみついていなければならないんだ、と彼は自問した。

「ちょっと待ってくれ」不意に、彼は言った。

シオコールは立ちあがって窓辺に近寄った。外の牧草地に墜落したジェット機から煙の筋が数本、死を悼むように真っ青な空へ立ちのぼっていた。山のうえから小火器の銃声が聞こえている。州軍の歩兵中隊だ。第一次大戦のイギリス部隊とおなじく、長年たまっていたつけを支払って死んでいくのだ。

ディック・プラーが無線装置にかがみこんで、山にいる州軍に狂ったように話しかけているのが見えた。その横に、デルタの将校たちが立っていた。彼らの表情は落着きがなく、空腹に耐えかねるとでもいうように欲求不満でゆがんでいた。彼らの陰気なリーダー、スケージーは怒りのやり場がないというふうに、手を握りしめたり開いたりしている。

自分ではおおいに悩んでいるつもりなんだろうな、とシオコールは思った。

彼はふたりの捜査官のほうを振り向いた。

そろそろ事実は事実として受け入れなければいけない頃合いじゃないか、ピーター、と彼は自分に言い聞かせた。ついに、その時が来たんだ。この数カ月、ずっと胃の中身をむさぼりつづけ、彼を精神病院に送りこんだものの存在を否定するのをやめるべき時が来た。

「どうやら、サウス・マウンテンを裏切ったのはぼくの妻のようだな」と、彼は言った。

フォンはM-16を握りしめた。ヘリコプターは山の上空で旋回していた。銃撃が始まると、彼女は胃に奇妙な感覚をおぼえた。窓が開けはなたれ、冷たい空気が流れこんできたような感じだった。デッキが足の下でがたがたと音をたて、小刻みにふるえた。

「小火器だ」乗員のひとりが爆音に負けない大声をはりあげた。

フォンは、潜水夫のような身なりで肩をよせあってすわっている黒人のアメリカ人たちのほうを見た。ふたりともタマゴのような目をしていた。彼女のパートナーであるティーガーデンという名のブロンドの男は、目を遠くの閃光にすえていた。唇がかすかに動いていた。

やがて山を越えたヘリコプターは、大きく横にかたむいて降下しはじめた。機体がたわんで、穴が開いたような感じがした。

フォンはまえにもヘリコプターが墜落するのを見たことがある。炎につつまれて落下し、地面に激突し、爆弾のように炸裂する姿を見て、それがなにかに似ていると思った。すこしたってから墜落現場に行ってみて、脱皮した昆虫の抜け殻によく似ているのに気づいた。裂けた金属の殻が地面にころがり、なかをのぞくと、焼けた肉のかたまりと化した乗員の姿があった。その顔は見るも無残だった。やがてまた別のヘリコプターがやってきたのを機に、フォンたちはトンネルにもどった。

「みんな、つかまれ」主任搭乗員が言った。「着陸する」

ヘリコプターは激しい勢いで着地した。ほこりと煙が舞いあがり、あたりの空気が重く振動した。すぐに迷彩服を着て、顔を緑色に塗った男たちが切迫した様子で駆けよってきた。

「外に出ろ。出るんだ。こっちだ。塹壕に入れ」と口々に叫ぶ。

一行は急いでヘリコプターから掘られたばかりの塹壕へ走り、なかへ飛びこんだ。

そこにはすでに何人かの男たちがいた。

「穴の爆破を始めろ」と、誰かが大声で命じた。大きな爆発音が、雲に隠れ爆音さえ聞こえない高度から落ちてくる爆弾のように、彼女の横隔膜を一撃した。砕けた木々が空を飛び、煙が彼女のまわりに流れこんだ。火薬の鼻をつく臭いを吸って、彼女は咳き込んだ。

母さん、まえとそっくりおなじね、と娘が言った。

「よし、ネズミたち」部隊を指揮する将校が言った。「あれは、はるか昔、マクリーディ&スコット四番坑の主坑道への入り口だったと地図に記されている場所にしかけた導爆線つきのC‐4プラスチック爆薬三十ポンドだ。ちょっと行って、きみたちが入れるだけの穴が開いたか見てみよう」

彼らは立ちあがり、煙のほうへ歩きだした。あたり一面の木々が爆風でなぎ倒されていた。雪は黒ずみ、煙がまだ穴から流れだしている。見上げると、鬱蒼(うっそう)としげった木々につつまれた山が急角度にそびえたっている。遠くから銃撃の音が聞こえ、穴のまわりに数人の兵士が腰をかがめて見張りについていた。

「穴は開いてると思いますよ」兵士のひとりが言った。「あれは指向性爆薬ですからね。そうとう奥まで貫通してるはずです」

「よし」小柄な黒人が言った。「おれが行って、邪魔物が消えてるかどうか見てくる」びっくりするほどの機敏な動きで、黒人は地面にできた割れ目に体をすべりこませた。待つほどもなく、彼はもどってきた。

「たいしたもんだ。トンネルができてるぜ。うすよごれた、いやになるほど長いトンネルがな。さあ、パーティの時間だ」彼は真っ白な歯をむきだして、にやりとした。自信に満ちあふれていた。

あれが、ティーガーデンの言っていた男だ――この黒人の兵隊もトンネルに通じている。彼女の国で長い時間地中にもぐっていた、偉大なるトンネル戦士だ。

「おれとこのレディが」と、彼は兵士たちに言った。「主役をつとめるショウがはじまるわけさ。おれたちにはおなじみの演し物(だしもの)だ。そうだろ、美人さん？」

たしかにそうだった。黒い男たちもトンネルに入りこんできた。フォンは黒い男も何人か殺した。彼らはそろって勇敢だった。

フォンは微笑んだ。だが、それは笑みにはとても見えなかった。

「いいだろう」士官がかばんを開いた。「ここにあるのは、一九三二年につくられた四番坑のオリジナルの地図だ。まったく、たいした作戦だよ。そこの林をすかしてみると、空き地が見えるだろう？　あそこは鉄道が通っていたところだ。古い線路の一部が敷きっぱなしになってる。それに当時あった建物の骨組みもいくつか残っている。それはともかく、われわれの見通しでは、この坑道をつかって五百フィート奥まで入れる。そこは側坑道と呼ばれ、実際に採掘を行なう坑道全部につながる連結部にあたる。深い採掘坑は五つあり、それぞれアリス、ベティ、コニー、ドリー、エリザベスと名がついている。ベティとコニー、ドリーは、いうなれば悪女だな。落盤でふさがってしまっている。だが、アリスとエリザベスはまだつかえるはずだ。かなり原型を保っていると考えられる。もっとも、湿気や地殻変動などによるシャフトの腐食があるから、誰にもはっきりしたことはいえないがね。きみたちはそこを通って、千フィート進む。それを越えると、長い年月のあいだにできた水の流れとどこかでぶつかることになるだろう。われわれは何人かの鉱山技術者と話し合った。彼らはその流れを渡るのは可能であると考えている。むろん、そうとうきびしい作業であるという注釈つきだがな。そのまま、まっすぐのぼりつづける。基地に近づけば、音が聞こえるはずだ。地下は音の伝導率が非常に高いからな。きみたちの目標はサイロから突きだしている波形鉄板でできた排気管だ。排気管まで到達したら、こちらに連絡をくれ。デルタの一部隊を二分でここに呼ぶ。きみたちは彼らを裏口に案内してくれ」

「なかに、おかしな連中がいたらどうするんだね？」小柄な黒人が言った。

「ベトナムとおなじさ。処分するんだ。だが、このなかには誰もいないよ。いるのは幽霊だけだ。幽霊は嚙みつきはしない。みんな、準備はいいか？」

「イエス、サー」ティーガーデンが返事をした。

「よし、では入り口から二百フィート入ったところで、最初の連絡をくれ。コール・サインを決めておく。ティーガーデン、おまえはアルファだ。ウィザースプーン、そっちはベイカー。おれはラット・シックス、いいな？　なにか質問は、ミス・フォン？」

フォンはかすかにひきつった笑みを浮かべて、首を横に振った。

「よろしい。では、きみたちに神のご加護があらんことを」と、士官は言った。「みんなで、無事を祈っている」

「さあ、諸君、トンネル町へ出発だ」小柄な黒人がまたにやりとした。

一行はまだ煙っているシャフトへおりはじめた。

闇が彼らをつつみこんだ。

プラーは、州軍の大尉の声が不安定なのに気づいた。パニック状態になりかけているのだ。

「ぜ、前方でおびただしい煙があがっています、デルタ・シックス」と、大尉は山のうえから言った。「視界がききません」

「ブラヴォー、こちらデルタ・シックス」一マイル先にある白い山を見つめ、いらだちをおぼえながら、プラーが応じる。「銃撃されているのか?」

「いえ、そうではありません。すくなくとも、まだこちらには撃ってきていません。飛行機がもどってくるかどうか、様子をうかがってるんだと思います。さっきまで、山ですごい砲撃音がしてました、大佐」

「ブラヴォー、すぐに前進を始めてくれ。長引けば長引くほど、状況は悪くなる。突撃陣形をしいて、山をのぼらせろ」

「大佐」スケージーが口をはさんだ。「私に行かせてください。私なら――」

「だまれ、少佐。ブラヴォー、聞こえるか?」

「トラックをおりたがらない者がいます」

「よしてくれ。やつはまだトラックから部下をおろしてもいないんだ」プラーはとくに誰に向かってでもなく、そう言った。

「ブラヴォー、こちらデルタ・シックス」

「聞こえます、デルタ」

「いいかね、最後までよく聞いてくれ。おれも、かつて山地での戦いは何度か経験している」プラーは相手を安心させるように、自信たっぷりの口調で言った。いまはこの相手の心をつかみ、自分のものにして、動かす必要があった。

「わかりました」声が返ってきた。無線通信規則は忘れさられていた。「われわれは何年も訓練をつんできました。ただ、いまの状況は――それとまったくちがうので……」

「戦闘に混乱はつきものだよ。よし、まず出発の隊形をととのえろ。できるだけ、各小隊単位で、さらに小隊内の各班単位で緊密な隊形をとるように。班は一列縦隊より、横にならべるほうがいい。そうすれば、敵と遭遇したとき、前方広域からの重火器攻撃に即座に対応できる。ここまではわかったな?」

「わかりました」

「部下の掌握は下士官にあたらせろ」と、プラーは言った。その下士官たちが、ただけんかっぱやいだけの役たたずであるのはわかっていたが、彼らも陸軍を――どんな陸軍であれ――動かしている歯車であるのはまちがいない。

「下士官たちに直接指揮をとらせろ。将校を同席させて、彼らに状況報告をし、きみの口から直接指示をあたえろ。できるだけ伝達の途中段階をはぶいたほうがいいし、おそらく兵隊は将校にさほど親しみをおぼえていないはずだ。兵隊は、親しい者から説明されたほうが安心できるものだ」

「わかりました」

山からの送信が途切れた。何秒か過ぎた。プラーはもう一本タバコに火をつけた。いがらっぽい煙を吸うと、いくぶん気分が休まった。まわりで、数人のデルタの将校が双眼鏡を目にあてていた。

「攻撃開始線を設定しておくべきだった。動いているトラックから直行すればよかったんだ」将校のひとりが言った。

「そうだな。それに空軍の攻撃と協調すべきだった」別のひとりが言った。「あの直後をつけばよかった」

そう、たしかに彼らのいうとおりだ。だが同時に、彼らはまちがっている、とプラーは思った。血を流したことのない部隊は、甘い言葉でおだて、刺激して、養い育ててやらなければならない。最初の戦いに母親の付き添いが必要だとすれば、あと百回は父親がそばに付いていなければならなくなる。そうなれば、やがて彼らに必要なのは死体袋か精神科医ということになる。

州軍の指揮官の名はトマス・バーナードといい、彼は自分が能力以上の領域に足を踏みいれてしまったのに気づいた。空襲のあいだのすさまじい砲撃音に完全に浮き足だっていた。おまけに何が自分たちを待ちうけているのか皆目見当がつかない。州知事の命令は、限定地域に発令された核緊急事態第四段階警報にもとづいて、アメリカ陸軍の指揮下に入る緊急義務を遂行せよというごく単純なものだった。部隊は二週間の現役勤務がほぼ終わりかけていたところで、フォート・リッチーからこんなへんぴな場所まで一時間の旅に出るトラックに乗せられた隊員たちはみな幸福な気分とはほど遠かった。

さらに、トラックをおりた彼らは自分たちが映画の一シーンのただなかにいるのを発見した。彼らはおもにボルティモア近辺に住むブルーカラーの若い労働者で、契約書にサインしたのは、ひと月に週末一回、一年に二週間軍隊ゲームをやれば切迫した家計にいくぶんかの潤いをあたえることができるからだった。ところがいま、彼らは本物の戦争にひきずりこまれていた。本物の弾薬と手榴弾が支給されると、その恐ろしさがとくに身にしみた。なかでも手榴弾が彼らをおびえさせた。訓練の最中は、たいへん危険であると聞かされて、ぎこちない手つきで核爆弾なみにあつかっていたものだった。それがいま、にやにや笑いを浮かべた頭の悪そうなコマンドの手で、キャンディ・バーのように彼らに配られた。彼らはおびえていた。ランボーになりたいと思う者などひとりもいなかった。

「よろしい」バーナードは下士官や将校たちに向かって、いかにも見えすいたはしゃぎ声で言った。「小隊ごとに緊密な隊形をとり、林のなかを前進させろ」

部下たちは黙って、彼を見つめた。

「トム、あのいやったらしいプロどもはあそこでべったりすわりこんでるんだぜ。なんでおれたちがのぼらなけりゃならないんだ？　機関銃の音も聞こえてたじゃないか。うえのやつらはミサイルまでもってるんだぞ」

「核緊急事態第四段階だからさ。おれたちはいま、知事じゃなくてやつらの下で働いてるんだ。やつらが行けといえば、行かなくちゃならんのだ。おれたちがどう思おうとな。それに、やつらのボスがいうには、山の上のお友達は飛行機にそうとう痛めつけられてるから、おれたちが悩まなければいけないのは、おなじ人間の手足と胴体をまちがえずにどう組み合わせるかってことぐらいだそうだ。さあ、とにかくやってみようじゃないか？」

「銃の安全装置ははずしておくのか？」

「安全装置ははずさせろ」と、バーナードが歌うように言った。「完全装備で、弾倉をはめ、銃は手に握り、どんな事態になろうともすぐに再装填できるよう弾倉ポーチのふたは開けておく。それと、頼むから、兵隊たちにくれぐれも注意するように言ってくれ。銃はセミ・オート。自分の足をふっとばされてはかなわんからな」

不平をこぼしながらも、部下たちは散っていった。

将校や下士官たちが命令に従ったことでいくらか自信をとりもどしたバーナードは、無線機のところへもどった。あちこちで命令をくだす声が響き、兵隊たちのぼやき声が聞こえた。それでも、ひとりの脱落者もなく、縦隊をつくって森のなかへ入っていく。

「デルタ・シックス、こちらブラヴォー。部隊を展開させ、攻撃準備に入りました」

「みごとな手際だ、大尉。ところで、きみたちはM‐60をもってるかね？」

「もっています」

「M‐60はなるべく先頭近くに配備してくれ。ベトナムの経験では、攻撃を始めるまえに支援武器をすえつけておくのがおおいに助けになった」

「わかりました」

「衛生兵は突撃ラインのうしろを巡回させろ。一個所によりあつまっていることがないように、よく見える場所に配置しろ。兵隊は衛生隊がそばにいると安心するからな。勇気づくことだろう」

「わかりました」

「大尉、これだけは心してくれ。決して発砲をためらうな。攻撃開始線を越えたら、ただちに支援射撃を始めさせろ。こちらに音で知らせるためにな。もし敵がいくらか生き残っていたら、やつらが上がってくるところを撃破してほしい。たっぷり弾薬をつかえ。いいな、わかったか？」

「わかりました、デルタ・シックス」

「たいへんよろしい」と、プラーは猫撫で声で言った。「最後にもうひとつ。突撃ラインをくずさず、つねに前進をつづけろ。地面にふせれば、動きがとれなくなる。つねに一定した効果的な射撃をつづけさせるんだ。狙いは低めに——跳飛弾でも前進してくる敵をじゅうぶんに殺せるからな」

「わかりました」バーナードは言った。

彼は通信手に言った。

「ウォーリー、おれのそばを離れるな。いいな？」

「わかりました。わけないですよ」

「それがわが部隊のモットーだな」と、バーナードは言った。「わけないさ」

彼は自分のM-16をひろいあげ、ポーチから三十発入りの弾倉を出し、銃にはめた。目をあげると森があり、そのなかに部下たちの姿が散らばっていた。よく晴れた、空気の澄んだ日で、森のうえにのぼった陽光がまぶしかった。空は夢のように青かった。

くそっ、バーナードは思った。おれは三十七歳の会計士なんだ。いまごろは、デスクで仕事をしててもおかしくないんだ。

「よし」彼は副官に向かって言った。「前進を始めろ」そのせりふはまるでジョン・ウェインそっくりで、とても現実のものとは思えなかった。

炎は銀色の針で、ほとんど刃に近かった。触れたものをすべて破壊した。厚い黒のレンズを通して、ほとばしる火花につつまれているのを見ても、そのパワーが絶対的なものであるのがわかる。炎は世界をぬかるみに変えていた。

ジャック・ハメルはプラズマ・トーチを金属にあて、炎がチタニウムをむさぼり食っていくのを見つめた。いまいる穴のなかは、のどかで、論理にかなった世界だった。彼にはやるべき仕事があり、それは彼が熟練し、愛しているといってもいいほどの仕事で、これまで数えきれぬほどこなしてきたものだ。結局は、金属を切り裂くだけのことである。その時点で、すでに金属のなめらかなかたまりには深い傷がついていた。

だが一方で、目から数インチのところに心を捉えて放さない神のごとき炎があるにもかかわらず、気持ちがなかなか集中できなかった。いままで経験したことのない不思議な気分だった。ジャックは自分がまちがった行為をしているのを知っていた。断固として彼らと戦うべきだったという思いが頭を離れなかった。彼らが自分を殺さざるをえないほど強硬に戦うべきだった。

とはいっても、それは自分の過ちではないとも思った。考える間もなくこうなってしまったのだ。とても……とても彼の手に負えることではなかった。まったく勝ち目のない戦いだった。

それでも――彼は考えつづけた――いま世界がどれほど英雄を必要としているかは、おれだってわかる。それなのに、その英雄になれるのは、平凡で保守的な溶接工、かつてのハイスクールの人気者、ネズミほどのガッツしかないジャック・ハメルだけなのだ。彼は自分がきらいになった。

この臆病者め、彼は胸でつぶやいた。

彼らが自分を殺し、子供たちを殺すつもりであるのはわかっていた。だが、もし世界が吹きとばされるなら、そうなったところでどんなちがいがある?

バーナードはあまりにも事がうまく運んでいるのに心底びっくりした。兵隊たちはカウボーイとインディアンの追いかけっこでもしているつもりらしく、小隊ごとにきちんと隊列を組んで、おたがいに連絡を取りあい、せいいっぱいジョン・ウェインを演じながら、切り株のあいだをぬい、スロープを駆けあがっていた。訓練のときはいつも、ずるずると後ろに下がり、鹿のように軽快な足どりではねまわる若い兵隊の後塵を拝している機関銃班も、二十三ポンドのM‐60と四、五十ポンドはある弾帯をもって遅れずについていた。

バーナードは五十ヤードほど先にある一本の木を最終的な攻撃開始線に決めていた。そこから銃撃を始めるつもりだった。いまや、彼の目にも山頂が見えてきた。赤白のストライプの無線用アンテナが青い空にくっきりと映え、黒っぽいテントがぼんやりかすんで見えたが、それ以外はなにごともないように静まりかえっていた。木々はA‐10の攻撃によってこなごなにされていた。まるで、爪楊枝工場の爆発跡を駆けぬけていくようで、二十ミリ弾が掘りかえした地面は荒れはてていた。火薬の匂いがあたりに立ちこめていた。

「ブラヴォー、こちらデルタ・シックス」

「デルタ。まだ接触はありません。静まりかえっています。敵は逃げたんじゃないでしょうか」

「突撃支援射撃を始めろ、ブラヴォー」

「私はもうすこし先で――」

「始めるんだ、ブラヴォー。これは命令だ」

「わかりました、デルタ」バーナードはマイクを通信手にわたした。

「撃ち方はじめ！」彼は叫んだ。

鈍重な足なみで進んでいた州軍の兵士がM‐16を腰だめにして、セミ・オートマチックで弾丸をばらまきはじめた。五・五六ミリの銃弾の豪雨がふりそそぎ、雪が飛びちるのが見えた。

「前進だ」バーナードはもう一度声を張りあげた。「行くぞ、さあ、急げ」

下士官たちがその声を聞きつけ、銃撃の激しさがいっそう増すとともに、兵隊が自分の射撃音でリズムをとるように足音も高く疾走しはじめた。身体中を駆けめぐる喜びと、いまこの瞬間のとてつもない恐怖があいまって、彼らも叫び声をあげはじめた。声ともいえないものが肺からひとりでにしぼりだされた。それは栄光の瞬間だった。青い空にくっきりと浮かびあがる白い山頂をめざして、雄叫びをあげながら突進する歩兵中隊、そこに織りまぜられたライフルの銃撃音、さらに突撃ラインの両脇にすえつけられ、百フィート足らずの山頂の目標を掃射しはじめたM‐60のより軽快でテンポの早い銃声。だが、そのとき……

アレックスは狙撃照準器つきのG‐3で二百メートル前方にいる将校ののどを撃ちぬいた。本当は頭をねらったのだが、アレックスの辛抱強い指がそっと引き金をしぼったちょうどそのとき、突撃ラインのすこし後ろにいて、自分の通信手になにか怒鳴っていた大尉が倒木かなにかのうえに足をかけたらしく、照準器のなかで頭が上方にずれてしまったのだ。

とはいえ、アレックスが待ちに待った射撃であることにかわりなかった。最初のチャンスを逃さず、敵の上級指揮官を倒す——それが鉄則だった。攻撃部隊の士気を阻喪させるには、長年つきしたがってきた男が頭を吹きとばされてのけぞり倒れる場面を見せてやるほど効果的なものはない。いまアレックスは、攻撃側が森を飛びだしてきた直後に、指揮官を捉えた。

味方が銃撃を開始した。敵がばたばたとなぎ倒されるのが見えた。

アレックスがあたえた傷は彼が意図したものとはほど遠かった。銃弾は脳をはずれて左喉頭の筋肉と軟骨を突き破っただけだったし、そのうえＮＡＴＯ七・六二ミリの完全徹甲弾をつかっていたので、身体のなかでキノコのように広がったり、ショックで致命傷をあたえることもなく、きれいにのどを貫通した。大尉はのどを野球のバットで一撃されたように感じた。瞬間的に目のまえの世界がばらばらにくだけ、雪のうえにあおむけに倒れた。だが、すぐに意識がもどった。最初に頭に浮かんだのは自分のことではなく、部下たちのことだった。たくさんの部下が倒れ、曳光弾が凱旋行進の列に投げられる紙吹雪のようにこちらに飛んでくるのが見えた。

「ああ、たすけてくれ、たすけてくれ、だめだ、大尉。ああ、大尉」そばで気味の悪いうめき声がした。彼の通信手は腹を撃ちぬかれていた。

「衛生隊！」バーナードは叫んだ。

雪や木の断片を蹴ちらしながら、連射された銃弾が彼のまわりにふりそそいだ。バーナードは地面に身を伏せた。身体の左半分が麻痺していた。頭が割れそうなほど痛かった。彼は荒い息をつきながら地面をころがった。

「大尉、大尉、おれたちはどうすればいいんです？」誰かが悲鳴をあげた。

アレックスの部隊の重火器は、ヴァンにのせてあったM‐60、それにヘッケラー&コッホ‐21が一梃しかなかったが、とにかく最初の数秒で攻撃側の背骨をへし折らなければ、基地外縁部の混戦にもちこまれて、味方のエネルギーをしぼりとられることになるのはわかっていた。

そこで、彼は二梃の銃を防御ラインの中央にかためておくことにした。それはどんな歩兵教義にも反することで、一発の手榴弾で、あるいは好位置にすえられた銃の連射で二梃いっぺんに破壊されるおそれがあった。彼はさらに、二百発の弾帯を数本容器から出し、つなげておくように命じた。それでまるまる一分間、再装塡せずに撃ちつづけることができる。むろん、銃身は危険なほど熱くなる。そのために——信じられないくらいすばらしい即興を思いついたものだ——基地の瓦礫のなかから消火器を拾いだしてきて、それをもった兵士が二梃の銃の横にひとりずつついた。射撃がつづくあいだ、彼らは冷たい二酸化炭素を銃身と作動部に吹きかけた。

銃は一分間、フル・オートマチックで銃弾を吐きだしつづけた。狙いの正確さは問題ではないとアレックスは思っていた。大切なのは、銃撃の量と、弾薬が無尽蔵にあるのではないかと攻撃側に印象づけることである。もっとも、狙いはきわめて正確だった。

「ブラヴォー、こちらデルタ・シックス。こちらデルタ・シックス、聞こえるか？　ブラヴォー、そちらの状況は？　激しい射撃音が聞こえた。そちらはどうなってるんだ？　ブラヴォー、兵がよりかたまらないように、つねに動きつづけろ。あくまで攻勢に出ろ、ブラヴォー、攻撃的に行動しなければだめだ」プラーは無線電話を握りしめた。彼はつねづねいちばん大切にしていた主義に反する行動をとっていた。デザート・ワンで無線を通して伝えられた参謀長の指示は事態を混乱させるだけだった。その苦い経験をふまえ、行動作戦中の地上部隊にはいっさい干渉しないのを旨としてきた。だが、山から聞こえる銃声の激しさはなみなみならぬものだった。

「あなたは死人と話してるんだと思いますね」と、スケージーが言った。

山頂でひびきわたったまるまる一分ほどの長い連射音が、下のガールスカウトのキヤンプまでとどいてきた。それが止まると、静寂がとってかわった。やがて、散発的に単射のライフルの銃声や自動火器の連射音がひびいた。

「応射しろ、撃ちかえすんだ」ショックから立ちなおりかけたバーナードが声をはりあげた。怒り、狼狽（ろうばい）、そして悲痛な思いが彼をむしばみはじめた。彼はあたりを手さぐりして、M‐16を拾いあげ、地面をころがった。味方が、ふたたび射撃を始めていた。すくなくとも反撃はしている。

いったい、名高きデルタはどこにいるんだ？ まだ山の下に腰をすえているのか！ 雑誌に出ていたデルタの記事は嘘っぱちだった。メリーランド州軍第百二十三軽歩兵師団B（ブラヴォー）中隊の肉屋やパン屋、ロウソク職人がリボンのように切りきざまれているあいだ、デルタは高見の見物としゃれこんでいる。

バーナードは黒いプラスチックのライフルを肩にあてた。目を細めて照星ごしにのぞくと、対抗部隊の銃火が見えたが、とくに身の危険は感じなかった。彼は一発、二発、三発と、そのたびに引き金をひいてゆっくりと撃ちはじめた。ライフルの銃弾ではほとんど効果はあがらなかった。彼は弾倉を撃ちつくし、予備と替えてもうひとつ空にした。だんだん自分のやっていることが馬鹿らしく思えてきた。

「大尉！」

彼のとなりに、雪のうえをすべりよってきた者がいた。第二小隊のディル中尉だった。ボルティモアのハイスクールの体育教師だ。

「バーナード大尉、味方の被害は甚大です。死にかけている者が大勢います。さあ、早くここをずらかりましょう」

大尉はだまってディルを見つめた。

「どうしたんです、大尉――血だらけじゃないですか！　衛生隊、こっちへ来い」

「いや、いい」大尉が言った。「たいした傷ではない。いいか、よく聞け。このまま尻を向けて逃げだしたら、全滅しかねない。おれは機関銃があるところまで這っていって、支援射撃ができないか確認してくる。おれが撃ちはじめて一、二分したら、おまえは部下を連れて撤退しろ。ひとりも残していくなよ」

「わかりました」

「全員に撃ちつづけるよう命令しろ。撃たなければ、助からないといえ」

バーナードは雪のうえを這いだした。ときおり、彼のいるほうに弾丸が飛んできた。それでもなんとか、味方の戦列にそって進み、自分の中隊の機関銃を見つけた。機関銃は横だおしになってなかば雪に埋もれ、弾帯がはずれてそばに落ちており、まわりに空薬莢が散乱していた。鉄工所の職人である銃手もそこにいた。彼の顔は、大口径の銃弾を受けて、半分消えていた。

大尉は荒い息をつきながら、身をくねらせて雪のうえを進んだ。くそっ、なんて寒いんだ。出血は止まったようだが、雪でびしょぬれになった身体から感覚がなくなりかけていた。銃を引き寄せると、彼はこわばった太い指で銃尾の掛け金をはずし、だらりとのびた弾帯を拾いあげて、一発目の弾薬を給弾ガイドにセットした。掛け金をたたきつけるように閉め、ボルトを引いた。

弾丸が一発、彼らの目のまえにある丸太に命中し、煙の雲が立ちのぼった。

「動きは？」アレックスが銃手にたずねた。

「左です。左にかたまっています」

銃手はH&K・21の銃身をそちらへ向けた。たしかに、何人かの男たちが隊形もくずれたごちゃごちゃのかたまりになって匍匐前進していた。もしかすると、前進しているのではなく、ただどこかへ這いでようとして、それがたまたまアレックスたちが陣どった方向と一致しただけのことかもしれない。

「よし、あそこだ」アレックスが指さした。「やつらをなぎ倒せ」

銃がまた長い連射をつづけ、曳光弾がはじきだされて、敵の一団のなかに吸い込まれていった。命中した場所の雪が巻きあがり、その渦のせいで敵の男たちの姿が見えなくなった。

「中央に何人かいます」誰かの声がした。

「どうやら退却しているようです」

「とにかく撃つんだ」アレックスは言った。「つぎに来る攻撃チームがあれこれ頭を悩ますことになるようにな」

H&K・21が短くうなった。また曳光弾が山の傾斜にそって飛び、獲物を捉えた。

「ちょっといやな気分ですね」給弾手のひとりが言った。

「すばらしい攻撃とはいえないな」アレックスが言った。「予想してたエリート部隊ではないらしい。どうもアマチュアのようだな。死傷者は?」

「支援射撃で二名戦死、三名負傷です」

「なるほど」アレックスは言った。「では、敵もわれわれになにがしかのダメージをあたえたわけだな。それに、弾薬のこともある。われわれはきわめて短時間に大量の弾薬をつかった。それも、どうやらわれわれの側の損害といえそうだ。もっとも、そのためにあちらはたいへんな代価を払ったわけだがな。あんなふうに死ぬとは、彼らも考えていなかったろう」

大尉は銃を自分のほうに引き寄せた。前がよく見えなかった。ようやく有刺鉄線、煙、アンテナ、馬鹿でかいテント、それに頭上高くに広がる青空が目に入るだけだった。

彼は、それが身体の弱っているせいではないのを願った。対抗部隊の陣地につづく斜面に死体がころがっているのが見えた。三十五人か、四十人というところか？　やつらは、おれたちを遮蔽物のないところまでおびきよせた。おれたちが近づくのを待って、狙い撃ちしたのだ。

彼は目を細めて銃身ごしに前方をうかがった。だめだ、なにも見えない。これでは、たとえ機関銃でも、ろくなものには命中させられない。

ふと、立ちあがればもうすこしよく見えるんじゃないかという考えが頭に浮かんだ。それをもう一度考えなおしてみた。そうだ、筋は通っている。ちょっと腰をあげさえすれば、もっとずっとよく相手が見えるはずだ。

彼は立ちあがった。思ったとおりだ！　相手が見えた。というより、有刺鉄線の向こうにある防御線の真ん中あたりで、頭がいくつか動くのが見えた。立ちあがるのを思いついたとはたいしたものじゃないか、と彼は考えた。これこそ論理的思考というものだ。自分はそれをやってのけたのだ。ここで支援射撃をしてやれば、部下たちの大半は敵の射程から逃れられるだろう。おれが大尉に選ばれたのはそのためなのだ。おれがこれほど、利口だからだ。

そう考えながら、彼は引き金をひいた。

銃は二十発の連射を吐きだした。バーナードは防御線の中央を狙った。弾丸があたった場所から、粉のようなものが吹きあがるのが見えた。三脚のついた銃身はすこし重く、銃口が下向きになる傾向があったが、銃はびっくりするほどあつかいやすかった。銃口のずれを直しながら、短い連射をくりかえすのがこつだった。撃つのはじつに楽しかった。かすかに狙いを変えると、地面に縫い目のような小さな穴を開けることもできた。彼は、銃尾から熱い真鍮がスロットマシンのコインのようにほとばしりでてくるのを身体で感じた。銃自体も熱くなってきた。冷却器に詰まっていた雪が銃身の熱で溶けていった。バーナードは、自分の弾丸がなにに命中しているのかさっぱりわからなかった。そうやって、三十秒のあいだに弾帯を一本撃ちつくした。

それから、苦労して予備の弾帯と交換を始めた。

「右だ、右だ、なにをやってる、右だ！」アレックスが声をはりあげた。いったい、誰が撃ってるんだ？　わずか三十秒のあいだに、彼は七人の部下を失い、H&K-21も弾丸を一発受けて穴が開き、動かなくなった。銃弾が彼のうえにもふりそそいだ。何発も身体をかすめて通りすぎるのを感じた。銃手のひとりが右目を撃ちぬかれ、塹壕の底の泥につっぷした。

「右だ！」アレックスはふたたび弾丸が自分のいるあたりを掘りかえしはじめるのを見て、地面に身を伏せながらもう一度叫んだ。味方の射撃が強化されるのが聞こえた。

防御線の端から端まで、全員が応射していた。

すばやく後ろへ這いもどると、アレックスは双眼鏡を合わせた。右手前方二百メートルほどのところに銃をもった男がいるのが見えた。銃弾が男を探しもとめるように、まわりの雪を切りきざんでいた。それでもなお、男はそこに立ったまま撃ちつづけた。そこに立っている！　まるで映画のヒーローだ。やがて、銃弾が男を捉えた。

「撃ち方やめ」アレックスが叫んだ。

「こっちの銃がやられたすきに、敵の一団が逃げました」

「姿を見たのか？」

「ええ。二、三十人いました。立ちあがって、斜面を駆けおりていきました」

「とにかく、誰かは知らないが、あの男は兵士だった。それだけはいえる」

「ぼくの結婚生活は」ピーター・シオコールは捜査官たちよりも、むしろ虚空に向かって語りかけるようにそう言った。「もしそれが脚本だとすれば、ウッディ・アレンとハーマン・カーンによって書かれたものといっていい」

「ハーマン・カーンの名が出てくるのは理解できませんね」ＦＢＩ捜査官のひとりが言った。

「ある意味で、ハーマンが明らかにした古典的パターンにのっとって進行したからだ。

ゆっくり、すこしずつ敵意がかたちづくられ、現実の軍拡競争、コミュニケーションの断絶とつづき、最後にふたつの災いのうち軽いほうを選んで戦いの火ぶたがきられる。それが古典的な発作型戦争のパターンなんだ。当然、おたがいに複数のミサイルを撃ちあい、複数の被爆地が生まれ、全地球的破局を迎え、核の冬が来る。文明の終焉だ。それがぼくたちの結婚生活のドラマだった。最後には、たがいに相手を破滅させて終わった」

ふたりの捜査官はなにも言わなかった。

「じつに強い絆で結ばれていたよ」と、シオコールはつづけた。「もっとも、最初はちがった。ぼくは彼女に、オックスフォードで政治学を学んでいるとしか言わなかった。それは事実だ。ただ、爆弾に関することや、海軍の仕事と密接な関係にあること、ワシントンを目指していることは隠していた。彼女はそれをあとで知った。ぼくは——ぼくはどうやってそれを彼女に打ち明ければいいか、ほんとうにわからなかったんだ。初めのころ、彼女はぼくの仕事にたいして関心をもたなかった。自分のことで頭がいっぱいだったからね。きれいだったよ。ぼくが会ったなかでいちばんの美人だった」

「では、奥さんがあなたの仕事の実態に気づいたのはいつのことですか?」と、鋭いほうの捜査官がたずねた。

「ああ、それは、結局ぼくのほうから彼女に打ち明けたんだ。一九七四年だ。ワシントンに住んで一年たっていた。ちょうど、戦略研究グループからミサイル目標設定委員会にうつったところだった。ぼくにとってはたいへんな飛躍だったし、収入も年に一万ドル増えることを意味した。それでも急に暮らしが楽になるのは悪くなかった。金は別に必要なかったがね。彼女の実家は金持ちだった。それでも急に暮らしが楽になるのは悪くなかった。彼女は、〝戦略〟というのがどんな意味なのかわかったと言ったよ」

どんな意味なんだね？　と彼はたずねた。

爆弾よ、そうじゃなくて？

そのとおりだ。

あなたは爆弾のことを考えてる。一日中、戦争のことだけを考えてるのよ。私はもっと抽象的なものだと思ってたわ。チェスの戦法みたいに、戦略の理論を考えるものだと。それとも、オックスフォードであなたがやってたように、歴史を研究するとか。でも、ほんとうはもっと特殊なものなんでしょう？

そうだ。まったく、そのとおりだ、と彼は答えた。一日中、そう、たとえばウラジオストックのダウンタウンぐらいの大きさの工業化された都市基地といった軟目標に範囲を限定した場合、タイタンⅡ型で運ばれたＷ53／Ｍｋ‐６の再突入体から発射された九メガトンの弾頭を四千フィートで起爆させるか、あるいはおなじ再突入体、おなじ投射重量で二千フィートの高度で起爆させるか、どちらが火球の大きさをより効果的につかえるかというような問題に頭をしぼっている。

ぼくはそれが平和を考えることだと思っている。平和を維持する方法だと。

もっとたくさん、もっと優秀な爆弾をつくることで?

彼はため息をついた。それは彼女の愚かな質問のためではなく、いまこの瞬間から決して後もどりはできない、取消しはきかないことに気づいたからだった。

「奥さんはその話をどう受け取りましたか?」

「いい気分ではなかったようだ」

「お子さんは?」

「爆弾がぼくの赤ん坊だ、とよく彼女が言ってたよ。もっとも、彼女は子供を生むには美しすぎた。ウェストの線をくずしたくないと思っていた。決して認めようとはしなかったが、それが本音だった。爆弾もおなじだ。それが世界を吹きとばすからではなく、自分を吹きとばすから嫌っていた。彼女はそれを個人的な問題として受け取ったんだ。彼女はなんでも個人的な問題として考えていた」

彼女はかつてこう言ったことがある。ピーター、あなた、自分が爆発していない核爆弾の悪夢を見る、西側諸国でただひとりの人間であることに気づいている?

「有名だったのですか、あなたの奥さんは?」

「ごくかぎられた社会ではね。彼女は彫刻家として高い評価を得ていた。美術欄でべたほめされたこともあったし、作品は馬鹿みたいな値段で売れた。ぼくは彼女の作品が好きだったね。とても感銘を受けた。それに、彼女がぼくを捨てなかったのは、ぼくから、ぼくがやっていたことからインスピレーションみたいなものを得たからだと思う。彼女の芸術は病んでいた。つぶれたブリキや漆喰を集めて、表面にペンキを塗った、苦悩に満ちた作品をつくっていた。それが、わが旧友ミスター・爆弾というわけだ」

「奥さんは不貞を働いていたのですか？」

シオコールはその言葉の意味を理解するのに、しばらく時間がかかった。それほど古風で滑稽な表現だった。

「知らないね。彼女はひと月に一回か六週間に一回、ニューヨークに出ていた。ワシントンを離れる必要があるといってね。最初のうちは、ぼくもいっしょにくっついていったが、ああいう連中とつきあうのに嫌気がさした。そろいもそろって、くだらん連中だ。まだ六〇年代がつづいていると思ってるんだ。これからもずっとおなじだろう」

「政治的なものはどうです？　奥さんは反核運動かなにかに入ってませんでしたか？」

「それはない。彼女は徒党を組むにはうぬぼれが強すぎた。自分がリーダーになれない組織には決して加わらなかったはずだ。そのあと、ぼくの例の論文が雑誌に掲載され、ぼくは有名人になり、テレビにも出るようになった。そのことが彼女をいたく傷つけた」

「『では、なぜミサイルの優越を問題にしてはいけないのか？＝MAD再考』ですね？」

「そうだ」

彼は思い出した。論旨はごく単純だった。MAD――〝相互確証破壊〟という戦略思想の最重要点――は誤っていると指摘しただけだった。わが国は、ソ連がSS‐18を改良し、SS‐24を生産ラインにのせるまえにMXミサイルを配備できるし、ある一定の条件のもとで、報復のおそれなしにソ連に対して攻撃的な行動をとることが可能である。東欧問題もその一例となる。いいかえれば、もしわれわれがMXを配備しおえ、スターウォーズ計画を機能させれば、ミサイルを実際に使用しなくても勝つことが理論上ありうるというわけである。レーガンはそれに飛びついた。それがシオコールを、南部右翼政治家たちのスーパースターに押しあげることになった。

「それがきっかけで、ぼくはMX基地建設方式研究グループの責任者におさまった。年八万ドルの金をかせぎ、突然、重要人物あつかいされ、テレビに出て、ジャーナリストに追いかけまわされるようになった。彼女はそれが気に入らなかった。あの男のもとへ走ったのも、そのためだと思う」彼はすこし間をおいた。「彼とつきあいはじめたのは、あのあとだった。いまも、彼と暮らしてるんだろうね」

「あの男とは？」

「ぼくも一度だけ会ったことがある。名前はアリ・ゴットリーブ。イスラエル人の画家で、マンハッタンではちょっとした大物だ。とてもハンサムな男で、コーコラン美術館で講師をしている。彼女は、ワシントンの美術展かなにかで彼と出会ったんだ。当時は非常にきびしい時期だった。ぼくたちは、MX基地建設方式に関する論争のまっただなかにいた」

「その男と会ってから、奥さんになにか変化がありましたか？」

「あったよ。二年ほど前のことだ。議会は、百基のミサイルの主力をミニットマンⅡのサイロに配備することを決定した。それが悲劇的誤謬(ごびゅう)であり、きわめて危険であるのはわかっていたから、新世代ミサイルはさておき、せめてSS・18の新型慣性誘導システムを打ち破るためにも、すくなくとも一基は単独発射可能の超強化サイロに配備しなければならないと考えた。そこでぼくたちは、議会の定めたガイドラインからはずれないよう注意しながら、サウス・マウンテンをわが国最初の単独発射能力をもつピースキーパー基地にするよう、狂ったように働いた。つまり、別の言葉でいえば、欺瞞（ぎまん）行為を行なっていたわけだ。彼女はそれが気に入らなかった。なぜなら、ぼくの時間と関心はほとんどそちらに奪われていたからだ。ぼくは誰も欲しがらないキー保管庫と呼ばれる千五百万ドルの玩具（おもちゃ）のために戦っていた。そう、文字どおり全力を傾けていた時期だった。彼女はそれがいちばんしゃくにさわったんだと思う。ぼくの全神経は、彼女ではなくそちらに向いてたんだからな。たぶん、そのことが彼女に一線を踏みこえさせたんだろうな」

「奥さんはどう変わりました？」

「結局、ぼくは彼女をののしることになった」彼はその夜のことを、いまでもはっきりおぼえていた。それはいまになっても無意識にそっと触れてしまう古傷のようなものだった。「きみはぼくがやっていることが気に入らないらしいが、とにかくぼくはなにかをやってるんだ。なにかをな。それを信じている。きみはすわりこんでしゃれたせりふを飛ばしたり、絶望ごっこをしているが、結局なにもしていないし、なにも信じていない。自分を大切にするあまり、なにもできないんだ、と。どうやら、その言葉が彼女を深く傷つけたようだった。そのあと、彼女はすっかり変わってしまった。やがて、彼女が街のあちこちの人目につかない場所でその男と昼食をしているのを見た者がいると教えられた。それで全部さ」

「なるほど、それから？」

「一月だったと思う。枕に男のアフターシェーヴ・ローションの匂いがついていた。彼女は枕カバーさえ変えなかったわけだ。ぼくに思い知らせようとしたんだ。ぼくを傷つけなければならなかった」

シオコールはその最後の挑発について考えた。それは、長いあいだに積もり積もったすえの、最終的かつ決定的な挑発だった。彼女がついにミサイルを発射し、彼は警報が鳴ると同時に反撃に出るか、サイロのなかの自分のミサイルを失うしかなかった。

「安物のアフターシェーヴだった。〈イングリッシュ・レザー〉だぜ。信じられるかね？」

「で、どうなりました？」

シオコールはその枕にふれることも、手を伸ばすこともできなかった。

長い沈黙がつづいた。

「それで？」

「忘れないでくれ、ふたりはとても強い絆で結ばれていたんだ。ぼくにはできた……」

「なにができたんです、シオコール博士？」

「ついに、ぼくは彼女をなぐった」彼は六月のその夜のことを思い出した。青葉がおいしげり、あたりは光に満ち、木々は緑豊かで、心地よいそよ風が吹いていた六月。

彼はそれまで一度もなにかをなぐったことがなかった。彼女の頭が衝撃でがくりとのけぞり、目がうつろになり、恐怖で顔がゆがむ様子が鮮明に脳裏をよぎった。彼女はつぶれた鼻から血を流しながら、あお向けに倒れた。発作的戦争の終結だった。彼女は泣きさけんだ。彼は自分を恥じて、彼女を助けおこそうとした。だが、アリ・ゴットリーブのことがまた頭に浮かび、もっと彼女をなぐってしまいそうでこわかった。彼は、頭のなかがめちゃくちゃになってなにをするかわからないから、ここを出ていったほうがいいと彼女に言った。きみを殺してしまうかもしれない、と。銃を手に入れて、アリ・ゴットリーブを殺すつもりだとも言った。それが六月のことだった。

「じつはそれだけではなかったんだ」

シオコールは、ふたりの捜査官と目が合わないように横を向いた。ここまでは否定しつづけてきたが、そろそろ足を一歩踏みだすときが、彼のもっともおそれていた場所に行くべきときが来た。ようやく、彼はそれに直面するのだ。

「ぼくはそのころ――そう、そのころ家でもかなり仕事をしていた。そして、資料が――動かされているのに気がついた。乱れていたんだ。すこし順番がくるっていた。ぼくは文字どおり震えあがった。とても自分の手に負えないと思った」

「彼女なんですね？」

「そのはずだ」

「なぜだまっていたんです？」

「ぼくはそのことを頭のいちばん奥にしまいこんで、自分がもっているありとあらゆるものでふたをした。精神分析でいう〝否認〟というのを聞いたことがないかね？　現実を拒絶してしまうんだ。ぼくの頭がくるいだしたのは、そのときだ。ほんとうにくるってしまった。七月に、ぼくはどうにもならない状態になった」

また、長い沈黙がつづいた。

「古典的な手口のようですね」捜査官のひとりが言った。「おそらく、彼らはあなたがたふたりを長いあいだ観察していて、奥さんがきわめてもろい状態にあるのを知ったのです。そこで、あなたの弱点をきちんと把握して、奥さんのために夢の男をつくった。その男が彼女を誘惑し、味方に引きずりこんだ。そういうことなのです」

「誰が？　ゴットリーブか？　よしてくれ、彼はイスラエル人なんだぞ。われわれの味方じゃないか」

「そう、ある意味ではね。ですが、別の見方をすれば、そうではないかもしれません。たぶん――まあ、いまはどちらともいえませんね。奥さんに聞くしかない」

その言葉がシオコールの防御を突き破った。恥入りながらも思わずこう言っていた。

「彼女を手荒くあつかわないでくれ。ざっくばらんに言えば、事情はどうあれ、ぼくは彼女をまだ愛してる。これまでほかに愛した人間はいなかったし、これからも誰も愛さないだろう。あれはぼくの過ちだったんだ。彼女のじゃない――」

その先は言葉が出てこなかった。

ふたりの捜査官が小さな収穫を手に足早に去ったあとも、シオコールはしばらく頭のなかがぐらぐら揺れるのを感じながらすわりつづけた。自分は彼女を裏切ったのだろうか？　彼にはどちらに忠誠をつくせばいいのかわからなかった。なによりも、彼女をまた失望させるのがいやだった。彼女に手を差しのべてやりたかった。部屋のなかは暗かった。彼はミーガンのことを考えた。ミーガンの笑い声を、もう何世紀も聞いていないような気がした。

彼は最後に彼女に会ったときのことを思い出した。長い空白期間のあとの、二週間前の出来事だった。彼らはしばらく話し合い、すこしのあいだはすべてがうまくいき、ふたりにもいくらかチャンスが残っているように思えた。彼は精神病院を退院して、ジョンズ・ホプキンズ大学で教鞭をとり、なにもかも順調だった。キー保管庫はようやく採用が決まり、彼は外部の設計にまわり、ノースロップ社の設計チームはじつにいい仕事をしていた――

だが朝になると、彼女はシオコールに食ってかかった。彼がしあわせなのは計画が順調に進んでいるからだと言った。あなたはまだ、あれの一部でしかないのよ、そうじゃなくて？　あの邪悪なものから、力と喜びを引きだしてるのよ。

彼もカッときた。怒鳴りあい、いがみあい、ののしりあい、神経症的な怒りでわれを忘れた。まえとまったくおなじだった。彼は彼女が去るのを、なすすべもなく見送った。

それでも、あのときの彼女はいやになるほど美しかった――

そのとき、彼の頭脳回路のなかである考えがカチリと音を立て、あるべき場所におさまった。シオコールは、驚くべき可能性を開く鍵が手に入ったのに気づいた。

だが、同時に、彼は深い孤独感に陥った。ああ、ミーガン、きみはいったいなにをしたんだ？ ぼくはなにをしてしまったんだ？

それからふと思いついた。プラーはどこだ？ プラーはどこにいる？

一行はさしたる苦労もなく側坑道に達し、ネズミ・チーム・アルファはアリスと名づけられた一方の道へ進んだ。当然、チーム・ベイカーはエリザベスへ向かうことになった。

「このエリザベスとファックするわけだな」と、ウォールズが言った。「白人女のあそこを這いのぼって、死ぬほどファックしてやる。想像したこともないほど、うれしがらせてやるぜ。一度クロと楽しむと、二度とシロにはもどれないのさ」

「だまれ」こわばった口調で、ウィザースプーンが言った。

「おいおい、あんた、シロの売女を女房にしてるような口をきくじゃないか」

「してるのさ。うるさいぞ」

「あんたの甘いマスクなら不思議はないね。おれなんざ、毎晩白人女のあそこに金をはらってたんだぜ。まったく――」

「だまれ。おれの女房のことをそんなふうに言うのはよせ。たまたま白人だったというだけで、すばらしい女であるのに変わりないんだ」

ウォールズはいかにも軽蔑したように鼻を鳴らした。やけに豪勢なこった。このったり屋の白い黒んぼ、ミスター・デルタ・恥知らず野郎は鼻高々でいやがる。この先で誰かが待ち伏せしてたときどうするか楽しみだぜ。きっと、たっぷりパンツにおもらしすることだろう。

ウォールズは暗闇が、墓のなかの冷たい空気が好きだった。トンネルはどんどんせまくなって下っていた。さっき通った主坑道は階段の吹き抜けのように、山のなかをきれいに掘りすすめられており、壁はほとんど平らで、そうでないところもなめらかに仕上げられていた。そのなかを小さな線路が走っていた。坑夫たちがトロッコを動かして走った線路だ。ウォールズにとっては、じつに居心地のいい場所だった。

だが、ふた手に分かれたあと、四方の壁がだんだんせばまってきた。空気はひんやりと湿っていた。ウォールズの鼻は、そのなかに炭塵とタングステンらしきものの臭いをかぎあてた。ウィザースプーンの強力な懐中電灯の光の刃があたりの闇を切り裂きながら、女体をまさぐる男の手のように落ち着かなげにあちこちと動き、あたりかまわず白い環の舌を這わせた。それに対し、ウォールズの懐中電灯はまっすぐ前方を照らしつづけた。

「おいおい、ちょっとびくついてるみたいだな」

ウィザースプーンは答えなかった。暗視ゴーグルが頭をきつく締めつけて、気分が悪かった。それに、少々おびえているのも事実だった。グレナダでは、自分が意外にずぶといのに気づいて驚いたが、もっともあのときは事態の展開が速すぎておびえるひまもなかったのだ。空挺部隊が着地し、パラシュートをしまい、飛行場の司令本部めざして小さな谷を通り抜けようとしたとき、文字どおり地獄が目のまえに出現した。運のいいキューバ人が空を見上げていたちょうどそのとき、黒く塗られたC・130ハーキュリーズがその視野に入り、黒ずくめのコマンドが地上へ漂いおりてきたのだった。

そのあとは、任務など頭から消えさり、ただ生きのびることだけが仕事になった。まるで独立記念日の騒ぎのまっただなかを這いすすんでいるようで、世界中の砲火がすべてこちらを向き、自分を撃ちたおそうとしているような気がした。

だが、いまの気分はそれとまったくちがっていた。ウィザースプーンは地中の様子など、これまでほとんど考えたこともなかった。彼は特殊部隊、レンジャー、デルタとわたり歩いた、はえぬきのはえぬきの、そのまたはえぬきだった。勇気ある行為こそ、彼の天職だった。だが、たとえばトンネルについてはどうだろう? 山の地中深くを歩くことについては? 彼は咳払いした。まもなく、懐中電灯を捨てるという恐怖に立ち向かわなければならなくなる。それから先は赤外線に頼るしかない。天井はますます低くなっていた。

「よう?」ウォールズの声は低く、あざけるような調子が消えていた。「なあ、こわいかね? やけに口数がすくないじゃないか」

「おれはだいじょうぶだ」

「気にすることはないぜ。ベトナムじゃあ、トンネルは這ってすすむしかないほど低かった。それに、あっちのやつらはトンネルのなかでくそをした。ほかにする場所がないからな。何年もたつと、くそが山になった。最後には、おれたちもくそのあいだを這いまわらなけりゃならなくなった。考えてもみろよ、ひどいものだぜ。くそに腹を押しつけて這いずりまわり、あっちのトンネルに行った美人さんみたいなベトナムの娘がカミソリの刃でのどをぶった切ろうとして待ちかまえているところへ行くんだからな」

だが、ウィザースプーンはいま以上に悪い状況を思い浮かべる気分にはなれなかった。

彼は深刻なトラブルに陥りかけていた——ほんとうに息が詰まりそうだった。逃れようのない闇につつまれて墓のなかにいる感じを振りはらえなかった。たしか、ここでたくさんの男たちが死んだことがあったはずだ。五十年前、このおなじ穴のなかで百人以上の人間が死んだのだ。

「チーム・ベイカー、聞こえるか？　ベイカー、こちらラット・シックス。聞こえるか？」大きな声が耳のなかで鳴りひびいた。

「了解。聞こえます、シックス」ウィザースプーンはプリックス‐88のハンドフリー・マイクに向かって言った。

「どうした？　定期連絡の時間を十五分も過ぎてるぞ。そっちはいったいどうなってるんだ？」ラット・シックスの声のひびきがなぜかウィザースプーンをいらだたせた。

「なんでもありません、シックス、ちゃんとよろめき歩いてますよ。なるほど、そっちの言い分が正しいようだ、シックス」

「標準処理手続きの連絡をおこたるな、軍曹。なにか報告があるか？」

「あります、シックス。われわれは主坑道を離れて側坑道に入り、エリザベスを探しているところです。奥へ行くほど、天井が低くなっています。途中で行き止まりになりそうですね」

「相棒の様子は？」

「よくやってますよ」相棒がそばにいるのを意識して、ウィザースプーンは言った。

「了解、ベイカー、今後はスケジュールを遵守するように。なにか起きたら、すぐに連絡しろ」

「そっちの様子は？」

「州軍がかなり痛めつけられた。あっちは相当タフな連中のようだ。ベイカー、自分の尻にじゅうぶん注意しろよ」

「わかりました、シックス。以上」

すると、ウォールズが言った。「いかんぞ。思ったとおりだ」

彼の懐中電灯の光がまたたき、壁に開いている割れ目を照らしだした。這いこむのがやっとの大きさで、天井も低く、電球の白い光を受けて不気味な姿をさらしていた。

それがエリザベスと名づけられたトンネルだった。

「おいおい、かわいこちゃん」と、ウォールズが言った。「おれのものじゃ、大きすぎて入りゃしないぜ」

「煙よ」と、プーが言った。「煙よ。燃えてるわ。火事よ」

煙の柱が立ちのぼり、風でたなびくのが見えた。近所の人々が雪におおわれた芝生に出て、そちらを眺めていた。

「ハーマン、なんで燃えてるの？」

「飛行機だよ」と、ハーマンは言った。「飛行機が畑に墜落して、燃えてるのさ。たいへんな事故らしいね」

彼らは地下室にいて、天井の小さな窓から外の様子をうかがっていた。木々がつくるレース模様の彼方に、青空のしみのような煙が漂っているのが見えた。

「見にいってもいい？」

「よしなさい。ここにいたほうがいいと思うよ。とっても熱いからね。消防署の人にまかせておこう」

「あの人はだいじょうぶかしら？」

「あの人って？」

「飛行機を運転してた人よ。だいじょうぶかしら？」

「きっとだいじょうぶだよ。プー、いいかい、飛行機はボタンを押すと、天井がなくなって、乗ってる人が飛びだすような仕組みになってるんだ。トースターからパンが飛びだすみたいにね。飛びだしたら、あとは大きな傘にぶらさがって地面におりる。だから、平気なのさ」

「ほかの飛行機をもらえるかしら？　自分の飛行機がこわれてしまったんだから、別の飛行機が必要になるでしょう?」

「ああ、それも平気だよ。べつの飛行機をもらえるんだ」

そのとき、バーキッツヴィル消防署の消防車が家の横を通りすぎ、畑のほうへ向かう音が聞こえた。

ベス・ハメルがハーマンを見つめていた。彼女は、飛びまわるジェット機、墜落した飛行機、いなくなった夫、それにハーマンが全部、一本の糸でつながっているのに気づいていた。

「あなたは誰なの? なにが欲しいの? なぜここにいるの?」

「落ち着いて、奥さん」と、ハーマンは言った。「あなたがたに危害を加えるつもりはない。お願いだから、いわれたとおりにして、誰も傷つかずにすむようにしよう。わかってくれるね? われわれはちょっと長居をしている客にすぎないと考えるんだ。そうすればすべてうまくいく。なんの心配もない。いいね?」

「ああ、神様。なぜなの? なぜ、こんなことになったの?」

「起きてしまったことだよ」と、ハーマンは言った。「すでに起きてしまったのだ、これは、みんなの幸福のためなんだ」

彼がそう言った瞬間、ドアでノックの音がした。地下室の全員が耳をすました。ノックの音がさらに高くなった。

ディック・プラーはマイクを置いて、タバコに火をつけた。不意にすさまじい音の波が押しよせてきた。負傷者救助のために山すそに向かう四機のヘリコプターが頭上を通過していったのだ。

「どれくらいひどいんです?」スケージーがたずねた。

「報告はほとんど意味をなさないものだった」と、プラーは言った。「総合して考えると、かなりひどいようだな。中隊百四十名のうち、報告者が言うには四十名はたしかにやられたそうだ。五十名だったかな。それに、負傷者も数えきれないという。歩ける負傷者はおおかた山を逃げだした。無傷の者はそう多くないようだ。部隊の秩序は完全に乱れている。秩序など、ないにひとしい。おれは、そいつにもう一度山にもどれと言った」

プラーは意地の悪そうな皮肉な笑みを浮かべた。

「どうなりました?」

「くそくらえといいかえしてきた。彼の態度はきみといい勝負だったよ、少佐」

「指揮官は?」

「もどってこなかった。最後に姿を見たときは、M-60をかかえて、支援射撃をしていたという。私はその男の名前さえ忘れた」

「たしか、バーナードでした」

「そんな名前だったな」と、プラーは言った。はるか彼方で、ヘリコプターが陽光に回転翼をきらめかせ、ほこりと雪を舞いあげながら着陸するのが見えた。小さな人影がそれを取り巻いた。彼らの背後では、虹(にじ)を思わせる曲線を描いた山がつねに変わらぬ、とりつく島のない姿でそびえたっていた。小さな赤と白のアンテナが、防水シートの黒いしみのうえで、こちらに向かってウィンクしているような気がした。シートの下になにがあるのか、まだまったくわかっていなかった。

「いまこそ、デルタを送るべきです、プラー大佐。彼らを再編成する時間はありませんし、そうしたところで無駄死にさせるだけです」

「再編成などしておらんよ、スケージー少佐。まだわかってないのかね？　デルタは私が命令を出すまで一歩たりとも動いてはならない。これ以上、口出しはしないほうが身のためだぞ、少佐」

プラーはスケージーを見すえた。スケージーもまっすぐ見返した。

「では、いつ動くのです？」目から輝きが失せた無表情な顔で、スケージーが言った。

「暗くなってからだ。まず、あのネズミたちに裏口を開けるチャンスがあるかどうか確かめさせなければならない。シオコールに、エレベーター・シャフトのドアを開ける算段をする時間をあたえる必要もある。お望みの機会はちゃんとくれてやるよ、少佐。それは信じていい」

プラーは振り向いて、気のきく空挺隊員がもってきた芝生用の折りたたみ椅子のほうを見た。それから、腕時計を確かめた。夜はまだまだ先が長い。

「プラー大佐！　プラー大佐！」

ピーター・シオコールだった。興奮にわれを忘れ、いやに若々しい動きで、くるったようにふたりのほうへ走ってきた。

「誰だと思うね？」と、ハーマンがきびしい口調でたずねた。

「私――わからないわ」ベス・ハメルが身震いした。

「飛行機を運転してた人じゃない？」プーが言った。

「ママ、きっと学校の先生よ」と、ビーンが言った。「なんで学校を休んだのか聞きにきたんだわ」

ハーマンがベスを身近に引きよせた。

「誰なんだ？」彼は詰問した。

「ハーマン、あなた、ママを悲しませてるわ」プーが言った。「ママが泣いちゃうわ。あなたのせいよ。ハーマン、ママを悲しませないで」

プーがすすり泣きはじめた。

「もし近所の人なら、私たちが家にいるのはわかってるはずよ」と、ベスが言った。

ハーマンは懸命に頭を働かせた。

「いいだろう」やがて、彼はそう言った。「あなたが出なさい。なにも言わないことだ。私はドアの陰にいるから、それを忘れないように。すべて聞こえるのだからね。ほかの者に子供たちといっしょにいさせる。頼むから、馬鹿なまねはしないでくれ。われわれがしたくないと思っていることをやらせるように仕向けないでくれ」

ハーマンはベスを放した。

「馬鹿なまねはしないでくれ」彼はサイレンサーつきのウージーの銃口を、その感触を味わわせるように、そっとベスの胸に押しつけた。

ベスは階段を上がった。ドアの窓に人影が映っていた。彼女はそこへ近寄った。

「どなたです？」

いけない、隣のキャシー・リードだわ。

「ベス、なにが起きてるか聞いた？　飛行機が三機、墜落したのよ。サウス・マウンテンですごい撃ち合いがあって、警察が道路を全部封鎖してるらしいわ。朝、山のうえのほうで道路が爆発したんですって。ヘリコプターがたくさん谷におりて、兵隊が――」

「知らないわ。ニュースではなにも言ってなかったもの」

「ねえ、あそこでガスかなにかをつくってて、それが洩れたってことは考えられない？　電話会社の施設っていうけど、どんな種類のものなのかしら？」

「私——わからないわ」と、ベスは言った。「でも、もし危険があるなら、役所から知らせがあるはずよ」

「私、とってもこわいの。ブルースが留守だから。ベス、車も彼が乗ってっちゃったのよ。もし避難しなければならなくなったら、私たちもいっしょに連れてってくれる？　お願い、ベス、家にはふたごがいるし——」

「ええ、キャシー、心配ないわ。そうなったら、あなたがたも連れていくわ。約束する。だから、家に入って気を休めて。なにか聞いたら、必ず知らせる。誓うわ」

「忘れない？」

「ええ、約束するわ。ほんとうに」

「ありがとう、ベス。すごく助かるわ」

キャシーは自分の家に帰っていった。ベスはドアを閉めた。

「ママ、なんでミセズ・リードは泣いてたの？　ハーマンをこわがったの？」

「ちがうわ。ちょっと興奮してただけよ。あなたたち、だいじょうぶね？」

「よかったよ」と、ハーマンが言った。「あれでいい。奥さん、とってもよかった」

「あなたは誰なの？」プーが言った。「この近くの人じゃないんでしょ？　遠くから来た人なんだわ」

「とても遠くから来たんだよ」と、ハーマンは答えた。

「で、なんの用だね、シオコール博士？」ディック・プラーはスケージーのそばを離れながらたずねた。

「あることが頭に浮かんだんです。もっと――もっと早く気づくべきだった」シオコールは一瞬、ふたりの将校のよそよそしい態度に先をつづけるのをためらった。急に、自分が家庭内の口論の場に飛びこんできたような気になった。だが、彼はなおも突きすすんだ。

「なにかの助けになるかもしれない。きみも聞いてくれ、スケージー少佐」

「つづけてくれ」

シオコールは言った。「つまり、われわれはサウス・マウンテンを危険にさらした人物の正体を知っているのではないかということです。ＦＢＩにそう話しました。それはいいですね？」

「それで？」

「その人物は、ぼくの家においてあった書類や図面をカメラにおさめたと考えられます。ぼくはずさんな人間だったし、それに――」

「話を進めてくれ」

「つまり、その人物がぼくの家を出ていったのは、計画が完成する以前のことだったのです。わかりますか？」

ふたりの顔を見れば、わかっていないのは明らかだった。ふたりは、精神異常の人間を見るように彼を見つめていた。相手は軍人なのだ、とシオコールは自分に言い聞かせた。我慢しろ。じっくり説明してやるんだ。ひとつひとつの点を全部つなぎあわせてみせてやれ。

「彼女はキー保管庫が設計されるまえに家を出た。だから、山でなにが行なわれているのかは知らないが、この襲撃計画の立案者はキー保管庫の存在を知らなかったことになる。あとで――」

「あととは、いつのことだね？」

「二週間前に彼女がもどってきたときです。彼女は、じっくり考えているうちにぼくに会いたくなったと言いに帰ってきたのです。まあ、みじめな思い出話は省略しておきましょう。ですが、彼女はたしかに家に入ったのです。ぼくはもう一度彼女と寝ました。キー保管庫は改良され、設計が終わり、設置されている最中だったから、ぼくのところにもその秘密情報が送られてきていた。彼女はそれを見たにちがいない」

「シオコール博士、どう考えても、きみがなにを言わんとしてるのかわからないね」

いらだちで身をこわばらせ、怒りのこもった目でシオコールをにらみながら、プラーが言った。「情報の漏洩があったのはすでにわかっていることで――」

馬鹿め！　シオコールは思った。どうしようもない馬鹿だ！

「彼らがキー保管庫のことを知っているとしても、それを知ったのはごく最近のことなのです。二週間前ですよ。おそらく――ほぼまちがいなく、もともとの作戦プランを変更するには遅すぎたはずです。もしそうなら、彼らはきっと溶接工を連れてきていなかったにちがいない。とすれば、この近くで探すしかありません。わかりませんか？　溶接工を雇うか、あるいは誘拐でもしてくるしかないのです。むろん、そうだとしても、二週間もその人物をおさえておくのは無理でしょう。彼らはごく最近――攻撃を始める直前にそうしたはずです。その線をたぐれるのではないでしょうか？」

「なるほど」

ふたりの目はぼんやりとして焦点をむすんでおらず、インスピレーションを得たときの輝きは見えなかった。どちらも、まだよく理解できていないのだ。

「いいですか、もしある人物に無理やり仕事をやらせようと思ったら、あなたがたならどんな方法でその人物をはたらかせますか？　銀行強盗が、金庫を開けさせるために銀行の頭取をさらった場合を考えてください。彼らはどうするでしょう？　そう、人質をとるでしょうね。仲間を家に残し、頭取の妻や子供を見張らせる。そうじゃないですか？　となれば、ここでもおなじことが行なわれた可能性があります。われわれがいまいるところからそう遠くない場所に、囚われの妻や子供や運の悪いベビーシッターがいるかもしれない。それに、もし――」

「捕虜だ！」スケージーが先に理解した。「そうだ、捕虜だ。捕虜を取れば、敵が誰で、なにをしているのかわかるはずだ」

　だが、ディック・プラーはすでに行動を起こしていた。いそいで戦闘司令所に行くと、FBIから来た若い副官ジェイムズ・アクリーの姿を探した。アクリーはここ何時間もテレックスから出てくる資料を破りとり、局に提出する作戦報告書にファイルし、プラーの激怒を招いた自分の不運を嘆いていた。

　プラーはなにが欲しいか説明するのにたいして時間をかけなかったし、そのあとアクリーが探しものを見つけるのにもそれほど手間どらなかった。彼はイェロー・ページをめくることから始め、溶接業者につぎつぎと電話をかけた。五番目にかけた電話――ジャクソン・ハメル、バーキッツヴィル、メイン・ストリート一九、電話五五五‐二二一九――は応答がなかった。アクリーはバーキッツヴィルの派出所に電話して、巡査部長と話し、ひとつ頼みごとをした。巡査部長はすぐに折り返し電話をかけてきた。いいえ、ジャック・ハメルは今日、なにかの用で仕事をキャンセルしたようなふしはありません。いくつか連絡して聞いてみたところ、ハメルは〈チャルマーズ〉の工場の仕事でブーンズボローに行く予定になっていました。アクリーが〈チャルマーズ〉に電話してみると、どんぴしゃり、溶接工は姿を見せていなかった。誰も彼の行方を知らず、たぶん病気ではないかと言っていた。アクリーはもう一度巡査部長に電話し、ハメルが病気かどうかたずねた。巡査部長もそこまでは知らなかったが、近いところだから、ちょっと行ってのぞいてみようかと言った。造作もないことですよ、と警官は言った。

だめだ、とアクリーは言った。これはわれわれで処理するから、また助けが必要になるまで手を出さないでくれ。彼はつぎに小学校に電話をかけ、ほんの二、三分で校長からジャック・ハメルには娘がふたりおり、ビーンと呼ばれているエリザベスという名の娘とプーと呼ばれているフィリスなる娘がふたりとも今日は急に学校と、併設の幼稚園を休んでいるという情報を手に入れた。

アクリーは校長に礼を言い、電話を切った。

「〈緊急非常事態〉の段階に入るべきだと思いますね」彼はプラーに言った。「どうやら、このハメルという男は山に連れていかれたようです——彼らに掘削道具としてつかわれるために。そして、妻と子供たちは家にいるらしい」

プラーはうなずいた。

「よし」プラーは言った。「スケージー少佐、優秀な隊員を三人選抜してくれ」

「わかりました。私なら――」

「とにかく選んでこい、少佐。いますぐにだ」

「わかりました」スケージーは早々に追いたてられる不満をあらわにして答えた。

プラーは他の者に聞かれないよう、アクリーを隅へひっぱっていった。

「この件はきみに処理してもらわなければならないようだ。少佐がデルタのスペシャリストを貸してくれるし、警察の支援もある。だが、警察はできるだけ巻きこまないほうがいい。混乱のもとになるだけだからな。こういう小さい町の警官が重大事件にどう対処するか、知らないほうがしあわせというものだ。それに、関わる人間がすくなければすくないほうがいいということもある。だが、なんとしてもその家をこちらの手に奪いかえし、そこにいる人間と話す必要がある」

彼は腕時計を見た。

「それに、迅速に事をはこぶ必要もある」

「わかりました」アクリーはごくりとのどを鳴らした。

プラーはきびしい表情でアクリーを見つめた。若い捜査官もプラーを見返したが、その表情はうつろで、考えをまとめきれていないように見えた。

「きみはSWATの訓練を受けていると思うが？」

「ええ」と言ったが、四年前クァンティコの訓練所で経験した狂乱の一週間のことはほとんどおぼえていなかった。

「それならいい。きみはいまの状況を把握してるだろうな？　完全に理解できてるな？　その家には母親とふたりの娘がいる。きっとすばらしい人たちだと思う。だが、きみときみが率いる者たちが家のなかに入ったとき、なにがいちばんたいせつかをよく理解しておかなければならない」

アクリーは目をそらし、窓の外を見つめた。山が日差しを受けて輝いていた。

「たいせつなのはそこにいる男たちだ。母親や娘たちは――」プラーは一瞬ためらったが、自分がこれからやろうとしているのがきわめて非情な行為であるのを充分承知のうえで、あえて先をつづけた。だが、それを言う必要があるのだろうか？　言葉にする必要が？　アクリーは奇妙な表情を浮かべて、彼を見返していた。プラーは、その目にひそんでいる苦痛と戸惑いの色から、その答えがイエスであると判断した。言葉にしなければならないのだ。

「いいかね。私にも娘がふたりいる。そのふたりは、私にとってなにものにも替えがたいほどたいせつだし、おそらくこのハメルという男もそう思ってるだろう。だが、きみはそこをよく考えなければならないぞ、アクリー。なにがたいせつか、じっくり見きわめる必要がある。この段階で考えられる損失と、もうひとつのはるかに大きく、はるかにひどい損失を秤(はかり)にかけなければならない。そのために、われわれは給料をもらっているのだ」

若い連邦捜査官はうつろな表情で、だまってプラーを見つめた。

「母親とふたりの娘は、この際重要ではない。きみは、彼らを犠牲にしなければならなくなるかもしれない。もしそのときが来たら、彼らの命より、捕虜の命を優先したまえ。デルタの隊員はきわめて優秀だ。建物の主導権を奪い、人質を解放する訓練を受けている。だが、彼らは敵の頭を狙うはずだ。きみはそれを止めなければならない。捕虜を生かしたまま連れかえるのだ、ジム。わかったかね？」

アクリーは、わかったと答えた。

あらゆる問題の答えはウォッカにある、とグレゴール・アルバトフは心を決めた。それはロシアが世界の文化に寄与した代表的なもので、トルストイより重要で、ドストエフスキーより真情に迫り、共産主義より長続きする。

彼はいまグラスをまえに、コロンビアに近いローレルというしけた町の、ルート1沿いにある〈ジェイクズ〉なる店の暗いカウンターにすわっていた。じつに幸せな気分だった。六十歳前後に見える、歯はまだ半分残っているが、髪はかつらで、いれずみをした美しいアメリカ女が、輝くばかりの笑みと心あたたまる笑い声とともに、いまお代わりをもってきたばかりのところだった。グレゴールは彼女を愛した。彼女は聖人だった。ウォッカ修道会のマザー・テレサだ。彼女を見ていると、何年も会っていない妻を思い出した。

もっとも、彼がいちばん愛しているのは、ウォッカがもたらしてくれるものだった。それは恐怖をぼやかし、脳をとろけさせてくれた。まっすぐ頭蓋骨のなかをしみとおって脳髄の芯（しん）に達し、それをなだめ、鎮め、やわらげ、現実を忘れさせてくれた。

「あの、ミス。もう一杯、頼みます」

「はいはい。お酒がどこかに吸いとられてるみたいね」

グレゴールは微笑んだ。歯ならびにはそれほど自信がなかったが、ウェイトレスの目は楽しげに輝いていた。

「あなたって、かわいいわ」彼女はグラスを置きながら言った。「ここのバーテンダーは私の親友なの。これは店のおごりだって」

グレゴールはにこりとした。ひざまで垂れさがった腹のでっぱりの下がむずむずしはじめた。

だがその瞬間、若きクリモフのこと、自分が殺されかけたことが頭に浮かんだ。下腹部はたちまち萎（な）えた。

彼の幅広の顔が曇った。目におびえが走る。ウェイトレスは行ってしまった。耳に残っているのは、刃がかすめていったときの音と、それが車の天井に刺さって小刻みに震える単調な音だけだった。

グレゴールはまばたきして、その思いを振りはらい、ウォッカをあおった。

ええい、もうたくさんだ。

グレゴールは椅子の背にもたれた。すでに真相はわかっていた。

あれはクリモフのしわざだ。グレゴールはむしろ、この若い上司に同情に似た気持ちをおぼえた。彼は配下でもっとも生産性の低いエージェントを排除しようと考えた。だが、たんにその人物を解任するには、時期がまずかった。あまりにも多くの人間を解任してしまったので、いま首にするのはクリモフにとってもうまくない。そこで自慢の頭をちょっと働かせ、おそらくGRUの有力者の伯父アルカーディ・パーシンのとりなしに助けられたのだろう、ポーク・チョップの安全対策を見破り、いんちきの会合をでっちあげ、そこで自分のもっている腐ったリンゴを処分しようと手配したのだ。

それがうまくいけば、いまこの時点でスペツナズの六インチの刃で胸を切り裂かれて死んでいるはずのグレゴールをのぞいて、みんなが喜び、みんなの利益になるはずだった。クリモフはみずからの身に振りかかる火の粉を最小限に押さえる劇的な方法で腐ったリンゴを始末しようとした。この行動をとるにあたって、クリモフは、甥を庇護(ひご)し、大きな権力と影響力を剣のように振りまわすパーシンの要請で安全を保証されていたにちがいない。だがその方法をとれば、同時にポーク・チョップの信用を傷つける結果にもなる。いったい、なんの目的があってそんなことをしたのだろう？たぶん、ポーク・チョップをあやつっているのが誰にせよ、その人物の力が上層部で増大しすぎて、ライバルによって蹴落とされる運命になったのだ。むろん、そのライバルとはまたまたパーシンにちがいない。

まったくなんてことだ。あわれなグレゴールは思った。よりによって、自分がGRUの古参将軍、ソ連全土で最高の権力をもつ人間のひとりの抹殺対象になるなんて。

解決法はただひとつ――ウォッカだ。

「ミス。もういっぱい頼む」

グレゴールは酒をいっきにのみくだした。それはすごい勢いでのどを流れ落ちた。顔が熱くなるのを感じた。彼は手のなかにある空のグラスを見下ろした。

この世にすくなからず存在する彼の敵たちならびっくりしたであろう敏捷な動きで、グレゴールは足音も高く男性用トイレに入り、小銭をひとつかみ取りだすと、わざと手間をかけ、気持ちをふるいおこして、世界でただひとり信頼できる人物、マグダ・ゴシゴーリアンに電話をかけた。

呼び出しのベルが何度か鳴った。ようやく、彼女の疲れはてた声が応じた。

「マグダ！」

「タータね！　驚いたわ。いったいどうしたの――」

「マグダ、よく聞いてくれ。きみに頼みがあるんだ。手を貸してくれれば、これからも変わらずきみのお役に立つようにする。お願いだ。なにから話していいんだかわからないが――」

「めそめそするのはやめて、タータ。あなた、のんでるの？　あわれっぽい声を出して」

「マグダ、あることが起きてるんだ」

「ええ、そうよ。クリモフにいさんがあなたの首を嚙みきろうとしてるわ」

「そうじゃない、別のことだ。マグダ、ぼくは――気分が悪い」

「女のことね、タータ。どこかのアメリカ人の売女が、あなたのちっちゃなおちんちんから出てきた赤ん坊がおなかにいるといったのね？」

「ちがうよ、そうじゃない。女とは関係ない。おれにはかたづけなければならない問題がいくつかある。それで、ここ数日、大使館にはもどれないんだ」

「そんなの無理よ。タータ、私をまきこまないで。私だって監視されてるのよ。いい、タータ、あなたがいなくなったら、こっちではたいへんな騒ぎが――」

「いや、誓うよ。父親の墓と偉大なるマルクスの肖像にかけて、今後もきみには絶対嘘をつかないと誓う。今夜気分が悪いのには、特別な理由があるんだ。それがまた悪いことに、今夜はワイン・セラーで暗号事務の宿直にあたっている。おれは――」

「タータ、私――」

「きみが昨日の晩、宿直だったのは知ってるよ。でも、そのおかげで今日は休めたし、おれがいなければ自動的にきみが代わりをすることになる。電話したのは、代わりに宿直をしてくれと頼むためなんだ。クリモフには、出先から電話があり、仕事が長引いて、定刻までにもどれそうもないので、きみに代わりを頼んだといえばいい。それから、連絡はまったくないと。やつはきっと、拍子ぬけするほど素直に信じると思うよ」

「タータ、私――」

「お願いだ。夕食をおごるよ。馬鹿みたいに高いジョージタウンのレストランで、いちばん高い料理をおごると約束する。すこしばかりへそくりがあるんだ。大丈夫、それで充分まにあう」

「ターター」

「マグダ、きみにはおれの頼みをこばめないはずだよ。きみはそんな人間じゃない」

「涙声になってるわよ、腰抜けのお馬鹿さん」

「マグダ、きみはおれがどれほど必死に助けを求めてるかわかってないんだ。助けてくれるね?」

ついに、彼女も折れた。

「わかったわ」

「愛してるよ、ダーリン」

「これで明日まで昼夜かけもちってことになるわね。私のところの仕事はこの先何週間か収拾がつかなくなるわ」

「レストランを選んでおいてくれ、マグダ。なんでも好きなものをおごるよ」

グレゴールは電話を切った。つぎに彼は、自分の運命を握るもうひとりの女モリー・シュロイヤーに電話をし、彼女がなにかを——クリモフが殺害計画を断念せざるをえないほど重要な情報を手に入れていないか聞いてみることにした。

彼はもう一度ダイヤルをまわした。モリーが電話に出たので、例のシアーズのコード・ナンバーの手をつかって番号を伝え、電話を切って待った。電話はかかってこなかった。彼はなおも待った。待ちつづけた。こんなに長くトイレにいると、ホモと間違えられて逮捕されるか、トラックの運転手かなにかになぐられることになるかもしれないと思った。それよりももっとひどいことが——

電話が鳴った。

グレゴールは受話器をとりあげた。

「グレゴール、時間がないの」モリーが言った。

「ダーリン、おれは――」

「グレゴール、だまって！　メリーランドでなにかたいへんなことが起きてるの。私たちにも知らせられないようなことがね。委員会の上院議員と上級スタッフは全員ホワイト・ハウスに行ってるわ。報道管制が敷かれてるも同然なのに、誰もそれがなにか知らないのよ。とても深刻な問題だという以外はね」

「メリーランドだって？」グレゴールは言った。彼はコロンビア・ショッピング・センターの上空を飛んでいった飛行機のことを思い出した。

「でも、なにかヒントみたいなものは――」

「グレゴール、わかったら、すぐに知らせるわ。もうもどらなければ。ほんとうに深刻なことらしいわ」

「わかった。おれは――」

カチリと音がして、電話が切れた。

くそっ！　グレゴールは思った。おれに必要なのはウォッカだ。

フォンは暗闇と静寂と完璧な孤独を愛していた。闇のなかにいると、なにもかもがあますところなく感じとれた。

しだいに坑道のせまい壁がもたれかかってくるような感じがした。横にいる男の息づかいが荒くなるのがわかった。彼の恐怖がはっきり伝わってきた。

けれども、フォンにすればトンネルはひとつの意味しかもっていない——安全である。地上では、彼女の子供たちがナパーム弾で灰と破片に変えられた。父親は死に、母親も死に、兄は不具になった。明るい日がさしていた村は、おそろしい爆撃機によって無に変じた。ヘリコプターの非情な男たちが村人を殺し、ジャングルに毒をまいた。だからこそ、闇と向きあうと、かぎりなく平和に近づくような気がした。恐怖はまったく感じなかった。足が自然に進むべき道を探しあてた。壁や低い天井、地面の微妙な変化が感じとれた。闇がすべてを支配していた。

アメリカ人のティーガーデンはそれと懸命に戦っていた。懐中電灯が唯一の抵抗の武器であり、同時に慈悲をもとめる祈りのようなものだった。彼の懐中電灯の光は不安そうに揺れうごいていた。フォンの国では、誰もトンネルのなかで明かりをつかわない。光は即アメリカ人の侵入を意味した。闇をおそれる者たちが入りこんできたことを。フォンも、長年いっしょに戦った彼女の仲間たちも、男女をとわずいっさい明かりはもたなかった。その代わりに、手をつかって道を探るすべを学んだ。雰囲気の変化、匂いの濃淡などで、部外者の接近を感じとる方法を身につけた。

母さん、この人の匂いを嗅ぎわけられる？　フォンの心のなかで娘が問いかけた。彼はおびえてるわ。身体から恐怖の匂いがするわ。

私もそれは感じてるわ、フォンは答えた。

前方をすかし見ると、トンネルはさらにせまくなっていた。

「シスター・フォン、ちょっと止まってくれ」アメリカ人がベトナム語で言った。

「連絡をしなければならない」

ティーガーデンはひざまずいて、懐中電灯のスイッチを切った。闇がすべてをつつみこんだ。彼がぎこちなく手探りしている音が聞こえた。

「ラット・シックス、こちらチーム・アルファ。現在、七百フィートほど入ったところだが、まだアリスは発見できない。聞こえますか、シックス？」

「アルファ、はっきり聞こえる」

「ああ、シックス。われわれはこのまま進みます」

「そうしてくれ、アルファ。きみたちをたよりにしてる。パートナーの様子は？」

「じつに落ち着いています。私も見習いたいものですよ。以上です、シックス」

「了解。以上、アルファ」

ティーガーデンはまた明かりをつけた。

「用意はいいかね、シスター？」彼がベトナム語でたずねた。

「ええ」

「じゃあ、行こう」

「ブラザー・ディーガーダン、なぜついてこなければいけないんです？　あなたはここに残りなさい。私がひとりで行きます。あなたはとてもおびえているわ、ブラザー。私にはわかります。やり方は知っています。迷うことはありません」

「無線の仕事があるんだ、シスター」

「ブラザー、トンネルのなかでおびえてはいけません。恐怖はいいです。恐怖は誰にでもあります。恐怖心をもつことは大切です。でも、おびえてはいけません。おびえはわれを忘れることにつながるからです。トンネルのなかで戦える人はそう多くありません。戦えないからといって、恥じることはすこしもないのです。私たちはこうすることが、あなたがたの空飛ぶ悪魔とおそろしい爆撃機から身を守るただひとつの方法だったので、習いおぼえたのです」

「おれは、あなたが言ってるような連中のひとりじゃない」

「わかるのです、ブラザー。私にはそれが感じとれるのです」

「いや、大丈夫。ただ歩くだけだから、おれにもできる。戦いがあるわけじゃない、歩くだけなんだから」彼は懸命な努力をして笑みを浮かべてみせた。

「では、行きましょう、アメリカ人の兄弟」と、フォンは言った。

アレックスは失敗した攻撃のあとの中休みを利用し、陣地を走りまわって部下たちの様子をチェックし、彼らの戦いぶりをほめてやった。

「これで終わりだと思いますか？」彼はそうたずねられた。

「いや、必ずまた来る。何度も、何度もやってくるさ。こんど送ってくるのは、もっと優秀な部隊にちがいない。最後に、最高の選り抜きを送ってくるはずだ。夜戦になるだろうな。おおいに楽しみだよ」

士気は高かった。部下たちはきっちり結束しているようだった。地下のミサイル・サイロからは、金属を切り裂く作業が順調に進行していると報告があった。誰も予想しなかったほど早く終わりそうだった。味方の損失は十名の戦死者と十一名の負傷者だけで、それがあのおそるべき空襲と歩兵部隊の攻撃がもたらしたすべてだった。ほぼ予想どおりで、申し分のない状況といえる。ただ、ふたつだけ気にかかることがあった。ひとつは、歩兵部隊の攻撃の最中に機関銃が一梃作動しなくなったこと。ふたつめは、空襲を防ぐためにスティンガー・ミサイルをつかいすぎたことだった。手もとにはあと七基しか残っていなかった。

「少佐、あの最後の飛行機を落としたのはすばらしい射撃でしたね」誰かが呼びかけた。「まだ草原で燃えているのが見えますよ」たしかにそうだった。いまも煙が残骸から立ちのぼり、青空へのぼって風に流されて消えていくのが見えた。

「いや、どうということもない」と、アレックスは言った。「運がよかっただけだ」

むろん、そうではなかった。最後の飛行機が一機で攻撃をしかけてきたとき、M-60をかかえたアレックスはキャノン砲弾が自分に向かって振りそそぐのもかまわず、ただひとり塹壕に身を伏せるのをこばんだ。彼は最初から敵のパイロットの動きを追っていて、飛行機が急激に左に向きを変えた瞬間、カモ撃ちの猟師のように立ち上がって銃をかまえ、飛行機に向かって連射を浴びせた。曳光弾が半球形のコックピットに吸いこまれると、たちまち円蓋が溶けたように消え、機体がぐらりとかたむいて、脱出可能な高度まで上昇できずに、そのまま地上に激突した。

アレックスは飛行機を撃墜したのは初めてだったので、いつもと違う満足感をおぼえた。

「さて、また穴掘りを始めるぞ」と、彼は言った。「お祝いはそれくらいにしておけ。仕事にもどる時間だ。こんどはどこが掘る番だ？　レッド小隊か？」

「ブルー小隊です」誰かが言った。「レッド小隊はもう地獄の底まで掘りましたよ」

まわりで笑い声があがった。

「よろしい」アレックスは部下たちへの愛情がわきあがるのを感じた。「ブルー小隊、キャンバスの下の塹壕へ入れ。レッド小隊は外縁部でひなたぼっこでもしてろ」

「でも、ブルー小隊はヘリコプターを一機撃墜しました。ごほうびはないんですか？」

「まぐれあたりさ」レッド小隊の若者が叫んだ。「おまえらは、手にコイングらいの豆ができるまで掘りつづけて――」

アレックスがそのふざけあいに割ってはいった。

「ヘリコプターを撃墜しただと？　おれは見てないぞ」

一瞬、あたりが静かになった。

「少佐、われわれはヘリコプターを撃墜しました。山頂を越えてから墜落しました」

アレックスは注意深く耳をかたむけた。攻撃が始まってすぐ、衛生隊のヘリコプターが一機離陸したのは、彼もおぼえていた。だが、そのあとは低空を旋回しているものと思っていた。こちらに砲撃をくわえてこなかったところを見れば、あれが武装ヘリでなかったのはまちがいない。では、なぜ衛生隊のヘリが戦闘のまっただなかへ飛び込んできたのだろう？　避けようとすれば、いくらでも避けられたのに？　考えれば考えるほど、気になる出来事だった。そこで、彼は言った。「ヘリコプターを撃った者は全員、おれのまわりに集まってくれ」

まもなく、ブルー小隊の二十名ほどの兵士が近づいてきて、アレックスを取りまいた。

「そのヘリコプターのことを話してくれ。ひとりずつ、ゆっくりと。一度にしゃべってはならない。最初にそのことにふれた者は誰だ？」

「少佐」すぐに、ひとりの若者が訛りの強い言葉でゆっくり話しはじめた。「飛行機が最後の攻撃をしかけてきたとき、ヘリコプターが森のうえを低空で越えようとしていました。われわれは攻撃に遅れてやって来たものだと思いました。全員、すでに飛行機からの死角にいましたので。当然——」彼は自分のファブリーク・ナシオナル社製FLN・ライフルをたたいた。「そのヘリコプターを狙撃しました」

「どんな種類のヘリコプターだ?」

「UH-1B。ヒューイです。ベトナムで有名になったやつです」

「きみの弾丸が命中したと思うかね?」

「ええと——ええ、そう思います」

「弾数は?」

「なんですって?」

「何発命中させたんだ? 照準器にはどんな状態で映っていた? 動きを追って撃ったのか? フル・オートマチックだったのか、それともセミか? どこから狙ったんだ?」

若者はこまったようにだまりこんだ。

「率直に言ってくれ」と、アレックスは言った。「きみをとがめようというのじゃない。きみは勇敢で献身的な男だ。だが、いまの質問に対してできるかぎり正確な答えがほしい。それが必要なのだ」

「少佐、それでしたら、かなり急いで撃ったといわなければなりません。きちんと狙いをつけるひまはありませんでした。セミ・オートマチックで、おそらく七発か八発撃ったはずです」

「向こうの損害は確認したか？　つまり、機体が破壊されたとか、煙や炎が出たとか、回転翼が吹き飛んだとかいったことは？」

「実際には見ていません。あっというまのことでしたから」

「それについて、他の者はどうだ？　自分も命中させたと考えている者は？」

二、三人の手があがった。

「フル・オートか、セミか？」

答えはそろってセミ・オートマチックだった。話も全部おなじ——突然現われた標的にやみくもに発砲した、照準の状態はおぼえていない、弾倉が空になるまでは撃てなかった……

「それでも、墜落したんだな？」

「そうです。山頂を越えて、コントロールを失い、斜面沿いに降下していきました。ここからでは、そのあとは見えません。でも、山すそで爆発がありました」

「落ちたのを見たのかね？」

「いいえ、森の後ろに落ちましたから。ここからでも、あの森がどれだけ鬱蒼としてるかごらんになれると思います。ヘリコプターはそこに落ちたのです。数秒後に爆発が起きました」

「爆発はまちがいなく墜落地点で起きたんだな？」

「それはなんともいえません。墜落現場近くであるのはまちがいないですが。たぶん、機体がバウンドして、それから爆発が起きたのだと思います。それで——」

だが、アレックスはすでに動きだしていた。

「軍曹」と、彼は叫んだ。「信頼できる者を十名選抜してチームを編成しろ。なにかありそうで、どうも気になる。それがなにかはわからんがな。きみはチームを率いて山を下り、ヘリコプターの墜落現場を調査してくれ」

一六〇〇時

「納得がいかないね」と、デルタ・スリーは言った。「やみくもに突入するのは気がすすまない。それだけはするなと教えこまれてきたんだ」彼は、バーキッツヴィルのメイン・ストリートにある、ジャック・ハメルの家から二百ヤードほど離れた屋敷の一室に身を隠して、双眼鏡をのぞいていた。

「偵察に割く時間はないんだ」ジム・アクリーが言った。「いいかね、行ってみたら、母親と病気のふたりの娘以外誰もいないという可能性だってあるんだぞ」

「だが、もしおれが意味もない物音に振り返り、引き金をひいたら、子供にあたってしまったなんてことになったらどうする？　うまくないな、ミスター・アクリー。そんなふうに一般市民を危険にさらしたくないんだ。そんなことになったら、おれは自分を許せなく――」

なんというデルタだ！　とアクリーは思った。

「いいかね」と、アクリーは言った。「悠長にかまえてる時間はないんだ。われわれは上にいる連中の力にならなければいけないんだ。間に合わせでもなんでも、とにかくやらなければならない」

「間取り図はないし、相手が何人か、家のどこにいるのか、子供たちはどこにいるか、なにもわかっていないんだ、とても行く気がしないね。同時並行侵入ができなくては話にもならない。あんたもそれだけ太ってりゃ、いい標的になるぜ。危険を冒すのはかまわんさ。事実、ベトナムでも二度戦傷を負ったよ。だが、子供たちの命を危険にさらしてまで、あの家に押し込む気はないね」

デルタ・スリーは正義漢ぶった三十代後半の南部人で、横にはった顎が一徹な性格を物語っていた。骨ばった身体つきではあったが、いかにもタフな感じのする男で、階級は一等曹長だった。アクリーはこの男に手を焼いていた。他のふたりのデルタは――名前をおぼえるひまがなかったので、アクリーは勝手にデルタ・ワンからスリーまでの番号をつけていた――育ちのいい子供のようにおとなしかった。だが、この男だけはあつかいにくい大人だった。

「警察の人」アクリーは彼らといっしょに見張りについているバーキッツヴィルの警官に呼びかけた。「きみのほうで、間取り図かなにかを手に入れられないかな？　それがあれば――」

「だめだね」と、警官は言った。「あの家は大昔に建てられたものだ。当時は間取り図なんか描かなかったよ。ただ建てただけだ。見栄えさえよければ、それでよかった。いまも変わりはしないがね」

ご立派だ。もうひとり、ご意見番を気どる頑固者が現われた。警官は五十代なかばで、政府の役人たちが拳銃を腰に吊って町を闊歩（かっぽ）していることにあからさまに腹を立てていた。もっとも核緊急事態第四段階では連邦政府の役人が采配（さいはい）をふるう規則になっているのでどうにもならず、警官はアクリーにその腹いせをするつもりだった。

「隣人がいるじゃないか」と、デルタ・ツーが言った。「隣の人間なら、一度くらい家に入ったこともあるだろう？　適当なのをひとり見つけてきて、略図かスケッチでも描かせればいい。それで、多少はあたりもつけられる」

警官はしばらく考えこんだ。やがて、キャシー・リードが隣に住んでいるのをしぶしぶ思い出した。

「その人に電話してくれ」アクリーが言った。「緊急事態だと話し、ここまで歩いてきてくれるよう頼むんだ」

「それがいい」と、デルタ・ツー。「そうすれば、おれたちも動きだせるかもしれない」

ほどなく、キャシー・リードがミックとサムというふたごの兄弟と、あとでシオという名がついていることがわかるうすぎたない雑種犬を連れてやって来た。キャシーは部屋着姿のままで、何日も髪を洗っていないような頭をしていた。「こんな恰好で失礼しますよ。でも、私――」

「ブルースは留守なんです」彼女はさっそく弁解を始めた。「こんな恰好で失礼しま

「ミセズ・リードですね？」アクリーがたずねた。「私は連邦捜査局の特別捜査官ジェイムズ・アクリーです。ここにいるのは、陸軍〈デルタ・グループ〉の特別攻撃チームの人たちです」

キャシーの口がぽっかりと開いて、完璧なOの形をつくった。彼女は、かつては美貌を誇ったこともあるようだが、いまは子育てに追われてくたびれはてた様子をしていた。目を見開き、ごくりとのどを鳴らして言った。「これは山の一件と関係あることなんですの？　山でなにか起きたって聞きましたけど？」

「ええ、たしかに山と関連することです。いまあなたにおたずねしたいのは、あなたの隣人ハメル夫人のことなんです」

「ベスですって？　ベスになにか起きたんですか？」

「じつは、それをお聞きしたいのです。今日、彼女にお会いになりましたか？」

「ええ、一時間ほどまえに」

「どんな様子でした？」

「あら、おなじでしたわ」

は私たちもいっしょに連れてってくれるといいました。彼女は、もし避難するような場合山に原子爆弾かなにかがあると思ってましたので。ブルースがうちの車をつかってますんでね。出張が多いんです」

「いつものベスと変わらないってことですわ。びくびくしてたのは、私のほうです。

「おなじ?」

「彼女は家に入るよういいましたか?」

「あら、そういえばいわなかったわ」

「ふだんはどうなんです?」

「私たち、ほとんど毎朝いっしょにコーヒーをのんでいます。ベスはいちばんの親友ですから。彼女は誰にとっても、いい友達です。まえからそう思ってました」

「気がたっているような様子は? 落ち着かない感じはしませんでしたか?」

「そういわれると、ええ、たしかにそんな様子もありました」

「子供たちのことは?」

「彼女は子供たちがどうしたんです?」

「子供たちが病気だといいませんでしたか? サムは昨日ずっとプーと遊んでました。そうすると、サムもうつってしまうことになるわ。彼女、子供たちが病気だといったんで

「病気! なににかかったんですの?

すか？」

「学校を欠席しています。彼女がそう連絡しました」

「それは変ね。もしそうなら、なにかいうはずよ。でも、彼女、ひとこともふれませんでしたわ」

「ミセズ・リード、ここにいる巡査部長と話し合っていただきたい。あなたに、ミセズ・ハメルの家の間取り図を描いてほしいのです。そのあいだに、私があそこへ行って、玄関をノックして様子をうかがってきます」

「気をつけろよ」デルタ・スリーが言った。

「ああ、わかってるさ」と、アクリーは言った。

ドアをノックする音に、彼らはびくりとした。ハーマンは部下たちのほうを見てから、ベスと子供たちに目を向けた。くそっ！　こんどは誰なんだ？

「よし。さっきとおなじ要領でいこう。変な気を起こさないように、奥さん。この連中が子供たちといっしょにいるのを忘れないでくれ。なにも起きてほしくないだろう？」ベス・ハメルは重々しくうなずいた。

「子供たちを傷つけないで」

「誰も傷つくことなどない」

彼は地下室の階段の下にひざまずき、暗闇に身を隠した。サイレンサー付きのウージーの銃口はぴたりと玄関に向けられていた。夫人が玄関に行き、外をのぞいてからドアを開けるのが見えた。

「ミセズ・ハメルですか?」

「はい」

ハーマンにも、品のよい黒のレインコートの下にスポーツ・ジャケットを着て、ネクタイをしめた愛想のいい若い男が見えた。三十前後の年恰好だった。

「こんにちは、ぼくはジム・アクリー、キーディーズヴィルに工場をつくっている〈リッジリー冷凍〉の者です。じつは、今日二時にご主人と仕事の約束をしていたのですが、おみえになりませんでした。もしかして、お宅に——」

「あら、それは申し訳ありません、ミスター・アクリー。ジャックはミドルタウンに行ってるんです。ハイスクールの暖房装置がこわれてしまいまして。メイン・ダクトに亀裂(きれつ)が入って、溶接が必要になったんです。約束をすっぽかしてほんとうに申し訳ないんですが、ときどきこういう急ぎの仕事が入りまして——」

「ああ、そうなんですか。いえ、かまいませんよ。よくわかります。ちょっとお邪魔してよろしいですか、なかで——」

ハーマンはウージーの引き金に指をかけ、銃を肩にあてた。この男が入ってきたら、三発の連射を浴びせるつもりだった。

「ミスター・アクリー、インフルエンザがはやっているのをお聞きになりました？　今年のはとてもたちが悪いんです。うちは娘がふたりともやられてしまいましたの。ビーンは二日も、食べたものをもどしてますわ。ほんとうにひどいんです。それに家はちらかってますし。病気の子供がふたりいたら家のなかがどうなってしまうか、想像できますでしょう？」

「わかりますよ、奥さん。これ以上、あなたのお手間をとらせたくない。明日の朝、ご主人とお話しできるでしょう。うちで計画してるのは、とても大規模な仕事なんです。できるだけ早く、ご主人と話し合いたいと思っています」

「わかりましたわ、ミスター・アクリー。その旨伝えておきます」

ベスはドアを閉めた。

ハーマンは窓ににじりより、窓枠から顔をのぞかせて、若い男が歩道に出て、青い小型車に乗りこんで去っていくのを見守った。それから急いで家の裏手へ行き、車がブロックを出たところで曲がってルート17に向かい、町を出ていくのを確認する。車が見えなくなるころには、ただの仕事関係の無害な人間にちがいないと信じはじめていた。

「ああ、まちがいない、やつらはいる。匂いさえしたような気がする」と、アクリーは言った。

「何人だ？」デルタ・スリーがたずねた。

「そこまでは質問できなかったな」アクリーは、自分がやりとげたことに高揚した気分を味わいながら言った。「で、なにがわかったね？」

「寝室三つに、居間、ダイニング・ルーム、台所、地下の物置。二階への階段は居間にあって、ダイニング・ルームから裏口に出られる。四人で押し入るのはちょっと事だな」

「そうか……」アクリーは言った。彼はもともと会計士志望で、ノースウェスタン大学で経営管理学修士号を取得していた。大学で、連邦捜査局の横領課に五年間勤務すれば、実入りのいい会計士を目指す者には、履歴におおいに箔がつくと教えられた。彼はイリノイ州ロックフォードで生まれ育ち、サリーという名の娘と婚約していた。今日も、朝からミッド・メリーランド連邦貯蓄銀行の帳簿をまえに、そこの副頭取が何週間かかけてあちこちの口座から総額四万八千ドルの金を横領した事件を調べているところだった。その副頭取は、四十二歳の妻と三人の子供を置き去りにして、二十三歳の秘書と行方をくらましていた。

「相手が何人か、どんな位置にいるかがわからなければ、なおさら侵入はむずかしくなる」

「徐々に浸透していくのと急襲をかけるのと、どちらがいいだろう？」アクリーがたずねた。

「イスラエル人は身をかがめて、全力でぶちあたるのを好んでいる。西ドイツのGSG-9（連邦国境警備隊特別行動班）なら、ひとりずつ工作員を送りこみながら、牛が牛舎に帰ってくるのをのんびり待つだろう」

「あそこは、急襲がむずかしい位置にある」と、アクリーは言った。「ミセズ・リードの家には足場を築けるが、反対側にはなにもないからな」彼は時計を確かめた。時間は刻々と経過していた。まもなく、暗くなりはじめるだろう。

「誰か、なにか思いつかないか？」

みんな、おたがいに顔を見合わせるだけだった。

おれはここでなにをしてるんだ、とアクリーは思った。もうすこし考えを集中できないものだろうか？

「なあ、こんなのはどうだ？」デルタ・スリーが言った。「ミセズ・リードの家で煙幕手榴弾をつかい、消防署に電話をかける。あんたとおれはトラックに乗り、芝生を突っ切って駆けつける。むろん、途中で方向を変えて、ハメル家に乗りつけるわけだ。レインコートを着ていこう。そのあいだにリックとギルが裏から接近する。裏口を通って、台所に入るんだ。おれたちは、〝火事だ、火事だ、避難しろ〟と叫びながら突っ込む。武器はレインコートの下に隠しておく。それから、やつらを始末する」

アクリーには、それ以上のアイデアが浮かんできそうになかった。

ミーガン・ワイルダーは空き缶を拾いあげて、万力にはさみこんだ。それからハンドルをまわし、缶がつぶれていく様子を見守った。万力の顎がすこしずつ閉じるにつれ、缶は破裂し、引きちぎられて、さまざまな興味深い破壊の相を示していった。やがて、それは痛めつけられた側面の魅力的な模様に光を反射させながら、破局の花びらを咲かせた。

彼女は手早くハンドルを逆方向にまわし、万力からつぶれた缶をむしりとってテーブルのうえにのせた。そこには、おなじようにつぶれた缶が何十と置いてあった。ミーガンは缶の山を見つめた。なかにはきれいにつぶれているものも多かった。凡庸で穏やかな終焉を迎えたものたちだ。それ以外は、いまつぶしたものもふくめて、不思議な生命力と暴力を内に秘めていた。ついに力つきて弾性が失われるまで、抵抗しつづけた。不本意のまま死を迎えたとき、それらの缶は壮麗な死にざまを見せ、破壊された金属の蘭を花咲かせた。何十個とやってみたが、ほんとうに彼女の心にふれるもの、語りかけてくるものは最後のものをふくめて五指に満たなかった。彼女はそれを選びだして、部屋の別の場所にもっていった。

ミーガン・ワイルダーはもっぱら自分で〝構築〟と名づけたもの――もっともそのときの気分しだいで、正直に〝破壊〟と呼ぶこともあるが――しかつくらなかった。その表現形式は美術の枠を越えようとする試みで、従来のカテゴリーにはおさまらなかった。それが彫刻といいがたかったのは、たしかに一定の空間を占める造形美術の一種にはちがいなかったものの、額縁の圧制と二次元の構成要素から完全に自由ではなかったからだ。簡単にいえば、特定の角度からしか鑑賞できない作品なのだ。この世界で影響力をもつ何人かの批評家が、伝統の圧制に屈伏した卑怯な形式だと非難したが、ミーガンはやめる気になれなかった。

とはいっても、その表現形式を特定する際に、いくら色彩の衝撃力がその出来映えを決定するからといって、絵画の範疇に押し込むこともできなかった。なぜなら、彼女はそのねじれたブリキのかたまりに気に入った装飾――ビール瓶や焼けきれた計算機の中身、電球のフィラメント等々、まさにアメリカ社会の堆積物というべきものが多かった――をくっつけたうえで、石膏ボードを裏張りした手づくりの荒っぽい額縁と画架に打ちつけたからである。たまに、偶然調和のとれた作品ができあがると、彼女はそれをこわした。アリが自分を捨てて以来、彼女は不調和なものに関心を寄せ、シンメトリーや体系がいっさい存在しないものをつくることにとくに喜びを感じるようになっていた。とにかく、そういった材料が全部そろって、形ができあがると、彼女はそれに色を塗った。心が寒々となるルイーズ・ニーヴェルソンの小さな彫刻のように真っ黒に塗るのではなく、コミック・ブック色とでもいうべきか、ショッキング・ピンクやポプシクル・オレンジ、強烈な日光の黄色、つぶしバナナの黄色、虹色など、単調で目ざわりな、けばけばしい色をつかった。その色も一部の批評家には受けが悪かった。色が死んでいると彼らは裁断し、彼女が美術批評欄をまったく無視していることに苛立ちをあらわにした。たしかに底意地の悪い批評が多かった。とりわけ〈アート・ニューズ〉のゲイの評論家はひどかった。

だが、そんなことはどうでもよかった。ミーガンはすでに他人の目が気にならない域まで達していた。長い年月をかけ、苦労に苦労をかさねた結果、ようやく自分だけの秘密の場所へ行く道を発見した。自分のなまの声を聞けるようになった。それは権威に満ちた、情熱的な声だった。それで充分満足だった。

仕事はとても順調に進んでいたので、まもなく完成してしまうのが残念でたまらなかった。事実、完成が目前に迫ったいま、限りあるものを惜しむ気持ちと胸を刺すような悲しみで、ほとんど泣きださんばかりになっていた。彼女にこんな思いをさせた、これほど強烈なパンチを浴びせた人間はいままでいなかった。ピーターとアリが最初だった。ピーターのほうはまだ許せる。彼は知能指数九百、精神年齢十一歳のいやったらしい天才にすぎなかった。だが、アリはちがった。彼にはもっと多くのものを期待していた。

だからこそ、ノックの音が聞こえ、スーツ姿の人影がアトリエのまわりや屋根、寒い庭をうろついているのに気づいても、ミーガンは驚かなかった。悔恨の念が胸を満たしただけだった。遅かれ早かれこうなるのはわかっていた。それがすこし早めに来ただけだ。ただ悲しいのは、当然予想されるスキャンダルに汚されずに、この一連の作品が世間にどんな印象を与えるかを見届けられなくなったことだ。

「開いてますわ」彼女はドアに向かって呼びかけた。

男たちは三人いた。みんな物腰のやわらかい、強靭そうな年輩者で、その目には冷笑も怒りの色も浮かんでいなかった。FBIのどこそこの課から来たと自己紹介した。ミーガンは即座に彼らの名前と階級を忘れた。彼らの無表情な顔つきが彼女を驚かせた。人はそれほど残酷になれるものなのだ。彼らは弁護士を呼んだほうがいいと言ったが、ミーガンはその必要を感じなかった。そんな気にはなれなかった。完成まであとわずかの作品の制作をつづけたいと思っただけだった。

「きまった弁護士はいますか、ミス・ワイルダー？」

「著作権の代理人ならいますけど」と、彼女は言った。

「それは別物です」

「あなたは、自分がたいへん深刻なトラブルにまきこまれているのを理解していないようだ」

「取引きはこうです。私にもうすこし仕事をする時間をあたえてください。テープ・レコーダーでもなんでもまわしていてかまいません。あなたは私に仕事をさせてくれる。私は仕事をつづけながら、あなたの質問に答えます。公平な提案じゃなくて？」

瞬間、彼女と心を通じあわせる手がかりを失ってしまうのだ。

なかなか独創的なせりふだわ、とミーガンは思った。こんな連中をどこから見つけてきたのかしら？　すくなくともすこし手間をかけて、自分とうまく折りあえる人間を探しだしてきたのだろう。だが、すぐにそうではないことに気づいた。組織のどこを探しだしたところで、そんな人間などいはしない。こういう男たちは、組織に加わった

「ミス・ワイルダー、われわれにはあまり時間がないのです。時間こそ、肝要なのです」

「取引きをしたいと思います」

「あなたがわれわれに協力してくれることを望んでいます、ミス・ワイルダー。時間がとても重要な問題になっているのです。協力したという事実は、あとであなたにたいへん有利に働くはずです」

「たぶん、弁護士はいると思います。父が呼んでくれるでしょう」

「私はいままでずっと深刻なトラブルのなかで生きてきたわ」

彼女は美しい女性だった。彫りの深い貴族的な顔だち、くっきりとした高い鼻、鋭い知的な目をもっていた。しなやかな身体をジーンズとペンキのしみがついたスモックにつつみ、丈のある黒いリーボックをはき、まるい大きなメガネをかけていた。光沢のある黒髪をびっくりするほど子供っぽいポニーテールにまとめていた。

「われわれはある情報をもとに――」

「あなたがたが結論にしたがってるところから始めさせてもらえません？　そのほうが時間の節約になるわ」

「いいでしょう」と、いちばん年かさの男が言った。

「ええ、私がやりました」

ミーガンは大きく息を吸いこんだ。彼がどういおうと、私がやったのです」

「あなたは外国の諜報員にある種の資料をあたえ――」

彼女は思わず笑いだした。〝外国の諜報員〟とはずいぶん大時代だ。

「資料ですって？」彼女は言った。「私はすべてをあたえたんです」

男たちはだまって彼女を見つめた。

「私は小さなカメラをもってました。ミノックスとかいう、かわいいカメラです。でもそのうち、ときどき資料を図書館へもっていって、直接コピーをとることもできるようになりました。彼のおかげで、ずいぶん楽にできました。彼はとてもうかつな人なんです。資料をあちこちに放りだして、そのまま外出してしまいます。たぶん、私を愛していたんでしょう」

そう言って、彼女は男たちを鋭い目つきで見た。

「でも、彼にすれば冗談ではすまないわね。あなたがたにとっても。私はそれを、この国とおなじ側にいる国の男にわたしたんです。彼はおなじユダヤ人でした。イスラエル人です。イスラエルは私たちの味方ですわ。だから、あなたがたがジョナサン・ポラードにやったのとおなじことを私にもできるわけね。かまいませんことよ。牢屋に放りこんで、鍵を配達も返すこともできない郵便物のなかにお入れなさい。そんなところでどうかしら？」

「どうやら、発端から始めていただいたほうがいいようだ」と、年かさの男が言った。

「あなたがたは十時間ほどの時間と、とても冷えた白ワインを一本お持ちかしら？」

「われわれがもっているのは、十分ほどの時間ととても熱いコーヒーの魔法瓶だけです」

「では、急いだほうがいいみたいね」彼女はそう言って、話を始めた。

雪のなかにくずおれた敗軍の兵士たちを見て、プラーは一九六五年六月のアン・チヤンの戦いを終えた、自分の率いる特殊部隊Aチームのことを思いだした。第八十二歩兵師団がようやく到着したとき、師団規模の北ベトナム軍による三十八日間の攻囲作戦を生きぬいた兵士たちは、ぼんやりとした無関心な目を近づいてくる援軍に向けつづけた。その気持ちはプラーにもよくわかった。骨がぐにゃぐにゃになったような感覚も、脳が白い霧で満たされ、関節がこわばって動かなくなる状態も理解できた。さらにもうひとつ、バックグラウンド・ミュージックのようにいつまでも頭を離れないものがあった。戦闘の最中に誰かがすすり泣いているのを聞いたときや、自分がいま行こうとしている場所で、あるいはいま離れたばかりの場所で立派な男たちが戦死したのを知ったときに感じるおそろしいまでの罪の意識だ。プラーは首を強く振った。最後には、戦略空軍の救援も呼べないほど縮まってしまった陣地に押し寄せてくる北ベトナム軍の大波に向かって、百五ミリ砲を直射し、投げ矢形の散弾子を詰めたフレシェット弾を撃つしかなくなった。プラーは身震いした。あれはただの戦いではなかった。すべての戦いに終止符を打つような戦いだった。ひと月も敵の正面攻撃に耐え、かけがえのない部下たちがつぎつぎと焼け死んでいくのを見守っているあいだに、彼のチームはひとにぎりの数になり、勇敢でタフな南ベトナム人兵士も三分の一に減ってしまった。最終的には味方の勝利だった。だが、なにに勝ったというのだ？　どうして、あれが勝利なのだ？　彼の舌には、いまだに苦い味が残っていた。

山をなんとか下ってきたブラヴォー部隊は、森と牧草地の境目にあたり、ジグザグに山頂へ向かって登る道路の起点となっている山すそで、なんとか態勢をたてなおそうとしていた。プラーは数人のデルタの将校を引きつれ、いちばんに駆けつけた衛生隊のヘリコプターに乗って、生存者の状況報告を聞くためにそこへ来ていた。

いま、彼は生存者のあいだを歩いていた。若い兵士たちはおたがいに無事を確かめあったあと、ひとりずつ距離をおいて、大きな円を描くように雪のうえにすわりこんでいた。彼らのくすんだオリーブ色の軍服が、まばゆい真っ白な雪のうえに散ったよごれのように見えた。まったく無傷の者もすくなくなかったが、負傷者の数も多かった。武器をまだもっている者もいたし、失くしてしまった者もいた。泣いている者も、ヒステリックに笑っている者もいた。ときおり、怒りと憎悪のこもった目でプラーをだまって見上げる者もいた。なかには、やつれた生気のない顔で、冷えて紫色になった唇をさかんに動かし、意味もない言葉をしゃべりつづけている者の姿もあった。みないちように疲れはてているか、病人のような様子をしていた。その表情には、ニヒリズムの洗礼を受けたショックが深く刻みつけられていた。装備はめちゃくちゃで、弾薬袋のふたは開き、銃の負い革はよじれ、ブーツは泥だらけだった。ほとんどの者がヘルメットをかぶっていなかった。

プラーは、まだ銃をもっている数すくない若者のひとりのそばに片ひざをついた。

ヘルメットは失くしていたが、とにかく武器はもっていた。

「上はかなりきびしかったようだな？」

少年の目がじれったくなるほどゆっくりプラーのほうに向けられた。彼は呆けたようにだまってプラーを見上げた。こいつはいくつだろう、二十二歳ぐらいか？　ベトナムでは、もっと若い兵隊がいた。十代の者さえ多かった。当時大尉だったプラーの部下には、十七歳の若者もまじっていた。その男は偵察任務中にベトコンの待ち伏せにあい、はみでた内臓を引きずって悲鳴をあげながら死んでいった。

「おい、おまえに話してるんだ」プラーは語気を強めた。

「ええ？　ああ、申し訳ありません」

「おまえたちはかなり手ひどくやられたようだな？」

「たくさん殺されました。みな殺しにされかけました」

「敵に損害はあたえたか？」

「なんですって？」

「おまえたちは敵に損害をあたえたかと聞いてるんだ」

その質問は無意味だった。

プラーは若者の力のぬけた手からM‐16をつかみとり、自分の鼻先にもっていくと、照準装置取り付け部の下にあるチャージング・ハンドルをいっぱいまで引いた。排莢口が開いた。プラーは銃尾の臭いをかいだ。きれいなオイルの臭いがするだけで、火薬の臭いはしなかった。薬室には無傷の実包がおさまっていた。

「敵の姿は見たのか?」

若者は恥ずかしそうに、プラーの顔を見た。

「ぼくは——ぼくは、そんなことも考えられないほどおびえてました」彼は言った。

「わかった」プラーは言った。「では、二、三時間後までによく心の準備をしておけ。今夜、もう一度山にもどる。今夜は、全員で総攻撃をかける」

若者はプラーを見上げた。

「もどりたくありません」彼は意を決してそう言った。

「おれだってそうさ」と、プラーは言った。「だが、他に誰がいるというんだね?」

「いません」

プラーは立ちあがり、無理に笑みを浮かべながら、若者に片目をつぶってみせた。

「今夜はもうすこしうまくやるつもりです」若者は言った。

「うまくやる必要はない。あそこに行くだけでいいんだ」

プラーは、デルタの衛生班が負傷者の手当てをしているかたわらで、デルタの士官たちがうつろなまなざしの男たちのあいだを歩きまわっているのを眺めた。

やがて、スケージーが彼のところへ近づいてきた。

「うまくありませんね」と、スケージーは言った。

「キャンバスの下にあるものが見えるところまで近づいた者はいないのか？」

「敵の陣地から百フィート以内に入った者さえいません」

「われわれが相手にしているのは何者なのだ？　きみはどう読んでいる？」

「何者にしろ、たいへん優秀です。地形を読み、われわれの攻撃地点を正確に予測しています。機関銃を防御ラインの中央に配置して、おそらく弾帯をつないだのでしょう。たいへんな銃撃の量でした。兵隊たちから聞きだしたところでは、二基の機関銃でなぎ倒されたようです。小銃のほうもかなりの数があったということです。それだけ撃つということは、弾薬もたっぷりもっているらしい。しかも、指揮をとっているのは、すくなくとも一度か二度はこういった戦いを経験している人間のようです。まずまちがいなく、相手は特殊部隊です。それもベトナムであなたがAチームを指揮したときのように、数で優る敵に対して山頂周辺のせまい場所に防御ラインをはって対処する方法を心得ています。それができるのは特殊部隊だけです」

「私もそういう戦いを二、三度経験している」と、プラーは言った。

「私もです」と、スケージーは言った。「弾薬が切れないかぎり、つぶすのに骨が折れる相手です」

「ブラヴォーはいくらか損害をあたえたのか？」

「M‐60をつかって撤退の支援射撃を行なった者がいるようです。このなかには、その人物が敵をいくらか倒したと考えている者もいます」

プラーは悲しげに首を振った。

「指揮官はどこにいる？」

「そこにいます。若い中尉で、名前はディル。正式な指揮官はバーナード大尉ですが、彼は山をおりてきませんでした」

プラーは、タバコを吸いながら、明るい日差しのなかで遠くを見つめてすわりこんでいるディルを見つけた。

「中尉かね？」

ディルはゆっくり目を上げた。

「そうですが？」

「中尉、私が話しかけたときは、立ちあがってくれ。立つんだ」

ディルは、プラーの声に不快そうな響きがこもっているのに気づき、殉教者の表情を浮かべて立ちあがった。

「すみません。でも、われわれはここまでずっと――」

「中尉、私に話させてくれ、いいな？　私がたずねたら、きみはうなずくだけでいい」若い州軍の将校はまばたきした。「きみたちがしているのは、じつに感傷的かつ恥ずべき行為だ。部下をまとめて、こんな開けた場所から移動させなければならない。歩哨は立ててあるのかね？」

「いいえ、私が思うに――」

「山のうえの連中が追手を差しむけてきたらどうするんだ？　この斜面の百二十フィートうえに軽機関銃をすえれば、ここにいる者をひとり残らずばらばらにしてしまえる。それに、もしこの近辺に敵の別部隊がいたら、いつフル・オートマチックで撃ちながら、その森から飛びだしてくるかわからないぞ」

がっちりとして、しまった身体つきをしてはいたが、いまは無愛想なしずんだ顔つきになっていたディルはなにも言わず、さらに顔をしかめた。

やがて、彼は言った。「あんたがたがここにすわりこんでクロスワード・パズルかなんかやってるあいだに、ぼくたちはあそこで殺されてたんだ。これじゃ、不公平だ。まったく不公平じゃないか。知りたいものだね。あそこにいるのが誰で、なぜ彼らを捕らえるためにぼくらが死ななけりゃならないのか、なにがあって――」

「あそこには、ＩＣＢＭや発射台といっしょに狂人がいるのさ。中尉、もしわれわれがあそこまで行けなければ、すべてが――きみの目に見えるもの、きみが夢を見て、希望をもち、愛し、育ててきたものが、数秒のうちに全部消えてしまうのだ。わかるかね？」

「誰なんです?」度胆をぬかれた中尉は、それしか言えなかった。

「そいつを殺したときに、正体がわかるはずだ」

「あんたたちの仲間じゃないんですか? デルタかグリーン・ベレーのたぐいにちがいない。あんたがたの小さなクラブの会員なんだ。そうじゃないんですか?」

プラーはその告発を無視した。

「部下を集めて、ここから退避させろ。小隊と班ごとにまとめ、点呼をとれ。それから、食事をさせてやれ。きみは部隊を再編成する義務がある、中尉。なぜなら、夜になったらもう一度山にもどるからだ。きみにそれができないなら、別の人間を探すまでだ」

中尉はプラーの顔を見てため息をつき、自分の部隊の下士官を探しにいった。

またデルタ・スリーだ、いいかげんにしてくれ、とアクリーは思った。ひと言注意すべきだとは思ったのが、その機会を逸してしまった。もっともそうしたところで、デルタ・スリーがおとなしくひっこむはずはなかった。彼は過剰ともいえるほどの熱心さで、バーキッツヴィル篤志消防隊の大きな消防車のまわりを興奮気味に動きまわっている消防士たちに向かって、何度もおなじ演説をくりかえした。

「きみたちは右側の家に行く。いいな、右側だけだぞ。煙が出ている家だ。煙については心配ない。化学薬品をバケツか鉢に入れて、二階においておくだけなのだからな。家に着いたら、なにかの陰に身を隠せ。おそらく、隣の家で銃撃戦が始まるはずだ。なにが耳に入っても、頭を低くしていろ。わかったか？」

消防士たちはうなずき、たがいに浮ついた調子でおしゃべりを始めた。彼らもまた、ただの素人にすぎない。志願してやってきた町の住民だった。彼らから見れば、これは大冒険なのだ。

ようやくデルタ・スリーが荒い息づかいで帰ってきた。アクリーはこの際もっと権利を主張すべきであるとは思ったが、デルタ・スリーのような独善的な頑固者は、自分の理想を作戦の基本方針と同一視してしまう傾向がある。

「準備はいいかね？」アクリーがきいた。

アクリーは、準備ができているつもりだった。黒い消防士のコートとヘルメットをつけると、自分が子供のころ、大きくなったら消防士になりたいと考えていたのを思い出した。彼は斧をもっていた。それに、引退した捜査官から買い取ったスミス＆ウエッソン三五七口径マグナムもあった。もっとも、その銃はここ十一カ月、一度も撃っていなかった。一方、デルタ・スリーは予想される接近戦にそなえた武器を手早くチェックしていた。精度調整をしてある予備のコルト四五口径と、三十発入りの弾倉と折りたたみ式のスケルトン銃床のついたＨ＆ＫのＭＰ-５だ。サブマシンガンのほうは銃床を折りたたんで、表面がなめらかで光沢のある消防士用コートの下に負い革で吊るしていた。ふたりとも、〈ケヴラー〉の防弾ベストを着けていた。

「デルタ・スリー?」

兵隊は彼に目さえ向けず、ひたすら装備のチェックをつづけた。出発の時間は刻一刻と迫っていた。デルタ・スリーはベルトに煙幕手榴弾と衝撃手榴弾、催涙手榴弾を二個ずつぶらさげていた。さらに、ケースに入ったガス・マスクをもち、戦闘用ナイフも身につけている。

「ブーツだ」と、デルタ・スリーがアクリーに言った。「ふたりとも、ブーツをはきかえたほうがいいと思わないか?」

彼は目を落として、自分がはいている〈コーコラン〉の空挺用ブーツを見下ろした。この期におよんで、どうして靴のことなんか考えられるんだ?

「その時間はないと思うね」アクリーは言った。彼は黒い〈フローシャム〉のウィングチップをはいていた。

「ああ、そのようだな。まあ、事が始まれば、そんなことを気にしているひまはないだろう」

「デルタ・スリー?」

ようやく、彼がこちらを向いた。

「ひとつ、はっきりしておきたいことがあるんだ。ぼくは納得していることだが、きみにもおぼえておいてもらいたい」

デルタ・スリーの目は青く澄んでいて、どこかバプテスト信者の目を思わせた。洗練とか皮肉とか冷笑には縁がなかった。その目が知っているのは、義務と名誉と祖国だけだった。使命をわきまえていた。

「これは捕虜獲得作戦だ。人質解放ではなく、敵を捕獲するのが目的なのだ。あくまで優先すべき事項に固執しなければならない。それは――それは理解できるな？」

デルタ・スリーはだまってアクリーを見つめた。

「きみも、いまなにが重要なのかを理解しなければならない」自分でも半信半疑のまま、アクリーは言った。

「煙が出てるぞ！」双眼鏡をのぞいていた消防士のひとりが声をあげた。「おい、ほんとうに煙が出てるぞ」

男たちが消防車に乗りこんだ。

「それ、行け！」どこかの馬鹿が叫んだ。

おれはもうだめだ――ティーガーデンは思った。

「シスター・フォン？」

「はい」背後の闇のなかから声がした。

「すこし休みたいんだが」

「ええ」

彼は腰をおろして、考えこんだ。

踊るようにはねまわる懐中電灯の光が照らしだしたトンネルは、ますますせまくなり、曲がりくねっていた。まるで腸のようだ。ティーガーデンは息をするのもつらくなっていた。目を開けているのも、足をまえに運ぶのも苦しい。頭のなかにひどく不気味な考えがわきだしてくるのを感じた。闇が、こんな闇があるとはいままで思ってもみなかった。

それは夜とはまったく別物だった。ティーガーデンは夜間の戦闘に加わった経験は何度もあった。夜は問題ではなかった。なぜなら、夜には空間があったからだ。手をのばせば、風を感じることができた。見上げれば、たとえおぼろではあれ、空が見えた。夜には肌ざわりがあり、闇にも筋模様があった。人は夜の友となることができた。最後にはそれを誘惑して、こちらに顔を向けさせることができた。

だが、いまの闇はちがった。それは絶対的なものだった。濃淡も、機微も、陰影もなかった。色といっしょに意味も洗い流されてしまったようだった。あまりにも純然としすぎていた。このまま先へ進めるとはとても思えなかった。

とはいっても、あともどりもできなかった。ティーガーデンはピラミッドの頂点に立つデルタだった。デルタの修練には、形式を無用とする部分が数多くある一方で、絶対に犯してはならないことがいくつかあった。デルタには、それなりの〝武士道〟がある。射撃練習場で標的の真ん中に弾丸を撃ちこんでいるあいだは、ぼさぼさの髪にブルージーンズとスウェットシャツというでたちの男たちも、事があれば三十秒とかからずハイジャックされた747型機を解放し、目隠ししたままソ連製のAK・47を普通分解することができた。だが、ほかの多くの者たち——グリーン・ベレーやレンジャー部隊、FBIのSWATチーム、海軍特殊部隊〈SEAL〉、空軍の〈エア・コマンド〉——もその種の技術をもっていた。だからこそ、デルタの隊員がもたなければならないのはそれとは別のもの——そう、精神だった。デルタの隊員にノーという言葉はなかった。それは、目のまえの闇とおなじくらい絶対的な拘束力のあるものだった。行くべきときがくれば、些事はすべて放りだし、赤く焼けた運命のフライパンのうえに命を投げだしにいかなければならない。

おれは行けない、とティーガーデンは思った。

おれは三十七歳で、元グリーン・ベレーで、ベトナム戦争の経験者で、勲章もいくつかもらっている。どんな信用証明書にも、世界でもっとも勇敢な職業軍人のひとりと書かれる男だ。それでも、これ以上、まえには進めない。

彼はすすり泣きをはじめた。自分が憎かった。死にたいと思った。血が出るまで唇を嚙みしめた。その傷に焼けるような痛みが走った。自分が憎かった。彼は役立たずの弱い人間だった。逃げ道はどこにもないように思えた。

ティーガーデンはホルスターから四五口径を引き抜いた。薬室には実包が入っており、コッキングもロックもしてある。親指で安全装置をおろすと、カチリと暗闇でドアが閉まるような小さな音がした。彼は銃口を口に押し込んだ。オイルの味がして、遊底(スライド)につつまれた太い銃身が口のなかに入ってきた。彼は親指で引き金を探った。

「ブラザー・ディーーガーーーダン」

彼は答えなかった。

「ブラザー、そんなことをしてはいけません」と、フォンがベトナム語で言った。「大きいほうのトンネルまでもどりなさい。そこで待つのです。私は行けるところまで行ってみます。なにか見つけたらもどってきます。それから、外に連絡しましょう。なにも言わなければいいのです。誰も知る必要はありません」

「あなたはとても勇敢だ、シスター」と、ティーガーデンが言った。「おれには勇気がない。ここにいることもできない」

「ブラザー、誰にも知られることはありません」

「おれが知っている」

「自分を許すことをおぼえなさい。それがトンネルの教えなのです。自分を許しなさい」

ティーガーデンには彼女の姿は見えなかった。それでも彼女がそばにいるのを、彼女の放つ熱を、生身の肉体を感じることはできた。それを身近に感じると、自分のやろうとしていたことがすこし馬鹿らしく思えた。銃が重くなってきた。彼はそれをおろした。安全装置をかけ、ホルスターにもどした。

「すこしあともどりしてみるよ。いいね？　これ以上、先へは行けないんだ、シスター・フォン」

「それでいいのです、ブラザー」と、フォンが言った。

彼女は向きを変えると、トンネルのさらに奥へと入っていった。

「ママ」プー・ハメルが言った。「ミセズ・リードのお家(うち)が火事だわ！」

ハーマンは振り返って、窓のところへ行った。たしかに、隣の古い家の二階から黒い煙が流れだしていた。彼は吹きでた煙が空へ向かってただよっていくのを見つめた。そのとき、サイレンの音が聞こえた。

ハーマンは唇を嚙んだ。この成り行きが気に入らなかった。最初はスポーツ・ジャケットの男、つぎはこれだ。

「ハーマン、ミセズ・リードは死んじゃうの?」プーがたずねた。

「いや、そんなことはないと思うよ、おちびちゃん」

「消防署の人が来て、ミセズ・リードを助けてくれる?」

彼らはいま、全員ハメルの家の居間に集まっていた。ハーマンはもう一度窓の外を見た。煙が見えるだけで、他にはなにもなかった。

「あの夫人はタバコを吸うかね?」ハーマンが問いかけた。

ベスは目をそらして言った。「いいえ、去年やめたわ」

ハーマンはうなずいて、ふたりの部下のほうを見た。

「武器の用意をしろ」と、彼は言った。「攻撃があるかもしれない。おまえは台所へ――」

「ああ、お願い――」ベスが言った。「お願い、娘たちを――娘たちにけがをさせないで。お願いだから――」

ビーンが泣きだした。妹よりいくぶんものがわかるだけに、なにが起きているか理解したらしい。彼女は銃がきらいだった。それで撃たれた人が死んでしまうのをテレビで見たことがある。

「ハーマン、私、こわいわ」プーが言った。「私、死にたくない」

「お願い、私たちを放して」ベス・ハメルが言った。「あなたがたにはなにもしてないわ。私たち、うらまれるようなことは誰にもしてないわ」

ハーマンは女とおびえているふたりの子供を見つめた。どうすればいいか、考えようとした。いままで苦労してきたのは、子供や女を戦争に巻きこむためではない。小さなプーが部屋を横切って彼に近づき、両腕をのばした。ハーマンは少女を抱きあげた。

「行かないで、ハーマン。お願い、行かないで。消防署の人たちに殺されないで」

「ハーマンは大丈夫だよ」と、彼は言った。「きみと姉さんは二階に行きなさい。なにが起きても、部屋を出てはいけないよ。なにが起きてもね！」最後はきつい口調になっていた。「さあ、急いで。走るんだ、プー。姉さんの面倒をみるんだよ」

プーはビーンを引きずるようにして、階段をよじのぼっていった。妹のほうが芯の強さをもっていた。

「奥さん、あなたは大人だ。おれたちといっしょに、危険を冒してもらわなければならない」

「あなたは誰なの？　これはどういうことなの？」

「来ました」窓辺にいた男が言った。彼は、いまはまったくの無用の長物であるトリラックスの暗視スコープのついたＦＡＬライフルをもっていた。それは隣の家を狙うための武器ではなかった。「撃ちますか？」

「いや、よせ」と、ハーマンが言った。「ただの消防士かもしれない。階段の踊り場にいて、相手がどっちから来てもすぐ飛びだせるように、両側に目を配っていてくれ。おまえは——」彼はもうひとりの男を指差した。「裏へ行け。台所だ。もし、彼らが来たら——」

男は答えるかわりに、スターリング・サブマシンガンのコッキング・ハンドルを引いた。

「ドアまで行こう、奥さん」ハーマンが命じる。その声は緊張して、しゃがれていた。彼はサイレンサー付きのウージーの銃口をベスの背中に押しつけた。それから、ボルトを引いてロックした。銃をしっかり握りなおすと、グリップにある安全装置が手のひらを押しかえすのを感じた。

窓からのぞくと、消防士たちが消火栓の固いホース目指して走り、残りの者が斧と酸素マスクをもってリード家に向かうのが見えた。

重そうなコートを着たふたりの消防士がトラックを飛びおりて、ハメル家のほうへ走ってきた。

ハーマンは彼らが、「誰かいるのか？　すぐに外に出ろ！」と叫ぶのを聞いた。ふたりはドアをノックしはじめた。

アクリーの心臓はくるったように鼓動していた。ひざから力が抜け、ゼリーのようにたよりなかった。家までたどりつけるとはとても思えなかった。彼とデルタ・スリーが身体を傾けて疾走するあいだ、視野にあるものがすべてはずんで見えた。むろん、はずんでいるのは彼のほうだった。デルタ・スリーがわずかに先行してポーチの石段を駆けあがり、ドアに達した。彼のコートはまえが開いて、ケープのようにふくらんでいた。その下からサブマシンガンの銃口がのぞいた。

「誰かいるのか？　外へ出るんだ！　火が広がるかもしれないぞ！」デルタ・スリーはドアをたたきながら叫んだ。

反応はなかった。デルタ・スリーはドアに身を寄せ、アクリーに視線を向けながら、斧を下に落とした。アクリーはすでにスミス&ウェッソンを握っていた。彼自身、思いもよらぬ素早さだった。いつ抜いたのか思い出せなかった。

「おれが合図する」デルタ・スリーはそうささやくと、ベルトにつけたスピーカーのボタンを押し、衿(えり)にピンで留めた無線のマイクに話しかけた。「デルタ部隊へ、こちらデルタ・スリー。信号は緑、緑、緑！」その一語一語が、しだいに力強さを増し、緊迫感をともなっていった。

デルタ・スリーはドアを蹴った。

ハーマンは台所で連射音が響くのを聞いた。その直後にものがこわれる音、叫び声がまじりあって混乱の渦がわきあがった。「攻撃だ、攻撃だ」台所にいた男が叫んで、また銃声がした。ハーマンはミセズ・ハメルを引きよせてあとずさった。その瞬間、目のまえのドアが勢いよく開いて、消防士の姿をしたふたりの男が飛び込んできた。台所で銃撃音が高まるのを意識しながら、ハーマンは一瞬、せまってくるにつれ、ふくれあがるように見える男たちの目と大きくなっていく顔を見つめた。それから、引き金をひいた。サイレンサーが不気味な低い連続音を発して、空薬莢がほとばしりでた。ハーマンは男たちに連射を浴びせて後退させると、ミセズ・ハメルを彼らのほうへ突きとばしてから向きを変え、階段を駆けあがった。銃弾があとを追ってきた。一発が上腕部をとらえ、ハーマンは唇を血に染めながら倒れた。叫び声をあげて振り返ると、哀れな女が恐怖に顔をゆがませて、十字砲火のなかで床にうずくまっているのが見えた。彼は部屋のなかを銃弾が飛びかうのを見守りながら、もう一度引き金をひいた。階段のうえにいた男が支援射撃をするために踊り場に出てきた。かれの大型のFALライフルが重い三〇八口径の弾丸（たま）を吐きだすと、椅子がこなごなにくだけ、カーテンが焦げはじめた。だが、ハーマンには標的が見えず、腕にあたった弾丸はどこから飛んできたのかわからなかった。彼は階段を這いあがった。足がすべった。腕から血が吹きでるのを感じた。ショックがおさまってくると、激痛が走った。撃たれたことはまえにもあったが、こんなふうに骨にあたったのは初めてだった。全身をつみこむ、おそろしいほどの痛みだった。彼は掩護射撃があたえてくれた余裕を利用して、ウージーを傷ついていないほうの手にもちかえようとした。だが、そのとき窓に人影が見えた。相手はすばやい動きで撃ってきた。掩護射撃をしていた男がまえにばたりと倒れ、階段をころげ落ちた。ハーマンは向きを変えてウージーを捨て、拳銃を握って階段を這いのぼった。

「私の娘たち、私の娘たち」女が叫んでいた。「ああ、お願い、娘たちを傷つけないで」

「やつのあとを追え」と、デルタ・スリーが言った。「おれは動けそうもない」

アクリーは無事だった。最初の連射で三発弾丸を受けたが、〈ケヴラー〉がウージーのサイレンサーから吐きだされた九ミリ亜音速弾をがっちりと受けとめ、彼の命を救ってくれた。身体の中身がたたきだされたような気がしたのは、銃弾を受けとめてくれた防弾ベストも、衝撃までは完全に吸収できなかったからで、強烈なパンチをみぞおちにくらったような感じだった。一方、デルタ・スリーははるかに運が悪かった。銃弾の一発が彼の腿をとらえていた。出血はひどかったが、それでも弾倉が空になるまで撃ちつづけ、階段を駆けあがろうとした長身の男に一発命中させ、踊り場に立ってでたらめに部屋のなかに弾丸をまきちらしていた小さいほうの男の息の根をとめた。

「だいじょうぶか？」と、アクリーはたずねた。ぼくはほんとうに消えた大男を追っていくつもりなんだろうか？

「やつを追うんだ」足に止血帯を巻きながら、デルタ・スリーが言った。「さあ、行け。おれはだいじょうぶだ」

アクリーは片ひざをついて、親指で空になったスミス&ウェッソンの輪胴を押しだし、薬莢を捨てた。それから、金属のディスクに六発の弾丸が入っているスピード・ローダーを輪胴に落としこんだ。ローダーの開放ノブをまわすと、六発の百二十五グレイン・フェデラル・マグナム弾が薬室におさまった。彼は輪胴を閉じて、コートをぬいだ。

「さあ」と、デルタ・スリーが苦しそうに言った。「こいつももっていけ」彼は奇妙なゴムがグリップに巻いてある、特注品らしい四五口径をさしだした。アクリーはそれを受け取って、ベルトの背中のまんなかに差しこんだ。拳銃はすでにロックしてあった。

荒い息づかいで、アクリーは言った。「よし、ぼくがやつをつかまえる」

彼が歩きだそうとすると、デルタ・スリーがそでをつかんだ。

「気をつけろよ、アクリー。あそこには子供がいるんだ」

ベス・ハメルは、さっきの男のひとりが大きな銃をカウボーイのようにかまえて、用心深くドアから顔をのぞかせ、あたりをうかがうのに気づいた。男の目は興奮で大きく見開かれていた。ベスの耳にも、荒い息づかいが聞こえた。男は勇気をふるいおこすかのように、一瞬動きをとめた。それから、すばやい動きで彼女のわきを通りすぎ、床に倒れている男のうえにかがみこんだ。死んでいるのを確認すると、ライフルを蹴って遠ざけてから、彼女のところにもどってきた。

「撃たれたのか？」男はしゃがれ声でささやいた。

「子供たちが！　どうかお願い、子供たちを――」

「撃たれたのか？」

「いいえ。私は――撃たれてないと思います。子供たちが二階にいます。お願いですから、子供たちにけがをさせないで」

「いいか、よく聞け。あんたは這ってドアまで行き、外に出るんだ。外で医者が待ってるからな」

「子供たちを、お願い――」

「あんたの子供たちは心配ない。ぼくはＦＢＩの特別捜査官だ。うまくやってみせる」だが、ベスは信用しなかった。男はひどく若いし、おびえていた。ベスは男が階段の下に向かうのを見送った。

「アクリー！」と、外で呼びかける声がした。

男は足を止めた。「なんだね？」

「台所の敵は死んだ。デルタ・ツーもやられたが。デルタ・ワンも撃たれて動けない。おまえひとりしかいない」

「わかった」と、アクリーは言った。「州警の警官を呼んでくれ」

ベスは、この男がいまやらなければならないことをやりたがってはいないが、それでもやるつもりにはなっているのを感じて不安になった。まるで銃は魔法の小道具で、それから力と強さを引きだせるとでもいうように、男は大きな銀色の拳銃をまえに突きだしながら、自分をふるいたたせて階段を途中の踊り場までのぼり、そこで向きを変えて二階を目指した。

ああ、神様。彼女は胸でつぶやいた。神様、子供たちをお救いください。

アクリーは階段をのぼりきり、すばやく廊下の先を見わたした。スミス&ウェッソンを両手で握って、身体のまえに突きだして標的を探した。見えたのはいくつかの部屋の戸口だけで、ドアが閉まっているものもあれば、開きっぱなしになっているものもあった。どれも薄暗かった。

武器をもった人間を相手にしているときは、決して——絶対に——廊下を進んだり、ひとつひとつ部屋を捜索したりしてはいけないと教えられていた。掩護を待て、と。どんな場合も掩護を待たなければいけない。相手はずっと有利な立場にあるのだ。こちらの足音で近づいてくるのを知り、好きなときに倒すことができる。どれほどすばやく反応しても、先に行動を起こした者にはかなわない。

だがこの期におよんであれこれ迷っている余裕はない、とアクリーは思った。最初の数秒間の猛烈な銃撃戦で、すべての原則がくるってしまったのだ。いまはただ、なんとか生きのびること、誤って相手を殺さないことしかない。彼は自分にそれだけの度胸はないのを知っていた。これはデルタの、あの特殊部隊の男たちの仕事だ。だが彼らはどこにいる。外のポーチにいるだけじゃないか。

「おい！」と、彼は呼びかけた。「こちらは連邦捜査局の特別捜査官ジェイムズ・アクリーだ。この家は包囲されている。投降しろ」その声が古い家ののっぺりした壁に反響した。

アクリーはスミス&ウェッソンの撃鉄を起こした。

ハーマンの意識は薄れかけていた。心のなかの伝導装置がはたらかなくなったように、頭がぼんやりしたり、はっきりしたりした。彼はジャックとベスの寝室の戸口の陰にしゃがみこんでいた。力の弱った左手で、なんとか自分の拳銃――チェコ製のCZ‐75――をしっかり握ろうとした。弾丸が肩にあたった右手はつかいものにならなかった。彼は血だまりのなかにすわっていた。頭が痛んだ。とても悲しい気分だったが、とくにおびえてはいなかった。

「投降しろ」声がまた呼びかけてきた。ハーマンはなにを、とんだお笑い草だ。ハーマンは自分がなすべきことを心得ていた。敵の勢力範囲で尋問の恐怖と身におよぶ危険から身を守る方法はじつに単純だった。それはずっとまえから心に刻みつけられていた。

だが、ハーマンは思った。もうひとり殺ってなぜ悪い？　これだけ人が死んだのだ、もうひとり、部下を倒したへまな警官を殺してなにが悪い？　彼はじりじりと身を起こして立ちあがった。CZ‐75のスライドを引いた。よし――と彼は思った――やろうじゃないか、警官殿。

ハーマンは戸口ににじりよった。相手は廊下の先に身をかがめているはずだ。そこに何人いるのだろうか？　きっと大勢いるにちがいない。何百人もうじゃうじゃいるかもしれない。だが、いまはひとり殺るだけでいい。そのとき、サイレンをうるさく鳴りひびかせながら、何台かの車が家のまえで止まる音が聞こえた。窓から赤と青の光が一定の間隔でさしこんできた。

ハーマンは弱った手で拳銃をもちあげ、その男の姿があるはずの場所に——かすんだ目では影のようにしか見えないだろうが銃口を向けた。そして、引き金をひいた。

出ようとした矢先に降りそそいできた銃弾に、アクリーはパニックを起こした。銃弾は背後の壁をこなごなにくだき、頭に破片がぱらぱらと降ってきた。さらに、二発飛んできて、彼は一瞬身をかがめてあとずさったが、すぐに狂ったように撃ちまくりながら、突進を始めた。廊下の反対側の戸口に着くまでに、六発の弾丸をつづけざまに撃ち終えていた。彼はスピード・ローダーを取りだし、輪胴を押しだすと、六発の空薬莢を捨て、別の六発の実包の先端をそれぞれの薬室にあわせ、ノブをまわしてなかへ落として輪胴を閉じた。さらにベルトから四五口径もぬきだし、すこし大きすぎるがおそらく安全装置と思われるものを親指で押しはずした。いままでつかったことのない銃だった。どんな機能があるのかわからず、つかうのがこわかった。廊下の先をうかがってみたが、薄暗い闇しか見えなかった。

「ママ」誰かが叫んだ。「ママ、助けて」

ああ、いかん、アクリーは思った。その瞬間、視野の隅でなにかが動き、彼ははっとしてあとずさった。握った四五口径から轟音を立てて弾丸が飛びだしたのに気づいた。無意識に引き金をひいていた（撃つのはじつにたやすかった）。

それは母親だった。知らぬ間に、階段をあがってきたのだ。彼は足音に気づかなかった。これは自分のミスではない。外に出るよう言ってあったのだ。アクリーは彼女を見た。壁によりかかってすわっていたが、両足が不自然に折れまがっていた。頭も、生きている人間にはできない角度でまえに垂れている。血まみれだった。

ああ、まずい。ちくしょう、ちくしょう。いかん、ぼくはあの女を撃ってしまった！

アクリーは、恥辱と自己嫌悪をおぼえながら女を見つめた。硝煙の濃厚な刺激臭が鼻をついた。

来るなと言ったじゃないか、彼は心のなかで叫んだ。足音が聞こえなかった！　聞こえなかったんだ！

足音が彼のほうへ近づいてきた。

アクリーは振り向いて片ひざをつき、標的を見定めた。

懸命に足を運んでいる子供だった。闇のなかの小さな人影が、「ママ」と叫びながら、彼のほうへやってきた。

「もどれ」アクリーは怒鳴った。子供の後ろの別の戸口から、拳銃をかまえたもうひとつの人影が現われるのに気づいたからだ。

アクリーはとっさに身を投げた。

幼い少女の身体にぶつかった。

「頭を下げろ、下げろ、下げろ」彼は、少女の悲鳴に負けない声を張りあげた。頭を壁にぶつけて、目がくらんだ。拳銃が手を離れた。彼の身体の下で、少女が身もだえした。足音が近寄ってきた。

男が彼のそばに立ちどまった。

アクリーは目をあげた。

血まみれの男がのしかかるように立っていた。ブロンドの髪をクルーカットにした、たくましい顔つきの男だった。

「子供は見逃してくれ、頼む、子供は見逃してくれ」アクリーは哀願した。

男は向きを変えると、そのまま歩きさった。アクリーは少女に言った。「走って、下へ行け。さあ、走るんだ！」

彼は拳銃を拾いあげ、両手で握って廊下の先を見つめた。

そのとき、銃声が聞こえた。

「ピーターと話したのなら」と、ミーガン・ワイルダーが言った。「私たちの関係が最後には見事なまでにめちゃくちゃになったのはご存じね。私にはいまだに、彼のせいでそうなったのか、私のせいなのかよくわからないわ。もしかしたら、カニ星雲の爆発のエネルギーかなにかを受けて、ふたりともおかしくなってしまったのかもしれないわね」彼女は自分の馬鹿げた言葉に、皮肉っぽい笑い声をあげた。

三人の捜査官は言葉をさしはさむのはもとより、にやりともせずに彼女を見つめていた。彼女は、その男たちに〝三人のむっつり男〟という名前をつけた。彼らはじっとすわって、ぼんやりとたるんだ顔つきで耳をかたむけていた。アトリエのなかは熱帯のような暑さなのに、コートをぬごうともしなかった。

ミーガンは、自分の作品をいままでとちがう角度から見るために身体をまえにかたむけた。いまや、最初の段階で根本的な構想ミスを犯してしまったのは否定しようがなかった。彼女は以前パーソナル・コンピューターの回路盤を手に入れ、とても大事にしていた。それはじつに複雑でこみいっており、とても気がきいていたし、質感も象徴的な意味も十二分にそなえていた。彼女はその回路盤を作品のちょうど真ん中に置いて、そのうえからショッキング・ピンクのペンキをスプレーで吹きかけた。それはごくごく当然の行為だった。絶対的で、完璧で、これ以外ないというもののはずだった。だが、いま彼女はそれがまったくの誤りであったのを知った。そこからはなんのイメージも浮かばなかったし、自分のつくりたかったものでは全然なかった。むしろ、顔に一撃をくらったような感じがした。それは、否定しようのない真実——あまりに明白で寒々しいゆえにあえて認めることのできなかった、みにくい現実に似ており、いま、これまで真実に直面してこなかった自分の臆病さをまざまざと見せつけていた。

「これは」と言いながら、彼女は〝三人のむっつり男〟に作品を指差してみせた。「捨てなきゃだめね。小ざかしいわ」

彼女は裏張りから回路盤をはがした。とめてあったホチキスの針が指に刺さって、血が出た。彼女が放り投げた回路盤は、部屋の奥に飛んでいって大きな音を立てた。あとには、はがれた部分にピンクの輪郭が残り、スプレーのペンキがしみとおった場所にぞっとするようなピンクのしみが点々とできているだけだった。彼女はそれが気に入った。こっちのほうがずっといいわ。暗示的で、簡潔で、もったいぶったところがない。

そう思ったとたん、その作品に自信がわいてきた。たぶん、あとでやりなおせるだろう。均整のとれすぎた見栄えを直せるはずだ。

「おわかりのように、彼は嘘をついてました。私も嘘をつきました。終わりのころには、私のほうがたくさん嘘をついたでしょう。というより、私のいうことは嘘ばかりでした。でも、最初に嘘をついたのはピーターでした。もっと悪いのは、彼が臆病者だったことです。私に話さなかったのは、話せなかったからです。自分のやっていることで、私が彼を責めると思ったのです。たしかにそうでした。たぶん、私は彼を責めたでしょう。別れ話をもちだしたかもしれません。でもこれだけはほんとうです。私がそれを知ったのは、彼を愛し、結婚し、状況が複雑になって、簡単に答えが出せなくなってからのことでした」

彼女はそこで間をおいた。「彼は私に打ち明けませんでした。なぜなら、彼は心の奥のまたその奥で、そのことを恥じていたからです。それが彼を理解するための鍵なのです」

〝三人のむっつり男〟は、グラント・ウッドが〈アメリカン・ゴシック〉で描いたふたりの老人を思わせる、無表情な中西部風の顔で彼女を見つめていた。

「そんな状態で、私は知能指数が千ちかい爆弾づくりと——死んでもいいと思うほど愛していた男と結婚しました。でも、彼にはつねに愛人がいました。あの牝犬(めすいぬ)です。彼はとても身勝手で、決して彼女をあきらめようとしなかった。彼といっしょになるということは、彼女もいっしょに引き受けなければならないという意味でした。あの頭のいい男たちときたら、みんな、ほんとうにあきれかえるような人間になれるんです。だから、私は——」

「あなたは、マギー・バーリンのことをおっしゃってるんですか?」捜査官のひとりが口をはさんだ。

彼女は笑った。馬鹿ね!

「いいえ、ちがうわ。マギーは例の頭のくるった軍事問題の天才のひとりにすぎないわ。いいえ、私がいってるのは別の牝犬のことよ。私はずっとそれが女だと考えてたわ。セックスがらみの関係にある女だと。彼はそんな私を笑いとばした。フロイトの理論は間違っていて、もうとっくにすたれてしまったのかもしれないわね。でも、私はいまもセックスがつねにその背景にあったと思ってます。事の始まりからずっと、彼がハーヴァードにいたときから、彼には寝る相手がおらず、彼のルームメイトが平和を夢見る好色男だったときからずっとそれがあったのだと。そう、〝彼女〟よ。爆弾よ。彼は彼女を捨てることができなかった。頭から追いはらうことが。彼女は彼の、男を豚に変えてしまう魔女キルケーであり、鏡の国のアリスであり、ジンジャー・リン（ポルノ女優）だった。彼は、彼なりのやり方で彼女を心から愛していた。だから、彼女の存在は私を傷つけ、私は彼女を利用して彼を傷つけることを選んだ。それがこの病いの症状ですわ。どこにでもある話でしょうね。こんな話は、あなたがたも耳にたこができるくらい聞いているでしょう？」

〝三人のむっつり男〟はだまったままだった。

「とにかく、そういう事情だったのです。これであなたがたにも、私がなぜアリ・ゴットリーブにそれほど弱かったかおわかりになるはずですわ」

彼女はまた作品のほうに身をかがめた。あれほどあっさりとコンピューターの回路盤を捨ててしまったのを後悔しはじめていた。行って拾ってくるべきじゃないかと思った。だが、そんなことをすればまえにいる男たちに馬鹿にされることはわかっていた。彼女は腕時計を見た。時間は飛ぶように過ぎていく。もう五時近かった。今日という日が終わるまでに、みんなずいぶん年齢をとってしまうにちがいない。いまピーターのアリスはひざまずいて、口を開き、世界を吸っている——究極のフェラチオだ。ミーガンは笑い声をあげた。その笑いには、彼女の意図したものより、すこし狂気に近い響きがふくまれていた。彼女は泣きたくなった。

「とにかく、そうこうしているうちに、ピーターはワシントンの政界のお気に入りになった。彼の〝ロシア人に核爆弾を〟論が、レーガンや彼の仲間たちの聞きたがっていた旋律とぴったり一致したからです。リズムがよかったから、彼らもダンスを踊りやすかったわけね。八〇年代はこれで行こうということになった。それで、青天の霹靂のように、彼はミスター・爆弾になり、あんなとんでもない委員会の仕事がまわってきて、時間を取られはじめた。彼もその仕事を愛していた。それは認めざるをえないわね。私にはどうしようもなかった。そのとき現われたのがアリ・ゴットリーブだった。もし私が〝理想的ユダヤ男〟という作品をつくらなければならなくなったら、アリをつくるでしょうね。彼、『結婚しない女』のアラン・ベイツみたいに、とても現実とは思えないほどすてきだったわ。とてもハンサムだったけど、にやけてはいなかったし、いやみなところはなかった。どういったらいいかわからないけど、そんなふうだったわ。声を荒らげるようなことは一度もなかった。彼が笑うと——まあ、どう？　まるでミュージカルのせりふみたいね——彼が笑うと、ふたりきりで、いままで聞いたなかでいちばんすてきな内輪のジョークを飛ばしあっていたみたいな気分になった。彼の目もとにできるしわが好きだった。石の矢じりみたいな小さな三角形がふたつできるの。とてもいい感触だったわ。彼はやさしくて、自信に満ちていた。なにもおそれなかった。ピーターは恐怖と罪の意識でかちかちになってたけど、アリは恐怖とはまったく無縁だった。アリが人を見るときの目の輝きったらなかったわ。彼には焦点を定める才能があった。彼に見られると、自分がほかには誰もいない、世界でたったひとりの人間のような気がするの。彼との出会いは二年前だった」

「日付をおっしゃってください」

「日付なんかおぼえてないわ」

「一月じゃなかったですか？」

「いいえ。とても暖かい日だったのをおぼえてるわ。だって、アリと私はコーコランの近くの通りに止まっていたホットドッグ・ワゴンでコークを——いいえ、そう、たしかに一月だった。一月なのに、びっくりするぐらい暖かい日だったわ。ピーターは缶づめになっていたの。ちょうど議会がＭＸミサイルを古いサイロかなにかに入れるのを決めたところで、彼のグループはそれこそ狂ったみたいに働いてた――」

「一月十一日では？」

ミーガンは目のまえの男たちが憎らしくなった。質問には答えず、彼らを見つめた。

「とにかく、あれは私の考えだったわ。アリがいいだしたんじゃないの。私のアイデアだったのよ。彼はイスラエル国籍をもっていた。空挺部隊かなにかに入ってて、なにか大きな仕事をしたらしいわ。大使館の人間もよく知っていた。私はただ――ピーターを傷つけたかっただけだわ」

「彼は興味をしめしましたか？」

「いいえ。最初はのらなかった。馬鹿らしいと考えてた。イスラエルは大型ミサイルをもっていない、大型ミサイルには関心がないといって。でも私は、その情報は価値があると説得した。彼らは頭がいいから、それをなにかに利用できるって。ユダヤ人はみんな頭がいいもの」

「それで、話にのってきたんですね？」

「最後にはね。わかるでしょう、私にすれば、とにかくなにかをするチャンスが欲しかったの。それに、共産主義者の手にわたるわけではないんですもの。私たちの味方にわたすのよ。別のユダヤ人の手にね」

「なるほど」

「彼は大使館の人に会いにいったわ。彼らはイエスといい、よく検討してから、彼を通じて私と会って話をしたいといってきた。でも大使館のなかでは無理だから、ニューヨークまで来て、領事館で会おうということだった。イスラエルの領事館よ」

「なるほど」

「ええ、私は行ったわ。イスラエルの領事館でイスラエルの情報将校と会ったの。とてもすてきな人だった。頭が切れて、堂々として、重要な地位にいる、とても魅力的な人だったわ。彼は、私をトラブルに巻きこみたくない、ほんとうに自分のしていることがわかってるのか、確信があるのかなんて、あれこれいってくれた。ジョナサン・ポラードが逮捕され、アメリカ政府はわざと事を大きくしようとして彼を重罪に仕立てあげているとか、もし私がつかまっても、自分たちにはほとんどなにもしてやれないだろうとか」

「それで――」

「それでも、私は気にしなかった。確信があったの。だから仕事を始めたわ。とても簡単だった」彼女は、自分の言葉がひとりよがりでありすぎるような気がした。さっきから、これをいう瞬間、どんな気持ちがするか知りたくて知りたくてたまらなかった。もしかしたら、この告白も、ピーターがよくいっていた彼女の〝創作〟のひとつになっているのかもしれない。そう、どうやらそのようだ。

彼女は、〝三人のむっつり男〟の視線を意識した。

「とにかく」彼女は言った。「相手はイスラエル人だったわ。つまり、私たちの友人なのよ。最後に〈ワシントン・ポスト〉を読んだときにはそう書いてあったわ」

「ミセズ・シオコール——そう呼んでもよろしいですか」

「ええ、けっこうよ」

「ミセズ・シオコール、アリ・ゴットリーブのことをすこしお聞かせいただけませんか？　彼の写真(ピクチャー)をおもちじゃないですか？」

「ええ、彼の絵なら三枚もってるわ。印象派風抽象画とでも呼べそうなものですけど。あまり、すてきに描けてはいないけど、面白い作品よ。あら、あなたのいってるのは、彼の写真(フォトグラフ)のことね。悪いけど、それはもってないわ」

「彼について話してもらえますか？」

「彼は、私のほしいものをすべてもっていたわ。ひとつだけ欠点があったけど」

「それはなんです？」

「彼が悪いんではないの。彼にはどうしようもなかったのよ」

「それは何なんです？」

「ピーター・シオコールではなかったことよ」

ミーガンは先をつづけた。「なんであれ、彼は完璧すぎたわ。アリはハンサムで愛すべき人間だったし、気まぐれじゃないし、とてもセクシーだった。それに、なまけものでもあったわ」

「彼があなたを捨てたんですか?」

「しばらくまえ、ヴァージニアの宿屋で過ごした奇妙な週末のあとにね。とても不思議だった」

「どんなふうに不思議だったんです?」

「うまくいえないわ。私はそのあいだずっと眠りつづけていたの。シャンパンを飲みすぎたせいでね。彼はとても怒りっぽかった。翌日、彼は出ていった。イスラエルに帰らなければならなかったの。奥さんのもとへね」

「それはいつのことです?」

「二週間かそこらまえだったわ。よく思い出せないけれど。日付までおぼえてる人がいるかしら?」

「そのあと、あなたはひとりきりになった」

「結婚してたときも、ずっとひとりきりだったわ」

「そのイスラエルの将校について話してください」

「あら、わかるでしょう。とても頭がよさそうで、とても思いやりがあった。魅力的で、謎めいていたわ。たぶん、領事館のなかでも伝説的存在なんじゃないかしら。みんな、彼のほうを見てたもの。特別な人なのよ。話が終わったあと、いっしょに七十三丁目に出て、タクシーをひろってくれたわ。いっしょにいるととても安心できた。それに――」

「失礼、ミセズ・シオコール」〝三人のむっつり男〟のなかで一番若そうな男が言った。彼はほかのふたりより自信なさそうな様子だった。口をはさまれたミーガンはいらだちをあらわにした。

「なんでしょう?」

「いま、七十三丁目とおっしゃいましたね?」

「ええ」

「私はニューヨーク支局に勤務していたことがあります。八十四丁目のまちがいではないでしょうか?」

彼女は彼の口調が意外に強いのに戸惑いをおぼえた。

「そうなの。じゃあ、記憶ちがいだわ。住所なんて、ちゃんとおぼえてられませんものね。でも、だからって、どんなちがいが――いいえ、ごめんなさい。たしかに七十三丁目だったわ。私をいじめるのはやめて。マディソンとパーク・アヴェニューのあいだだったわ。すてきな古いブラウンストーンの建物だった。旗にダビデの星がついていて、ベングリオンやゴルダ・メイア、メナヘム・ベギン、シモン・ペレスなどの写真が飾ってあった。人が大勢いて、忙しそうに動きまわって――」

彼女は男の強い視線を感じて、そこでいいよどんだ。

「お言葉ですが」と、彼は言った。「私はその建物をよく知っています。たしかにブラウンストーンづくりですが、八十四丁目のマディソンとフィフス・アヴェニューのあいだにあります。美術館の近くです。そこで仕事をしたことがあるので、定期的にその建物に出入りしていました。保安問題で、あの国の情報組織〈モサド〉に協力していたのです」

「私が――私がいってるのは――」

彼女はいうべき言葉が見つからなかった。

「たしかに七十三丁目でしたか？」

彼女はぼんやりとうなずいた。

「おわかりでしょうが」と、男は言った。「さしてむずかしいことではないのです。建物を借りる。ある日の朝だけ国旗を飾る。写真を壁にかける。何人かの人間を連れてきて、忙しそうに動きまわらせる。あなたが帰った一時間後には、すっかり片づけおわっている。それだけのことです」

ミーガンはぽっかりと穴が開くのを感じた。黒い巨大な穴だった。彼女はそこを落下していった。受けとめてくれる者は誰もいなかった。

ピーター！　彼女は心のなかで叫んだ。助けて、ピーター！

やがて、彼女は口を開いた。「だまされてたんだわ。私はだまされたんだわ」

「ええ、奥さん、残念ながらそのようです」〝三人のむっつり男〟のひとりが言った。

ミーガンはそっとすすり泣きを始めた。

「ああ、ピーター」涙声で言った。「ああ、どうしましょう、私はなにをしてしまったの？」

（上巻終わり）

◉訳者紹介　染田屋 茂（そめたや・しげる）
編集者。翻訳者。主な訳書に、ハンター『極大射程』（扶桑社ミステリー）、フリーマントル『嘘に抱かれた女』（新潮文庫）、ヒュームズ『「移動」の未来』（日経BP社）など。

真夜中のデッド・リミット（上）

発行日　2020年10月10日　初版第1刷発行

著　者　スティーヴン・ハンター
訳　者　染田屋 茂

発行者　久保田榮一
発行所　株式会社 扶桑社

〒105-8070
東京都港区芝浦1-1-1　浜松町ビルディング
電話　03-6368-8870（編集）
03-6368-8891（郵便室）
www.fusosha.co.jp

印刷・製本　図書印刷株式会社

ISBN 978-4-594-08597-1　C0197

扶桑社海外文庫

ダーティホワイトボーイズ
スティーヴン・ハンター　公手成幸／訳　本体価格874円

脱獄、強盗、暴走！　州立重犯罪刑務所を脱出した生まれついてのワル、ラマー・パイが往く！　巨匠が放つ、前代未聞のバイオレンス超大作！〈解説・鵜條芳流〉

ブラックライト（上・下）
スティーヴン・ハンター　公手成幸／訳　本体価格667円

四十年前の父の死に疑問をいだくヴェトナム戦の英雄、ボブ・リー・スワガーに迫る謎の影。『ダーティホワイトボーイズ』につづく、超大型アクション小説！

狩りのとき（上・下）
スティーヴン・ハンター　公手成幸／訳　本体価格781円

陰謀。友情。死闘。運命。「アメリカ一危険な男」狙撃手ボブ・リー・スワガーの過去とは？　ヴェトナムからアイダホへ、男たちの戦い！〈解説・香山二三郎〉

さらば、カタロニア戦線（上・下）
スティーヴン・ハンター　冬川亘／訳　本体価格各648円

密命を帯びて戦場に派遣された青年が見た戦争の光と影。巨匠ハンターが戦乱のスペインを舞台に描いた青春冒険ロマンの傑作、ここに復活！〈解説・北上次郎〉

＊この価格に消費税が入ります。

扶桑社海外文庫

悪徳の都（上・下）
スティーヴン・ハンター　公手成幸／訳　本体価格各781円

元海兵隊員で酒浸りのアールへの依頼は、賭博と売春の街ホット・スプリングスを浄化するための特殊チーム指揮と訓練だった。巨匠が放つ銃撃アクション巨編。

最も危険な場所（上・下）
スティーヴン・ハンター　公手成幸／訳　本体価格各848円

一九五一年、アール・スワガーが親友サムを救出すべく向かったミシシッピの町は法の及ばぬ孤絶の地だった。そこで展開される、壮絶にして華麗なる銃撃戦！

ハバナの男たち（上・下）
スティーヴン・ハンター　公手成幸／訳　本体価格各838円

革命前夜のキューバに派遣された、比類なき射撃の名手アールに下された密命とは？　英雄と革命家カストロの奇跡的遭遇を描く、超大型冒険アクション小説！

四十七人目の男（上・下）
スティーヴン・ハンター　公手成幸／訳　本体価格各819円

硫黄島で父アールと闘い玉砕した日本軍将校。彼の遺品を携え来日したボブ・リー・スワガーを待っていたものは……。ボブ・リーが日本刀を手に闘いに臨む！

＊この価格に消費税が入ります。

扶桑社海外文庫

黒海に消えた金塊を奪取せよ（上・下）

C・カッスラー&D・カッスラー 中山善之／訳 本体価格各850円

ロマノフ家から英国に移送されようとしていた黄金と、大戦末期に黒海に落ちた爆撃機が積んでいた原子爆弾の行方とは。ダーク・ピット・シリーズ移籍第一弾！

粒子エネルギー兵器を破壊せよ（上・下）

C・カッスラー&G・ブラウン 土屋 晃／訳 本体価格各870円

NUMAのカート・オースチンは、船の墓場とされる東大西洋のアゾレス諸島付近で、貨物船が沈没するのを目撃する。〈NUMAファイル〉が扶桑社初登場！

謀略の砂塵（上・下）

T・クランシー&S・ピチェニック 伏見威蕃／訳 本体価格各950円

千人規模の犠牲者を出したNYの同時爆弾テロ事件。米大統領ミドキフは国家危機に即応する諜報機関オプ・センターを再び立ち上げる。傑作シリーズ再起動！

狙撃手のゲーム（上・下）

スティーヴン・ハンター 公手成幸／訳 本体価格各980円

米本土に潜入した最凶の聖戦の戦士〈ジューバ〉を追い詰めるボブ・リー。狙撃手×狙撃手の息詰まる死闘が展開する傑作スナイプ・アクション！〈解説・野崎六助〉

＊この価格に消費税が入ります。